渣

唐寅九——著

名稱：光陰
規格：218×125 cm
材質：布面丙烯
年代：2020
繪者：唐寅九

我真慚愧，
你有本事叫我丟卻男兒氣概
讓我禁不住熱淚滾滾……

——引自莎士比亞《李爾王》第一幕第四場

目次

上部 **011**

我曾經是一個醫生 012

豪 017

毅 024

慶 029

豪，出走 039

莫尼卡，我們來說說星空吧 047

我是一個死人 055

慶的兩篇日記 060
公司 068
姍 082
婕 089
三兄弟最後的晚饗 095
豪的自選詩 108
我想再去公司看看 176
小桃紅 190
噩夢與春夢交織的夜晚 197
我是一塊疤、一棵樹、一片流雲 208
我對你們唯有愛 218
姍，一個夢 228
斷指 231

下部　239

小婷和小莉　240
豪，囈語　253
豪和姍　262
你也認識一下我的朋友吧　273
莉莉　280
駒爸爸的下午茶　289
時間　299
少年與老人　303
紅頭髮的夜孩子　307
我曾經是一個醫生　309
連儂牆　323

豪，斷句 333
看看我呀，我才十五歲半 334
我不想做一個活死人 339
豪，斷句 344
死刑犯權最後的願望 345
該死的死，該亡的亡 354
不知不覺，我們已被某種東西毀滅 360
一片海灘 369
後記 392

上部

我曾經是一個醫生

我曾經是一個醫生，一個死了又死的人，若干年後被一個用心良苦的人遊說，來這裡說幾句話。那個用心良苦的人似乎是一個學者，名氣不大，卻很執著，他常常藉死人說話，似乎死人對活人具有更大的啟示意義與威懾力量。或許他有自己看不明白的事情，於是託夢給我，說事情到了一個嚴重的節點，豪也到了生死攸關的時刻。他知道人世間的那點事死人都看得十分清楚，因此希望我和豪見個面，開導開導他；他這樣遊說我，我也應承了。

幾天前我看見一隻鳥從樹上掉下來，起先我以為是果子掉了。山上到處都是樹，經常有熟透了的果子從樹上掉下來。但一隻鳥和一個果子掉下來的聲音是不同的，鳥掉在地上有血濺出來的聲音，還會有血腥氣；果子掉下來的聲音卻是安靜的。我拖著衰老的身子來到樹下，剛站穩，就又有一隻鳥掉下來，這隻鳥摔在石頭上，白色的腦漿讓人十分嗝應。作為一個醫生，我這一輩子見過的血、腦漿、碎肉實在太多了，我在想這些鳥一隻隻掉下來的原因。風雲變化，氣候已不同於往常，那些鳥可能是適應不了氣候的變化；或者空氣、露水、果實和草籽早就有毒，牠們吃了這些有毒的東西，在飛翔的過程中因痙攣而墜落。在牠們裂開的肚子裡，我的確看到過一些奇怪的東西，就像某種噩夢與預言一樣。很快就又有更多的鳥紛紛墜落，一群接一群……。隨後天黑了下來，四周充滿了砰然撞地的聲音。按說這種情況我該下山了，但我實在沒有力氣走那麼遠的路。一個死人要從墳墓中出來已經很不容易，我哪裡還有力氣下山呢？再說一個死了又死的人也不該再操心活人的事情。活人紛紛擾擾，為榮祿而苦惱；可究竟有什麼值得這樣費盡心力的？假如到我這裡來一趟，哪怕什麼都不做，他們都會安靜下來。可那些鳥來過了，牠們卻並不安靜，反而是驚悚的和令人不安的。豪會安靜下來嗎？他出生的時候，我請算命的郭瞎子給他摸過骨相，他上上下下摸索了好一陣子，最後停在後腦勺上。「這孩子是您的長孫吧，他長滿了反骨，凶險得很哪！盡量不要往北邊走吧，往北走犯沖，會有牢獄之災。」郭瞎子的話說得很清楚，可誰能管得住一個人往哪邊走呢？腿長在他身上，命在他頭頂的青天白日上。我給了郭瞎子五斤大米，把他打發了。他走了之後我老覺得有什麼東西讓我不舒服，他的背影似乎一直在對我嘮嘮叨叨。五十多年後，那些鳥掉了下來，豪也許是血腥氣最重的那一隻。

的確，我之前的確是一個醫生，一個死了又死的人。死了這麼些年我應該也不再是原來的樣子了，我渡過忘川河，進入了冥界，正當脫胎換骨，我該怎樣介紹自己呢？那用心良苦的人要我出來說話，我又該怎樣說？十幾年前豪在一篇文章中描述過我，他寫道：

> 通過寫作，爺爺的面容變得清晰。否則，他就只是墓地裡的幾根白骨，又空又輕。他的墳墓在一個山坡上。山上長滿了亂七八糟的灌木，墳上長滿了亂七八糟的野草。花崗岩墓碑一直在下沉，歪歪斜斜的，像一個佝僂的身影，殘破的碑面字跡模糊。

我幾次去給他上墳都是陰雨天。他的墳在迷濛的細雨中和一個難看的小土包沒什麼兩樣。再過幾年，這座墳墓恐怕連蹤影都找不到了。雨還在下，記憶中的小城充滿了潮氣，這樣的天氣容易想到死者。可關心一個死了幾十年的人有什麼意義呢？除非自己也面臨死亡。

爺爺在暮色中走到窗前，窗外是一片戰火，街上全是哭嚎、奔跑的人。很快，他的醫院也燒了起來，他由骰子、美女、江湖遊俠和手術刀構成的世界頃刻毀滅。他只好逃難，帶著八個孩子。現在這八個孩子彼此都沒有聯繫，他們被風吹散了，或生或死，在各自的城市過著自己的生活，他們的下一代更是誰也不認識誰了。

奶奶是管不住他的。雖然他們相敬如賓，但性格迥異。他有某種氣概，喜歡呼朋喚友，千金散盡；奶奶卻喜歡節儉、素樸的閒適生活。

事實上他們曾經就是這樣生活的。一個俊美的浪子，醫術高明，在戰亂年代辦了一所醫院，卻在戰火中燒毀了。一家人向南逃難，直至被山裡的土匪抓住，才在一座邊城安定下來；之後又辦了另一間診所，被打成反動醫官，在一條老街上不斷地被人押著遊街。他在顛沛流離中讓孩子們一個接一個地念完大學，成為他一生之中的榮耀，也成為他耄耋之年最沉重的擔憂與嘆息。

家裡還保存著他兩張照片：一張很年輕，意氣風發，像蔣介石那般俊朗、精神、信奉三民主義；另一張已是中年，身著長袍，端端正正地和奶奶坐在孩子們中間，身後是一張牌匾，匾上寫著「雪療西醫診療所」。他看見一家人充滿希望地活著，似乎很滿足——一個浪子的歸宿，有一種模糊而可疑的幸福。

即便在逃亡中，他也經常想念他曾經喜歡過的女人。她們面容生動，接二連三地出現在他的夢裡。果然，奶奶一死，一位曾經的紅顏知己便到了他的身邊。那個時候，父親已被打成右派，叔叔和姑姑們都在外地上學。他們回來探親，他讓他們叫她媽媽。他們一個個都叫了，只有最小的叔叔不叫，一個人在院子裡哭。夏天他躺在一張躺椅上，抽著水煙，仰望著湛藍的星空，想著他的幾個孩子和幾個女人。

他死的時候濕漉漉的老街上擺滿了花圈。花圈被打濕了，空氣中瀰漫著紙花和雨水的氣味。他的八個孩子一個也沒有回去，他們在不同的城市，相隔千里，忙著各自的事情。我十三歲，也沒有回去，在另一個城市的醫院裡養病。

之後母親交給我一部辭典，是爺爺臨終時留給我的。辭典早已發黃、殘破，但幾十年過去了，我一直把它帶在身邊。我帶著它走了很多地方，卻從來沒有用過。我用一部舊辭典幹什麼呢？辭典什麼也沒有給我留下，爺爺卻給我留下了和他一樣多舛的命運。沒有任何一個人的命運是和別人一樣的，但也沒有什麼不同。

嘿嘿，小兔崽子，我得說他寫得還真不錯，寥寥幾筆就勾勒出了我的一生，還寫了我死後的境遇。看來他一直在冥想我，正如我一直在一旁看他。我看著他又到了一個艱難路口，他充滿疑惑，慢慢向我走來……。也許通過冥想我們可以更加瞭解。

他的那篇短文包括了幾層意思。首先他說我曾經是一個醫生，辦過一所醫院；他保存了我的兩張照片，一張是全家福，後面便是醫院的牌匾，上面有他的父親、叔叔和姑姑。我們看上去充滿希望地活著，一家人對生活似乎也很滿足。另一張是我的單人照，看上去氣宇軒昂，有堅定的理想和信念。接著我的醫院在戰火中燒毀了，我進入了戰亂年代。在漫長的顛沛流離中，我堅持做了一件在他看來意義重大的事，那就是無論打仗還是逃亡，我都堅持讓孩子們念書，以至於他的父親、叔叔和姑姑們都上了大學。他把這件事當作是我一生的榮耀。最後我死了，很多人都來弔唁，濕漉漉的老街上擺滿了花圈，人們似乎都很懷念我……

真該感謝他，他簡略的文字會提示我，讓我逐漸恢復記憶，也使我的形象更加鮮明。可是除了描述與懷念，他並沒有向我提出什麼問題。他甚至有言在先：「**關心一個死了幾十年的人有什麼意義呢？**」是的，關心一個死人的確沒有什麼意義，他很誠實。所以我對他到這裡來，我能說點什麼是有疑慮的。一個死人能對活人說什麼呢？生者不關心死者，死者其實也不必關心生者，陰陽兩隔的事情，誰也操不著誰的心。但我還是願意和他聊聊，他要是有什麼問題要問，情形就不至於太糟，至少他在尋找答案，我當然也會回答。

豪

跟許多人一樣，他也做過噩夢；那個時候年輕，從夢中醒來甚至會哭。現在他幾乎每天都做噩夢，他在一團渦流中掙扎，不知嗆了多少口水。水嗆進他的氣管和肺部，讓他隨時都可能爆裂。他同時也被無數無名的水草糾纏，那些黑色、褐色、深藍色、翠綠色、粉紅色的水草纏住他，使他像一頭捆得結結實實的怪物（你可以想像一頭脹鼓鼓的豬嗎？）。這幾個月他變得不認識自己、討厭自己，經常半夜醒來搧自己的耳光。現在他邊搧自己的耳光邊拍打窗戶，同時對著夜空吶喊。他的窗戶在一家酒店的四十八層，從四十八層往下看，車流閃爍著刺眼的白光、紅光和黃光，形成了一條既溫柔又暴戾的河流。他正在與這座城市終結最後的關係，**成為一個自行失聯的人**。這座不眠的城市如此冷漠。他繼續拍打窗戶，可窗戶鎖死了，酒店一直都在防備客人跳樓。它曾經發生過自殺事件，不想讓自己再陷到麻煩中去，也不想讓謠言和壞消息驚擾到客人。他會從窗戶跳下去嗎？不！無論多麼絕望他都不會。這個世界還沒有人能證明死了比活著好，沒有這樣的例證，他也不想成為見證者，何況什麼也證明不了。他只是在拍打窗戶而已，跟幾個月前在看守所拍打牆壁一樣。那個時候他寫過一些詩：

一個人和一個世界的孤獨
讓任何一面牆都能發出聲音
此時房屋皆醒
遍地都是夢魇
一隻鳥飛過
一道指痕在牆上再次發出顫音！

這首詩描述了此前他在看守所的生活，他覺得在看守所發出的顫音是可以傳出去的；可現在出來了，在一家酒店的四十八層拍打窗戶，他的聲音卻傳不出去。看守所四周的高牆可以給他回聲，空茫茫的夜空卻給不了任何迴響。他曾經多麼渴望自由呵，可現在自由了，卻讓自己在一個接一個的噩夢中昏頭昏腦，身體鼓脹，像一頭死豬一樣在夜空中飄浮。他拍打窗戶的舉動是徒勞的，這個城市沒有人會理會一個莫名其妙拍打窗戶的人。

過了一會兒，他停下來，不再拍打窗戶了。一個人在半夜拍打窗戶也真是無聊。他覺得應該幹點什麼，像其他正常人一樣幹點什麼。對了，他還有一支筆，可以寫點什麼。他曾想無論這個世界變成什麼，只要還有筆就會無所畏懼。阿爾貝・卡繆曾經說：「哪怕只在世上生活一日，你也能毫無困難地憑回憶在囚牢中獨處百年。」他還說：「一個人只要學會了回憶，就不會再孤獨。」他是對的，可他太天真，把人假設得太強大了。這是一種誤解，即相信人可以內求，通過內求就可以過上既單純又內省的生活。事實上這是不可能的，人不可能內求，**單憑自己任何人都活不下去**。那麼一個人又可以依賴什麼呢？依賴一種友誼或愛情？依賴這個世界給他的回聲？或者如卡繆所言僅靠回憶就行，就夠了。單憑回憶，好吧，他回憶，他幻想，甚至已經拿起筆想寫點什麼了。他真的在寫點什麼了，他寫道：

哦，莫尼卡，你在嗎？還活著嗎？或者已經死了？我需要你，無論活著還是死了我都有話跟你說。我需要你是真實的，有體溫、微笑和二十三歲少女堅挺的乳房；也需要你有傾聽的能力，哪怕你睡著了，像一朵花一樣無邪地睡著了。我總是假設你在聽我說話，你在聽我說話這件事會讓我心安；可我假設你存在並溫順地聽我說話這件事是多麼地不靠譜！是的，它不靠譜，甚至危險。可那些**所謂真實的存在**，那些我曾經認為是至親的人、最可信賴和倚重的人又靠譜嗎？我曾經在看守所通過回憶反覆檢視：我這一生有過真正的朋友嗎？抑或有過真正的愛情嗎？我反覆回憶見過的每張臉，覺得姍是可信賴的，權、毅、慶……是靠譜的，毅或許還可以倚重……，危難之時他們都是可以託付的人。姍是我的妻子，我們一認識我就問她：「**你是一個有道德水準的人嗎？**」她說是的。她的語氣很輕卻很肯定、很明確。我愣了一下，我知道能這樣說很不容易，至少我做不到；我的道德意識從來都是模糊的、不確定的，我對道德雖有崇敬之心，卻沒有持久的熱情與信念。我尊敬那些有德行的人。當然這並不是說我就沒有德行，可我修為不夠，頂多敢說自己是一個真誠、厚道的人，我的心地還很善良。所以，當姍那麼明確地說自己是一個有道德水準的人時，我不僅吃驚，還立刻對她產生了信任。我說：「那我們結婚吧。」她點了點頭。我彷佛將信任和道德水準娶回家了似的，從此我便可以安安穩穩地生活下去了。幾年後我的女兒婕到了可以戀愛的年紀，她在微信的個性簽名上寫道：「**我要穩穩的幸福**。」我對此表示讚賞，說我也是這樣理解愛情和生活的。可她說：「嗨，哪兒跟哪兒呀，不過是個熱詞，人人都在用，我偷懶，借用一下而已。」我很吃驚地問：「難道你不這麼想嗎？」「當然也這麼想啊，可是你信嗎？這個世界真有穩穩的幸福嗎？」她笑了笑，接著又說。她經常笑我是老天真。「我爸吧，看上去世事洞明，其實他很傻，是個老天真。」我知道她話裡有話，她是針對姍說的。她應該在提醒我什麼，但我不能接她的話。我迴避她的話，問她，如果在個性簽名上寫一句真實的話她會寫什麼？「另一個熱詞——**生活怎麼來我就怎麼過！**」她說。

……莫尼卡，你瞧我都說了些什麼？我說這些你不愛聽的話幹什麼？是的，這些事與你沒有半毛錢的關係，我曾經希望你和婕成為朋友，可你只是在微信中回了一個奸笑的符號。我又問：好嗎？你願意嗎？你說好吧，再一次回了一個奸笑的符號。我或許真的很傻，我希望愛我的人及我愛的人都彼此相愛。我也曾希望姍和婕成為朋友，可結果呢，我的願望成了一地狗血。生活看似平靜，卻一直危機四伏。這可真讓我崩潰，這個看似美好的世界其實到處都是引爆點，引線埋在牆上、水裡，也伸進了根部，伸進貌似結實的鋼筋水泥和我們粉紅色的毛細血管。引線纏繞著我們的神經，最平常的一件事都可能引爆它，從而導致一場始料不及的災難，將我們的心燒成一片廢墟——我們的心吶，我們世世代代複雜、善變、脆弱、敏感的心吶！……莫尼卡，我們對危險缺乏警覺是因為我們總是在本能地逃避那些註定了要追蹤我們一輩子的厄運，我們太想擁有幸福的生活了，我們對幸福的渴望蒙住了原本就不那麼明亮的雙眼，以至於我們對危險缺乏必要的認識，以至於我們麻痹。因此對生活一定要有警惕性和懷疑心。當然我這樣說也表明我在懷疑我們的感情。是的，我一直都在懷疑，我在根本上就不相信你，包括你的存在。你一開始就是不真實的，你從未來過這個讓人置疑的世界，但是沒關係，我能感受到你就夠了。不是嗎？在虛幻的世界中你永遠都是真實的。這就對了，任何真實的東西都可能是虛幻的，你其實只是我的一個符號，是我一直都在演算的某個方程式；當然了你也許還真是我的夢中情人，是我最親愛的聽者，還是我的哲學、宗教和磕磕絆絆的詩句。哦，你或許只是一句悲哀、淒惻的詩，如神來之筆，不知如何再寫下去。你既沒有上句也沒有下句，更沒有任何畫面、場景和邏輯關係。你就是這麼一句突兀的詩！然而你是我唯一的伴侶，是我靈光乍現時所能看到的最奇異的風景，我體驗到了什麼，發現了什麼，你也同樣在體驗與發現——讓我們一同去發現生活的奧祕吧！我說，你滿懷憧憬地、幸福地答應了。於是我寫下了一句話：「泡在荒誕國這口醬缸裡，所有的苦難最後都可能發酵成美不勝收的金句。」

可你是什麼時候成為我黑暗生活的那盞明燈的呢？你是我欲望的天空、意識的山巒，是我曾經希望看見的景象。我像凝視自己的影子一樣深情地凝視著你。

（可是我為什麼要把你想像成一位少女而不是一位言行怪僻的老嫗呢？人們始終都在渴望童顏巨乳，這真是一種近乎於邪惡的欲望。我對你的欲望也是不乾淨的，我把一顆分裂腐朽的心寄託給你，讓你承受不了。可這就是你從不出現的原因嗎？你不堪重負，太無辜，連我的影子都不是。

你只是山間的一團白霧，夜裡的一顆流星，河面上的一縷微光，是我的某種氣息，我賴以活下去的碩果僅存的氣息……）

你看，莫尼卡，我一直都在冥想死亡，我從不接受死是一具屍體、一口棺材、一座墳墓。死不是生的外衣！我寧願相信死是一股氣流，隨聚隨散，無影無蹤。對，死就是無影無蹤，就像你，在我的生命中倏然出現又倏然消失……

你總是突然消失，我愛你正是因為你不可預期，我們之間沒有故事，只有氣息。我憑嗅覺就知道你來了，在我樓下徘徊。當然你是不會和我見面的，這是我的宿命。我們無時無刻不在一起卻從不曾見面。這是對的，不見面就對了，不然就會落入俗套。我們豈是凡夫俗子？當然了，你也給我描述過我們的生活，甚至描述過我們的孩子，你給她取名叫子菂，菂就是蓮子，你希望我們的孩子像蓮子一樣純潔，出汙泥而不染……。唉，你本來就是一個夢，生下來的子菂當然也只是一個夢……

莫尼卡，與死亡緊密相關並相映成趣的另一個詞是時間。當然了，你是不會明白它的含義的，你這個年齡會覺得時間就像自來水，只要打開龍頭就會嘩嘩嘩地流出來。你不會假設有一天會突然停水。你不操心這種沒影兒的事情。自來水管早在你出生前就修好了，它可真是一個神祕叵測的系統，你一直都在問：我們的排泄物去哪裡了？事實上，我們這個世界早就有非常細緻和專業的分工，自有人處理排泄物，正如自有人辦報、八卦、出版圖書，也自有人收拾破爛、處理垃圾一樣。現在我告訴你，時間最主要的構成就是破爛與垃圾，愛情當然也是，它的高潮就是一灘排泄物，當我把那灘灼熱如閃電的排泄物射入你的體內時，你會覺得——啊，愛情！甚至於幸福都在你體內奔流。是的，我們整個身體都在分泌、接收、處理排泄物，愛情那灼熱如閃電的排泄物是最讓我們期待的。當然了，我也年輕過，那個時候我認為時間是一條奔流不息的河流，充滿著激情與詩意。我還傻乎乎地下定決心——此生都要像河流學習。我因此走了若干年彎路。現在我依然在思考時間，但我的問題已經變成：**時間真的存在嗎？**如果真的存在，那它從何處來又將往何處去呢？它會老嗎？會腐爛或者坍塌嗎？會得癌症嗎？它可以治癒或者根本就無藥可救嗎？剛才說到河流，所謂逝者如斯，那它會被汙染嗎？當然，它會的，任何一條能夠成為源頭的河流都汙穢不堪，將之比喻為時間可真是再恰當不過了！……呵，排泄！飄滿排泄物、垃圾和屍體的河流，時間的河流……

毅

以上是豪——這部小說的開篇人物在某個夜晚的境遇。他在一家又高又瘦的酒店裡自我折磨，不知道能不能挨過一個既痛苦又混亂的夜晚。那個夜晚，我臨上床時收到他的一條微信：「**我出走了**。」我不知道一個五十多歲的老男人在刑滿釋放後的所謂出走是什麼意思。他一定是忍受不了某些事情，他一輩子都在難以忍受，也在不斷絕望和出走。可他在身陷囹圄之後還有什麼忍受不了的事情嗎？這個世界難道比監獄更不可忍受嗎？我立即給他打電話，電話關機，聯繫不上他。艾薇說：「他是成年人，該對自己的行為負責。」她是對的，但我依然擔心。我自言自語地問：「他會去哪裡呢？究竟因為什麼出走呢？他有什麼計畫？想做些什麼？**他是要懲罰、報復或審判我嗎？**他可是剛從牢裡出來啊。」艾薇白了我一眼，又說現在不會有安全問題的。我也承認現在的治安很好，但一個人安全不安全與治安好不好並沒有必然聯繫。再安全的地方也會有意外。「除非他自殺或者發生車禍。」艾薇說。「可你能阻止一個人自殺或者發生車禍嗎？」她又說。「自殺倒不會，這一點我還是有把握的。」「**你有把握？你對一個人會不會自殺有把握？你也太狂妄了吧！**」艾薇突然大聲說道。她尖著嗓子，多麼神經質！語氣中帶著明顯的嘲諷與鄙視。這麼些年無論我做什麼她都冷嘲熱諷；她愛錢如命，可即便我大把大把地賺錢，她也只是「哼」一聲，彷彿在說她雖然愛錢，但只愛清白和正當的錢。她嫌我的錢髒，來路不明，花我的錢她心裡不踏實。這個該死的女人，這麼多年以來不知道用了一根什麼樣的繩索勒住我的脖子。我似乎永遠也擺脫不了她噩夢般的控制。噩夢無所不在，行蹤不定，身影飄浮……。她見我不說話，接著又問：「**那你對我會不會自殺有把握嗎？**」她滿臉奸笑地看著我。我在她的逼視下不敢抬頭。「我們不妨來推演一下，看一個人在什麼情況下會自殺？」我轉移話題，換了一個角度回答她。於是我們進行各種推演，並得出結論：一個人活著的恐懼大於死亡的恐懼時最有可能自殺。這個結論讓我立即就產生了一個疑問：他，我的那位叫豪的朋友會對繼續活下去感到恐懼嗎？我知道他是一個熱愛生活的人，一個自信的人，也是一個深陷在孤獨和絕望中的人。「一個絕望的人還會恐懼嗎？會因恐懼而自殺嗎？」我問。「不會的，都絕望了還恐懼什麼？只有希望才讓人恐懼。」艾薇說。她是對的。我們之所以恐懼是因為我們抱有希望。我們期望太多，害怕失去。我也認為豪不會自殺，我這麼肯定是因為我知道他是一個欲望何其多的人！他帶著那麼多欲望怎麼可能自殺呢？他甚至不會死，即便死了也不會瞑目。

說到自殺，我倒是想起了很多年前的一個下午。當時我和豪正在一個破舊的院子裡聊天，我們一會兒聊文學，一會兒聊女人；我們聊到了明朝的東廠，也聊到了一個時代的太監和某幾個極其猥瑣的文人。我們發生了一場沒有結果的爭論（記不得是哪方面的爭論了，但似乎與袁崇煥有關，豪喜歡袁崇煥，我不以為然……）。正當兒，慶跑了進來，他氣喘吁吁，臉色失常，他在一種看上去十分錯愕的悲傷中告訴了我們一個消息：海子死了，自殺了！那時應是早春，院子裡的草已經發芽，豪穿著一件寬大的灰藍色線衣，我們正在談論海子的一首詩——〈十個春天和一個海子〉，這首詩應該是幾天前西川給他的，豪說他讀這首詩時流淚了，這首詩傳達了一種多麼深切的疼痛呵。他剛讀了其中的一句，「海子在冥想死亡與復活」——他說，下一句卻被慶突然而至的悲傷打斷了。我們的面容一下子就在一種難以名狀的驚愕與悲傷中凝固了。三隻鴿子從我們的頭頂飛過，天空一片空茫。豪站起來，在院子裡走了幾圈，最後站在院子中間，仰望著頭頂的天空，伸出手臂，長嘆了一聲。好長一段時間我們都沒有說話，之後便聽慶詳細介紹海子死亡的過程，他低著頭講述了他所知道的每一個細節，他講了海子如何走到山海關去、如何趴在鐵軌上最後一次諦聽大地的聲音，以及火車如何從他身上飛馳而過，一個詩人如何在一個空寂的黎明血肉模糊、身首異處……。他也講了海子留下的詩歌和書籍，最後說他還是第一次感覺到死亡離他這麼近，近得就像食物、空氣和剛剛開始的夢。隨後我們談到了海子自殺的原因、動機與意義。豪說：「不是死亡離我們這麼近，而是自殺被海子帶到了我們的眼前。這是海子用他的憂傷、不屑與唾棄澆灌的花朵，是詩歌的另一種形式……。」「死亡始終都在召喚詩人，對海子而言，死亡的召喚是如此明確和肯定，我們卻拖泥帶水、含混不清。這下好了，海子開創了一種新生，希望以後每年都有詩人自殺，否則這個世界真就沒什麼指望了。」（瞧，那個時候他就嚮往自殺，熱烈地歌頌自殺，可他卻拖拖拉拉地活到了五十多歲！）「問題是我們應該如何紀念海子的死亡？」慶問道。他們倆都認為自殺是海子最純潔也最有尊嚴的方式。「他的自殺應該沒有悲哀也沒有憤怒，相反，通過自殺他將生死合而為一了。這與傅雷和老舍的自殺完全不同，傅雷與老舍的自殺將生死絕望地撕成了兩半，生被苟延殘喘地留下，死卻被悲憤而高傲地帶走了，海子卻做到了生死合一……。紀念海子最好的方式應該是繼續活著，當然活著的人應該更悲哀也更憤怒。」豪說。我沒有說話，我覺得無論從哪方面講自殺都是一件猥瑣的事情，絕不應該受到讚美。我同時認為豪的觀點極端而矯飾，他似乎沉陷在虛妄的幻覺中，抑或他只是在表演，表演一個活著的人對死亡的景仰……，但我並沒有說出我的想法。那一年滿大街的人都在詩化死亡，海子的死幾乎成了預言，自殺也因他變得崇高和美麗。「海子或許將因自殺而載入史冊。」慶說。我明白他的意思，他的意思是海子若不自殺就不會有那麼多人知道他、懷念他，自殺成就了他的詩歌也成就了他的生命。「他生是詩歌的，死也是詩歌的，自殺是他的絕唱，通過這首絕唱，海子生死合一。」豪說，他用一種毅然決然的方式打斷了慶，之後又自言自語：「我就做不到像海子那樣去死，我沒有他那麼純粹，我就是一個俗物，一堆正在腐化的雜碎。」他甚至認為海子才是生命的王者——「**他連死都掌握在自己手中了**，他是他自己的王！」……那個下午，豪反覆使用**生死合一**這個詞，每次說出這個詞臉上都盡是羨慕之情，他似乎沉陷在一種巨大的失落之中了。那是一個多麼浪漫的詞！我揣測他的失落，他對海子的死懷有景仰之心與憧憬之情，但他顯然沒有海子那麼赤誠，他也不是一個真正的吟誦者，他寫詩及後來做生意都是受欲望驅使，他想的只是如何出人頭地，進而成為卓異之人。「我他媽的是個俗物！我他媽的是個懦夫！我在苟活著，你們也一樣，像一小堆垃圾，在某個角落裡自以為是地散發著腐爛的氣味。」他居然哭了起來，他趴在一棵樹上邊哭邊捶打著樹幹，他的手指狠狠地摳掉了一大塊樹皮……

那個時候我們可真年輕！豪的微信和艾薇關於自殺的話讓我想起了這件舊事，想起了那個院子和那個談論自殺的下午，那可真是一個被打斷了的、破破爛爛的下午……

很多人年輕的時候都有過自殺的念頭，自殺會基於一件事或一種心情；自殺也會基於一種生命狀態，還可能是一種審美形式。那是我第一次和人談論自殺，豪通過海子的自殺剖析了自己，我承認他說得對，我們都是俗物……

豪應該也是一個有自殺心的人，他總在厭惡自己，想把自己置於死地。我不同，從沒有過自殺心，我對自己的生活很滿足。慶呢，也許他居於我與豪之間，慶也厭惡自己，但他已經習慣了對自己的厭惡。豪說慶滿足於苟活。

一個人厭惡自己或滿足於自己——哪怕是苟活也滿足於自己，究竟是因為什麼呢？整個晚上我的腦海裡不停地閃現豪的樣子，他走在某條街上，像是某種染上了疾病的動物，他步履蹣跚，疾病（哪種病？）讓他發燒、無力，他戒備著不知從何處而來的危險。的確，危險無處不在，潛伏在每一個角落。他萬分戒備，既緊張又乏力，對身處的險境茫然無措。他穿過一條街，又逃竄到了另一條街上；他急走，到了一個廣場。廣場上有幾個正在打太極拳的老人，有花壇和滑板少年，也有幾個看上去滿幸福的中年人帶著他們的孩子在放風箏。噴泉偃旗息鼓，雕像裝腔作勢，但依然有人在噴泉和雕像旁照相，也有人在街角接吻。總之生活看上去是一派祥和。可豪感覺這一切都與他分離開了，他完全是一個孤零零的人，街道是另一條熱鬧的街道，廣場是另一個祥和的廣場，「這一個」與「另一個」隔著無邊無際的凍土地帶……。突然，一束白光打在他的身上，整個城市一下子就變得緊張起來，他被這道白光逼到了一個死角。他蹲下，再一次感覺到自己是一個罪犯，他逃無可逃，在巨大的臆想與妄念中瑟瑟發抖，他將以一個疑似精神病患者的身分講述他出獄後的故事。

慶

現在該談一談姍了。我一直想談一談姍，可這個人我始終把握不住，我能說她些什麼呢？又有什麼讓我必須談她的呢？她給我的印象是一位闊太太，衣著很華麗，看上去很年輕。十年前的某個下午豪打電話給我說：「來見見我女朋友吧。」我很吃驚，他半年前剛離婚，離婚讓他大病了一場，當時他曾對我說：「兄弟，千萬不要結婚，更不要離婚，傷不起！」我是一個普通人，過著平凡的日子，在一所三流大學當老師，正在嘔心泣血地寫一部四卷本的文學史，偶爾會發表一些不關痛癢的文章，讓人一眼就能看出沒有多大的出息。是的，我沒權、沒錢、雖然有老婆卻沒有女人；我年過半百，萬事皆休；我沒抱負，沒思想，還很澈底、很純粹地沒有用處。我似乎已經成功地成了一個既無害又無用的人。但成為一個無用的人是我對人生反覆思考之後的理想，我要的就是這麼一種毫無用處的人生。當然了，我或許也會因此而成為一個有意義的人——某種我十分得意和滿足的意義。我不知道豪為什麼要打電話讓我去見他的女朋友，他關於結婚和離婚的那些話我也沒有當回事兒。二十多年前我出過一場車禍，我的智力受到了損傷，膽子也變小了，因此我只能在一所不入流的大學教書，講古代文學，讓學生們不厭其煩地背誦唐詩宋詞，就像讓一群末世之人不厭其煩地自慰一樣。我常說：「同學們，人不能失憶啊！」可我經常失憶，我對古代的生活記得很清楚，甚至記得楊貴妃喜歡穿什麼樣的內衣；可我總是忘記眼前的事情。我經常忘記眼鏡、錢包和學生們寫的論文，甚至忘記老婆的模樣。我好幾次都對我老婆說：「你是誰？你不是晉國人嗎？怎麼到我床上來的？」她說：「沒事，你還記得我是晉國人就好，就算把我當作楚國人都沒關係。」她總是很溫柔、很耐心地面對我的失憶，她的溫柔與耐心讓我成為了一個深情的古詩詞背誦者。我在背誦古詩詞時立即就會想起她其實就是我的老婆。我記得她在一家莫名其妙的雜誌社做編輯，不失時機地嫁給了我，還發表過我幾篇論文（就是這幾篇論文讓我評上了副教授）。她嫁給我這件事讓我一直心存疑惑，我問她為什麼？她說：「因為你總把我當作古人。」我明白了，她覺得活到三十五歲只有我懂她，懂比愛更重要。好吧，我們結婚了，她對我智商不高、患有選擇性失憶症毫不在意，她正要找一個人和她一起過非現實的生活，她覺得所有的美都只在古代，而我懂得她的美，我甚至會背誦數千首古詩詞。**她似乎很樂意與一個失憶卻會背古詩詞的人過一輩子，她認為眼前的生活不值得回憶。**

　　事實上，我們所處的時代和我們現實中的生活還真是五花八門。我們的身邊有很多人都在折騰，豪當然在折騰，毅也是。我可能也在折騰，但我一直是在被折騰，我不喜歡折騰。我對折騰缺乏想像，說到底我認為生活的本質與意義從來就是不變的。很多人對生活都有誤解，認為人生有很多機會，還認為自己有各種潛力，豪就經常這樣自以為是。我多次跟他說：狗屁！人生不過生老病死，現在的人與幾百年前的人並沒有什麼不同，無外乎吃飽了睡，睡著了做一些自己永遠也記不住的夢，夢醒了照舊吃，吃完了接著睡。所不同的只是吃的東西不同、吃東西的方式不同，做夢的方式也不相同而已。但無論怎麼吃、怎麼睡、怎麼做夢，人都會醒來，醒來之後就會發現所做的夢都是碎的，所有的夢其實都是殘夢，殘夢難圓！既然如此，人與人之間又有什麼本質不同呢？這個世界已經夠奇怪的了，我們待著不動，天天盯著它看、盯著它想都很難理解它，我們還要折騰！我們折騰來折騰去是為了什麼？人類已經有幾千年的文明，它已經足夠複雜和豐富了，我真想它停下來，最好不要再往前走了，我們的生命太短、太脆弱，它在任何一個階段的成果都已足夠讓我們安度此生。所謂發展真是自欺欺人，我們愈折騰，這個世界就愈古怪；這個世界愈古怪，我們死得就愈難看。我們實在承擔不了它太多的祕密，所謂文明之重，它有過的美與智慧其實我們已經承擔不了了，可它依然在向前奔騰！你看，豹子跑得很快，跑起來也很好看，可牠很短命；烏龜不動卻活得很長。豹子為什麼總是在跑？因為牠總在追逐獵物，或總是在逃命，可以說豹子都是跑死的，不是死在追逐的路上就是死在逃亡的路上。這麼一種辛苦的動物居然受到讚美！豪也是一頭奔跑的豹子，只是他遠不及豹子漂亮和矯健。他長著兩條短粗的羅圈腿，身形笨重，最不擅長的就是奔跑。可他的眼神還真像一頭豹子，這讓我覺得既滑稽又悲哀。有一次他對我說他有四個夢想：一、成就一家市值上千億的公司；二、設立一家優才基金，幫助有才華的人成就他們的夢想；三、寫一部傑出的情色小說，不遜於納博科夫；四、擁有一個身體美妙、元氣充沛、充滿欲望又極具想像力和領悟力的情人（哦，你瞧，她孤獨、憂鬱、叛逆……渴望愛，卻一直在躲避）。我聽完之後哈哈大笑。我說：「那你得做多少夢啊，而且還得持續不斷地反覆做。」其實夢是斷的，夢的本質就是破碎與斷裂，一個夢總是偏離另一個夢，它們互不搭理，像一群完全不認識的陌生人，彼此之間冷漠極了，它們甚至經常相互攻訐。我跟他說所有的人睡醒之後都會忘記做過的夢，沒有任何一個夢是可以持續不斷地做下去的。他說：「你不信？」我說：「我當然不信，你在癡人說夢！」他完全不在意我的態度，他豪氣干雲。當時我還真看不出他有什麼沮喪或絕望，他情緒不錯，生意似乎做得也很好，他正在努力使他的公司上市。他把公司上市當作一個目標，也當作一種標誌；他幻想著公司上市後他就把股票賣掉，然後設立他夢想中的優才基金，去幫助更多有才華的人。「好吧。」我說。但我知道他很快就會絕望的，他其實是一個很容易絕望的人，他沒法不絕望。所謂公司上市、賣掉股票、設立基金……在本質上都是一樣的，都是為了出人頭地。他太想有人承認他、欣賞他、崇拜他和追隨他了，他所渴望的不過如此。所謂成功不過是為了證明自己，成功甚至只是他對這個世界的宣泄與報復，他彷彿正揪著世界的衣領說：「睜大你的狗眼，看清楚了，我是豪，豪氣干雲的豪！」哦，這個長期忽視他的世界應該羞愧，應該低眉順眼地諂媚道：呀，豪哥，你成功了，早知道你會成功的，有什麼事您儘管吩咐……。這就是豪功成名就之後的景象，他的腦子裡經常出現這樣的市景圖像，這樣的圖像我當然也很熟悉。我們的身邊盡是這樣的嘴臉，妄人佞賊使得這個世界愈來愈不要臉了……。但我沒有說破，我不想影響他的心情，更不想讓他知道我看透了他。最後我說：「也許你真能寫出一部傑出的情色小說，這是我期待的。」我們年輕時都熱愛過文學，也都幻想過各種各樣的女人。客觀地講豪算得上是一個有文學天分的人，可後來他以一個詩人的激情和夢想去做了生意，他還真的賺了不少錢。在我看來他的成功都十分偶然，可那些偶然的成功卻讓他的雄心愈來愈大，愈來愈飛揚。當然這也加深了他對自己的誤解。

我曾經和毅一起聊過豪。毅能夠在生意上成功我不奇怪，因為他周正而庸常，從不做偏離軌道的事情，更不會涉險；大學畢業後他就在經濟部門工作，後來又去了一家國企，他對做生意是不陌生的，對政策吃得也很透。豪呢，完全是一條流浪狗。沒錯，本質上他永遠都是一條流浪狗，他跌跌撞撞地下了海，賺錢只是瞎貓撞上了死耗子。他無數次跟我描述過企業家精神，他認為商業的本質是平等與契約，由此而帶來的民主意識與法制精神正是我們這個民族所缺失的。瞧，他把做生意上升到了一個怎樣的高度，彷彿下海經商是在曲線救國似的，下海經商是他在用行動構建這個民族缺失的根性。關於這個話題之後他又有許多宏論，當然了，有些話完全是他的夢囈，他總是在夢中滔滔不絕，儼然一位百辯鬥士。不過他也有一些語義明晰的觀點，比如他認為若一個人只服從法律就會是自由的，否則就將處於各種各樣的奴役之中。後來他坐了牢，用自己的行為釀造了具有反諷意義的惡果，當然也是大家始料未及的。他不是法律專家，可他對自由究竟又有多少瞭解呢？很多事他都語焉不詳，現在更不敢再奢談自由了。自由的時候他總認為是在受奴役，他既沮喪又狂妄，好夢與厄運交替，自卑與自大往死裡糾纏。可這些都不算什麼，在我看來最糟糕的是他誤認為自己在生意上也有天賦，他不斷設計商業模型，也不斷地和我談他的專案與計畫，一談到他的計畫我就忍不住想笑。毅說豪從不和他談生意，他只和他談孤獨與情懷。「每次見面他都和我談生意，而且最喜歡談商業模型，他認為做生意和寫作一樣讓他享受到了智力上的美感與愉悅。『做生意和寫詩是一樣的，都是在解決遠近、大小、虛實問題，只不過寫詩用的是文字，生意用的是資金、人和資源。』他似乎成了得道之人，也很滿足他激情澎湃的思考、發現與話術。他的自信心來自於感覺、想像和自以為是的推理與邏輯。他迷戀他的邏輯與想像，也迷戀他的話術與智商。可我不明白他為什麼老對一個腦子受過傷的人談智力上的美感與愉悅？」我對毅說。「老兄，你的腦子沒有受過任何損傷，你的智商也沒有絲毫問題，別老是疑神疑鬼的，那場車禍並沒有傷到你什麼，你只是在自我暗示。車禍隨時都在發生，每個人都有可能遇上車禍，你只是受了驚嚇，膽子變小了而已。其實膽子變小了就對了，這個世界還真他媽的嚇人，我們都應該謹慎一些。」毅說。他似乎在安慰我，還說人有點失憶不全是壞事，很多事就該忘記，記憶好的人痛苦一定多，因為管不住自己，各種破事都記得。一個人記那麼多髒事、爛事，沉陷在各種各樣的回憶中能不痛苦嗎？我說也是，這樣說來我倒是幸運的。可問題是我得的是選擇性失憶，記住的不一定是快樂，忘掉的也不一定是煩惱。我倒是選擇性失憶了，可並沒有選擇的權利與能力。毅聽了我的話，滿臉的茫然無措。也是，他不是失憶者嘛。記憶和幻想都沒有邏輯，有時候突如其來，讓我們措手不及，讓我們感到絕望，可有時候也讓我們感到溫暖。毅突然接過豪談生意的那段話，說豪的觀點其實是一種誤解。「生意和智商並沒有必然關係。智商高的人都很孤僻，容易帶批判性；生意卻需要糊塗一點，生意人要一團和氣。」他說。「我不懂生意，可我覺得豪喜歡過癮，這可真是一種惡習。再說了，他的智商很高嗎？他動不動就說他在享受智力上的愉悅與美感，就像是在暗示我什麼似的。雖然我受過傷，智商受到了損害，可我也並沒有看出他有多高明。」我說。毅笑了笑，對我的話未置可否。我們仨在大學就是好朋友，我們曾經有過多麼一致的理想呵，後來分岔了，在各自的岔路上愈走愈遠。豪和毅都在生意場上混，可他們並無交集。我和豪會時常見面，和毅也是，但我們很少一起見面，似乎一起見面就會不愉快似的。我們之間有什麼事嗎？什麼也沒有啊。

我經常想起那個老問題：豪為什麼總和我談生意？他明明知道我對生意沒有興趣。我老婆說：第一，豪太孤獨了，他在生意方面的想法一定沒人聽；可他又很在意，需要有人聽，他幻想他的生意超凡脫俗。第二，因為你不懂他才跟你談。他跟你談沒危險，也不怕露怯。他需要有人讚美，你是一個門外漢，當然只能傾聽和讚美了。我明白了，可我有義務聽他不斷談論自己的排泄物嗎？我他媽的都快成他的下水道了。我從未讚美過他，這或許更讓他堅持不懈地和我談生意了。如果我讚美他，他或許就會停止。這可真有趣，談生意竟成了我們之間的某種博弈，問題是博弈的一方根本不是業內人士。我們也不再談文學，雖然我認為豪本質上是一個藝術家，可我和一個成天戴著商人的面具在江湖上四處奔波的藝術家又有什麼共同語言呢？他兩頭都不沾，活得不純粹，我始終不明白他為什麼要做生意，更不明白他為什麼要把自己打扮成一個似乎是有雄心和理想的商人。他或許是在反擊什麼，卻更像是一種諷刺。從做生意那天起他就把自己弄得面容模糊。他坐一輛賓士車去寫字樓上班，以一種看上去老謀深算的方式去和人家吃飯、談判，時而故作輕鬆，時而躊躇滿志、哈哈大笑……，這可真是滑稽！

我老婆說你應該讚美他啊，誇誇他在生意方面的才能又有什麼呢？她說的是什麼話！我已經五十出頭了，一輩子從未諂媚過誰，憑什麼要去違心讚美他？我老婆說這並不是諂媚，傾聽和讚美都是一種美德。我不同意她的觀點，我是一個有原則的人，絕不說任何一句違心的話。而且我永遠記得（真是很糟糕！）若干年前有人曾問豪我的詩寫得怎樣，他想了想，居然說：「他嘛，我學生，跟我寫了很多年，進步不大，但人不錯，是個老實人。」那人把這話轉給我，我氣得發抖。我承認我是受了他的影響才寫詩的，起初他也的確幫我改過一些句子，可我怎麼就成了他的學生了？大三那年我們一起創辦了一個校園詩社，我們稱自己是「孤獨的步行者」（滑稽吧？），我們一起辦油印刊物，搞講座，朗誦詩歌。我承認他寫得比我好，也經常讚美他，可我怎麼就成了他的學生了？寫詩是能夠教的嗎？我氣了好些天，想找他理論。毅勸阻了我，說文人相輕要不得，豪已經表現得如此輕狂，我前去理論，不是也顯得淺薄嗎？我們不能再顯得淺薄了，做兄弟的不該做讓外人笑話的事情。好吧，我忍了，可這麼多年豪誇過我一次嗎？他只是說過我是一個老實人，這句話其實也有潛臺詞——它顯然是在說我缺乏才氣，智商不高。可那個時候我並沒有出車禍，我的智商也沒有受到損傷，我和大夥兒一樣意氣風發的。雖然如此，我依然經常問自己：我真的缺乏才氣嗎？我缺乏才氣礙著誰了？我他媽的阻止豪成為一個天才了嗎？不！我什麼也沒阻止，我只是阻止了自己去和他理論，真他媽的該去啐他一臉！毅也說：「慶真是一個本分人，有涵養。」好吧，我本分，有涵養！……

最後我還是得說說姍，我為什麼總想著要說說姍呢？這可真是莫名其妙。我和姍總共也沒見過幾次面，我覺得她看上去很年輕、似乎過著富裕的生活，氣質從容而優雅。但這些都不重要，也與我無關。我是一個選擇性失憶的人。豪打電話說過來見見我女朋友吧，我去了，見到了姍。我一見到她就忘不了她，我覺得她是一個意志堅定的人，也十分理性，能力應該比豪強很多。她坐在我面前，很客氣地稱我為慶先生，她說她經常聽豪說起我，知道我在豪心裡分量很重。我很想說你誤會了，豪只是需要有一個人聽他談商業計畫，他需要在一個人面前過乾癮。可我什麼也沒有說。這時豪再次說道：「慶，這是我女朋友！」他明顯地有一種優越感和儀式感，這讓我稍稍有一點兒吃驚。豪應該是一個缺乏儀式感的人，前不久還在詛咒婚姻。可不到一個月他們就結婚了，他們在一家酒店訂了一間包房，我和毅都去了，豪掏出兩本結婚證興奮地說：「瞧，剛領的證。」臉上再一次呈現出優越感，他似乎要藉姍向我們炫耀或者證明什麼。可那頓飯看上去與婚禮無關，也沒有任何婚慶的氣氛，它只是一個普通的飯局，所談的話題也與愛情無關，我們甚至談到了早年間熱愛文學的事。豪很興奮，喝了很多酒，去了好幾次廁所，從廁所出來居然找不到我們的包房了。他問服務員：「小姐，六號包皮在哪裡？」服務員把他送進來說：「先生，你的包房在這裡。」他立即往外走，還很生氣地說：「我找的是包皮不是包房！」大家聽了都哈哈大笑……

整個晚上姍都沒怎麼說話，之後他們也沒有舉辦過婚禮，我和他們很少見面，只聽說他們在一起很幸福……

一想起豪對服務員說「我找的是包皮不是包房」我就忍不住想笑，它讓我想起豪另一些滑稽的事情。我們仨曾經都喜歡聊女人，還在一起比較過生殖器，討論過生殖器的大小與性快感的關係。毅說東西大小與快感無關，還很搞笑地問：「你們說是小拇指挖耳朵舒服呢還是挖耳勺挖耳朵舒服？」答案當然是挖耳勺挖耳朵舒服了。這個笑話給了豪很大的鼓舞，因為他的生殖器又短又小，就像茶壺嘴似的，讓人覺得十分滑稽。豪很喜歡毅講的笑話，覺得他的生殖器就像挖耳勺一樣總能撓到女人的癢處。他的確十分懂得怎樣去撓女人的癢處，搞女人的天分和寫作的天分一樣高。可毅的另一個觀點卻讓豪很不以為然。毅認為性快感與包皮關係密切，他建議豪去做包皮切除手術。豪的包皮的確過長，可他認為毅的觀點很荒謬，他只關心是否真能撓到女人的癢處。毅說就算每次都能撓到女人的癢處，包皮過長也會影響性愛時間，包皮長容易射精，甚至可能導致早洩，原因是包皮會導致雙重摩擦，從而加劇快感、縮短做愛時間。他還以穆斯林行割禮為例證明自己的觀點。豪很固執，堅持認為毅的觀點荒謬，更接受不了對生殖器實施任何手術。他的固執還真讓他吃過虧，也出過洋相。其中一個洋相是這樣的：豪是一個喜歡裸睡的人，有一天鄰居來敲門，他慌裡慌張，套上一條長褲就去開門，結果拉拉鍊時把包皮給夾住了。這當然很疼，問題是一整天他都出不了門，最後只好把褲子鉸了，帶著一條拉鍊狼狽不堪地過了好幾天；這幾天當然不能做愛，不能手淫，不能像過去那樣肆無忌憚地小便。他小心翼翼，最後還是感染了，不得不去醫院。醫生很冷酷，沒打麻藥就用鉗子對他實施了手術。他慘叫，醫生奸笑，走出手術室時彷彿整幢樓的護士都在對他指指點點、哈哈大笑。護士們的笑聲當然代表了女人對他的看法，從此他便開始自卑，覺得生殖器是一件讓他難堪的東西，也會帶來意外。可他依然拒絕去做包皮切除手術，似乎這個手術會讓他一不小心就成了太監。他寧願包皮過長、做愛時間變短、容易出意外，甚至成為早洩病患者。不管是否承認，包皮過長都讓他心裡有了陰影，以至於結婚那天，他竟藉著酒膽對服務員說：「我找的是包皮不是包房！」你瞧，這個狗娘養的，連新婚之夜都在找他的包皮！

說了這麼多無聊的事情，我的疑問僅僅是：姍，怎麼會嫁給這麼一個生殖器短小、包皮過長、既狂妄自大又有心理陰影的人呢？

豪，出走

豪那天晚上的微信一直讓我不安。「我出走了！」他說。我反覆琢磨這條微信，覺得既詭異又莫名其妙。豪當然是一個不斷出走的人，上中學時出走過，上大學時出走過，畢業後到了單位也出走過。他總是和周邊的環境發生衝突，又總是幻想有另外一些人和另外一種生活方式。上初中時他曾經給他父親留過一張紙條：「我出走了，別找我，**我想換一個父親**。」他父親後來對我談起這件事，很不屑地說：「王八蛋，居然想換父親！」他對豪的留言很氣惱，認為豪有心理疾病，甚至有某種危險。我問他：「您和他談過嗎，他的心理疾病？」「談什麼？我只是警告他：『小子，這個世界什麼都可以換，但父親換不了，你沒得選。』」他說。豪當然也知道他沒得選，他只是在表達自己的不滿與憤怒而已。一個人怎麼可以主動選擇父親呢？他壓根兒就沒有選擇的權利。豪曾多次對我說：「瞧你爸多好，我要是有這樣的父親就好了。」他的話真讓我無言以對。後來他和娟談戀愛，也曾趴在娟的腿上發出夢囈般的聲音：「我要是的你兒子該多好了啊！」這讓娟覺得笑無可笑，可娟也因此對他產生了更多的柔情。他明知一個人不可能選擇自己的父母，卻總是否定自己的出身；不久他就和娟分手了，他或許又要去尋找下一位母親。我一直在想，豪為什麼一而再、再而三地想換掉自己的父親呢？他似乎很厭惡他父親那張小城市知識分子的嘴臉，他寧願他父親是個本分的農民或工人，他覺得農民知天命，工人懂造反，此二者都是好的；最糟糕的就是小城市的知識分子，牢騷很多，血性不足，一說話是各種道理，一閉嘴就滿腦子漿糊。他還認為小城市的知識分子既清高又猥瑣，甚至……差不多全是閹人。我覺得他的看法既極端、片面，又缺乏邏輯與依據。後來娟成了一個教育學家，教育理念與眾不同；她認為教育的前提是母親，母親有問題孩子也容易出問題。她創辦了一所母愛學院，致力於喚醒母愛，讓母親覺悟。她有很多追隨者，艾薇就是其中之一。雖然我們沒有孩子，艾薇也無意成為任何人的母親，但她認為娟的市場定位很準，從而希望與娟合作，在我們所在的那座城市也辦一所母愛學院。我提醒她教育是一項公益事業，以「喚醒母愛，讓母親覺悟」這樣的理念去賺錢是不妥當的。她大聲地說：「教育是產業，大產業！你懂不？」她有統計資料和預測學做依據，也有她對未來近乎於神經質的判斷，我只有無語。至於豪，我並不認為像他父親說的那樣有什麼心理疾病，**他或許只是缺愛而已**。很多人一生都在尋找父親或母親。納爾齊斯就曾經對歌爾德蒙說：「我心目中的形象是父親，這讓我冷靜、理性、著重於分析，因而是科學與哲學的；你呢，歌爾德蒙，你心目中的形象始終都是母親，你應該離開修道院，到有鳥兒歌唱的森林和田野中去，你是自然之子，去尋找愛、女人和藝術吧。」[1]我和豪上大學時都迷戀過赫塞，讀過他不少小說，比如《知識與愛情》、《流浪者之歌》和《荒野之狼》。豪曾經認為我是納爾齊斯那樣的人，他呢，更像歌爾德蒙，是一個浪子、藝術家和有天賦的殉情者。我們都是心靈美好的傑出人

1 德國作家赫曼・赫塞《知識與愛情》中的主要人物，又譯《納爾齊斯與歌爾德蒙》。

士，此生的目標僅僅是為著精神的精進與人格的完善。所以我也多次說：「豪，去吧，到曠野中去，去流浪，去愛，去尋找你的詩歌與夢想吧。」豪熱淚盈眶，他趴在一面牆上哭，還渾身顫抖：「我知道，我知道，**我是為女人和藝術而生的。**」後來他真的離開了學校，沿著長江四處流浪。他多麼渴望成為一個行吟詩人啊，多麼渴望像梵谷一樣度過短暫而熾熱的一生，又多麼渴望像歌爾德蒙一樣愛上各種女人啊，對於十八歲的豪，不，對於五十歲的豪，梵谷和赫塞既是靈魂的召喚，也是優美的蠱惑者和富有詩意的教唆犯。赫塞小說中的主人公無一不是豪的榜樣，歌爾德蒙如此，悉達多如此，那位自稱是荒原狼的五十多歲的男子哈瑞也如此。如果說大學期間是歌爾德蒙在召喚他，那麼這一次則一定是哈瑞，那位看上去隨和有禮卻一半是人一半是狼的哈瑞帶著一身的病痛，以一顆神祕、優雅的粉紅色藥丸在誘惑他。豪年輕時沒有能夠成為歌爾德蒙，也沒有能夠像歌爾德蒙那樣與各種各樣的女人相愛；他缺愛恰恰是因為不懂愛，他從未愛過任何人，當然也不可能成為哈瑞。哈瑞患有多種疾病卻始終是卓異之人，重要的是哈瑞有赫爾米娜[2]那樣既風情又有智慧的姑娘，他還在那間著名的夢劇場看見過一個招牌，牌子上寫道：**所有的姑娘都是你的……**

起初我對豪的出走完全是建立在想像之上的，這想像充滿哲思與詩意，我既擔憂又抱著美好的祝願面對他深夜發來的微信。可艾薇的觀點讓我的哲思與詩意蕩然無存。她認為豪出走僅僅是因為姍，他們

2 德國作家赫曼・赫塞《荒野之狼》中的人物。

吵架了。「你的這位朋友多麼任性啊！」她說，語氣中充滿了不屑，話裡話外都在指責豪自私、冷漠和心智不成熟。我問她為什麼這樣想，她說：「為什麼？明擺著是一條流浪狗，還嫌棄收留他的狗窩！無外乎不自在哪、不自由哪！他幻想全世界都在與他為敵、讓他難受，所有的人都俗不可耐、冷漠自私。不幸的是他把姍也當作假想敵了。」「這是哪跟哪呀，世界那麼大，誰有功夫刻意難為他，與他過不去呢？」我知道艾薇的話是對的，人不該處處與生活為敵。豪或許真有焦慮症或妄想症，從而使自己經常陷入恐慌之中；這次出走就更明顯，他把自己變成一個被迫害狂了，讓自己隨時都處於戰鬥狀態。我深知這個世界兇險而冷漠，可這個冷漠的世界還真沒功夫搭理他；人人都有自己的事情，人人都過得不如意。

但我依然在想豪的出走，也理解他的絕望與難受。我試圖對自己說他的絕望與眾不同，可我他媽的經常也挺絕望和難受的，活著從來就不是一件舒服的事情。我算是有點錢了吧，算是成功人士了吧，我，如果願意，應該在某些時候、某種場合也可以為所欲為了吧，可是我呸，我他媽的照樣難受！我每天遇上的都是讓人難受的事情，也處於各種難受的關係中。嚴重的是我也有恐懼心，這麼多年了，我從沒有睡過一個安穩覺，總覺得隨時都有一隻手在伸向我，抓我，把我撕成一片一片再扔向天空。恐懼莫名其妙卻無處不在。當然了，豪對難受與恐懼或許更為敏感，他的反抗也更為強烈。他總是處於妄想之中，渴望被人崇拜與追隨，他不顧一切，隨時準備調集千軍萬馬和這個世界決戰。我和慶，我們是能忍則忍。我們能忍是因為我們認為在哪兒都一樣，無論我們做什麼、怎麼做都照舊會難受，也照舊會恐懼，我們不妄想。可豪的心還沒有死，他還有他的夢想。這種狀態又有什麼可讓人擔心的呢？真正讓人擔心的其實是我們，是我們這些一直在忍著、自以為活得不錯但又總是驚恐萬狀的傢伙。他娘的，我們真的活得不錯嗎？

說到難受與恐懼，我時常會想起如下場景：時值酷暑，有個人坐在圓明園的一間平房裡，門上貼著一張稿紙，上面寫道：**我在書寫黑暗，請別敲門**。這個人就是豪，那時他剛從長江流浪回來，在圓明園最荒僻的一個村子裡租了一間沒有暖氣的平房，每天都把自己關在那裡寫東西。一群破衣爛衫的畫家與他為鄰，他們像一群來歷不明的流浪狗一樣憤世嫉俗，瘋瘋癲癲。有時候他們會勾引附近的女學生去村子裡談論文學和藝術，那是一些多麼純潔的姑娘，她們像憐惜棄兒一樣憐惜藝術家，崇拜天才和特立獨行的英雄，嚮往浪漫的愛情，願意為美好的事物獻身。到了晚上，他們會湊錢買幾斤肉和幾箱啤酒，他們撒酒瘋，和姑娘們跳貼面舞，然後被警察帶走。他們接二連三地被警察帶走，有時是因為一場舞會，有時是因為一場燭光下的詩歌朗誦會，有時則是因為某個藝術家將畫賣給了某個國家的大使，或者接受了某家英文雜誌的採訪……，總之一切都讓人擔心和戒備。後來他們提出了一些主張，引起了更大的注意，成了所謂的重點人。豪混不下去了，連在門上貼「我在書寫黑暗，請別敲門」這樣的紙條的權利都沒有了。他無家可歸，跑到單位來找我，一副桀驁不馴的樣子，屌得不得了的長髮在寒風中瑟瑟飄動，神情是無所謂的也是悵惘的。他沒有住的地方也沒有吃的，但他的身體語言似乎在說：「我是詩人，受到極權的迫害，你理應幫我。」好吧，我的詩人兄弟！我把他帶回宿舍，讓他住在我的上鋪。晚上我請他吃了一頓陽坊涮肉，我們喝了兩瓶二鍋頭，之後他發酒瘋，對著一堆空盤子朗讀他的詩：

黃昏從遠處過來

往事從身邊過去
挾持我們的不過是事物的兩面
一面是白天　另一面是夜晚
一面是疼痛　另一面還是疼痛

直到今天我依然很惱火——我怎麼會在二十多年後還記得那首破詩呢？當時我的確被他感動了，以至於我一直記得那首詩的最後幾句：「你瞧，你的風如此細瘦／記憶的門一扇不如一扇／向南，自棄如詩人……」糟糕的是當時我也寫了一首詩，我在那首矯情的詩中寫道：「詩歌遠去／再也不能吟誦／哪怕淚水洶湧／來世斷裂／此刻，你正無可奈何地懷念某個詩人兄弟」！……是的，我一直在懷念他，我似乎總聽見他在說：「**我所做的一切都是在抵制種種文化俗套！……**」

任何人都會為自己的落魄找理由，好讓自己的痛苦變得可以理解，也讓自己的行為符合邏輯。豪也是，他很早就成功地讓我和慶相信他是一位天才，他因自己的天才和人類的荒謬而受苦，他這個人本身就意味著超凡脫俗……。我收留了他，慶則豁出去為他找了一份工作，使他可以在一家小報社上班，還當上了一名臨時記者。然而他不久就砸了自己的飯碗，他瘋瘋癲癲地愛上了報社的記者部主任，為此鬧出了許多笑話。這還不算什麼，嚴重的是他居然沒頭沒腦地去街上遊行，因而一段時間就像是從人間蒸發了似的。當他再一次出現時，我和慶都從他身上看到了更大的落魄與更深的寂寞，他那頭曾在寒風中瑟瑟飄揚的長髮被剃成了光頭，我們相視無言，他再也說不出「我是詩人，你理應幫我」這樣的話，連說這句話的底氣似乎都沒有了。我和慶在慶豐包子鋪請他吃了一籠屜包子和兩碗炒肝。報社辭退了他，他再次失去了工作。後來，據說他在那位和他有過風聞的女主任的安排下去了一家內部刊物做編輯，也有人說他去五臺山當和尚了。我們大約有五年沒有見過面，其間我曾問過慶他和那位女主任的關係，慶說：「關係？一條發情的公狗給一條發情的母狗獻了幾首破詩而已。」我知道豪經常給女學生寫詩，他喜歡追求文藝女青年，我猜那位女主任一定年輕而嫵媚。「屁，又老又醜，大他十歲。」慶說。我的腦子裡立即就出現了豪飢不擇食的樣子，他那隻被性欲過度摧殘的鼻子萬分緊張地在狂躁的大街上嗅來嗅去，面容過於畸形，以至於大白天也模糊不清。當然他或許又在尋找一個可以改變他命運的母親了——呵，這一回，一位大他十歲的女主任，該散發出多麼誘人的母親的氣息！這是一位可以上床的母親，雖然又老又醜卻能讓他肆無忌憚。不過我並沒有就這個話題談下去，我不能假設那位女主任擁有某種權勢，而豪因為她的權勢不僅獻了詩還獻出了短小的身體。當然我這樣想多少有點骯髒，豪應該正在從一位詩人轉變成一位革命者和流放者；詩人可以不拘小節，甚至可以在道德上多少有些瑕疵，但革命者和流放者不同，任何一位革命者和流放者都得具備某種人格魅力和道德力量，因此有關豪和女主任的事不宜再談下去。但慶耿耿於懷，因為豪是他託了人才進報社的，豪的行為給他帶來了不良影響。我當然理解他的心情，從某方面講豪欠了慶一個很大的人情，他應該還慶這個人情。然而幾年之後，當慶忍不住談起這段往事並試圖攻擊豪時，他立即就遭到了豪的反擊。「你們都認為這段關係很髒是吧，」他逼視我們，「那我告訴你們——性，只要蒙上所謂文明的面紗就一定是髒的，哪怕在最優雅的舞曲中也一定是髒的。因為髒這個詞就來自於文明，來自於像你們這樣的髒腦子，文明之外本無髒字，只有公豹子和母豹子、公狼和母狼，只有亂雲、飛瀑和激流。」他甚至稱和女主任的關係是「一小段奇異的愛情」，「完全忽視了年齡與長相。只有連美與醜都放下的時候，愛情才真正純正，並且昂首挺胸、長驅直入」。「對一個年輕美女產生愛情有什麼可說的？這是人人都有的欲望，與愛情無關。」他總有一套歪理讓我們瞠目結舌，「『對我來說，我覺得你現在比年輕時更美，那時你是年輕女人，與你那時的容貌相比，我更愛你現在備受摧殘的面容。』」——他隨口背出瑪格麗特・莒哈絲《情人》中的開場白，想必他就是用這句開場白打動那位女主任的，他不過背了一句曾經打動過自己的句子而已。但在慶看來，與女主任的那段關係無論如何都是豪的一個汙點；隨著年齡的增長，在慶當了教授之後，他更因此而鄙視豪。

「我出走了……」我仍在想豪的微信。我追溯往事，在一堆亂麻中，甚至站在精神分析的高度去看這件事情。這條微信非比尋常，當然不會像艾薇說的那麼簡單。突然，一個念頭讓我禁不住打了一個寒顫：豪所謂的出走其實是金蟬脫殼。他在用悲情的方式放煙幕彈，讓我轉移注意力，甚至於麻痹。他一定意識到他所遭遇的一切都是因為我，我讓他做了三年牢，又讓他斷了兩根手指。他需要在一個隱祕的地方躲起來，養精蓄銳，找準反擊的時機。何其蠢也！我差一點就被他落魄的外表給蒙蔽了。那麼好吧，兄弟，我們繼續玩，很快你就會知道什麼叫真正的悲情，什麼叫真正的出走，什麼叫逃無可逃，你會陷於更殘酷的險境之中……

莫尼卡，我們來說說星空吧

莫尼卡，我們來說說星空吧。我在這個漆黑的夜裡自言自語。我總是自言自語，而且不顧我所處的現實環境。你瞧，窗外明明燈火輝煌我卻說成漆黑一片。當然你也可以當作是我在形容心情。可誰的內心不是漆黑一片呢？漆黑一片是一個形容詞吧？我向來認為形容詞是所有文字中最無力的，我希望對你直接使用動詞，像一匹狼猛撲，一隻老虎奔跑。但無力感——我說的是一種長久的困頓與疲乏……，比任何東西都真實，也比任何一種勝利與力量都更接近我的靈魂。事實上力量與勝利從不存在，它們作為幻覺或許出現過，在廣場上和山坡上，它們被一片驚天動地的呼喊聲演繹成了神奇而迷幻的場景。我不知道是否存在所謂苦難之上的力量與尊嚴，我已經很多年沒有過任何動作了。我想即便見到你我也會疲乏不堪的。無力感已深入我的骨髓，正如我長期沉陷在夢魘中一樣。我的生活已經是一片走不出去的沼澤。三年前我曾預感到自己會出事，我去找毅，我說我可能會出事，我捅了一個天大的窟窿。他笑了笑說：「沒事，普天之下哪裡沒有窟窿？」你瞧，他的內心比我還悲傷，還黑暗。我依然嚮往光明，我滿懷希望地說：「兄弟，拜託，如果我真出事了，我的公司就委託你照看。」我事先和他簽好了託管協議，我將一家正在盈利、即將上市、有著美好前景、寄託了我的雄心與夢想的公司交給了他。他深感責任重大，生怕辜負了老兄弟的重託……，可是，之後，你瞧瞧吧——

五月二十六日我被捕了，

十二月二十日A差點在便池裡被人溺死，

四月十日B將一排鋼針拍進了自己胸膛，

五月八日C為了十支煙在監室和人達成交易，他無比痛苦地被人雞姦了。

八月十日D出獄，但十天後再次被捕……

之後當然還有更多的人和更荒誕的命運。許多人一夜之間就不在了，包括身體、財產、家庭和夢想。而我繼續活著，近乎於無恥，我的無恥來自我對這個毫無尊嚴的世界如此適應。

一個月前權在八號監室自殺了，我再一次夢見自己死無葬身之地……

以上僅僅是我三年黑暗生活的一小塊片段，它們構成了我的心靈史，也將構成我的時間史，我此後的生活都將以此畫線。它會成為我的斷代史嗎？我多次使用了省略號與破折號，我的省略號和破折號還可以一直用下去。我一直在閉著眼睛回憶這個世界。三年後我從看守所出來（我必須強調我並沒有坐牢，我只是作為嫌疑人在看守所關了三年），我走在大街上，看見每一個人都意氣風發；我似乎也看見了紅旗招展，行人面容虛妄，街道為虎作倀，妄人佞賤舔著衣袖，擤著鼻涕，沉浸在自慰的迷幻之中……。唉，不說也罷！周律師告訴我姍依然在歐洲的某個小鎮，她不願意回來。他同時給我講了公司的情況，事實上我的公司已經破產，它在十二項訴訟中全都敗訴了，我已經債臺高築。

「你已經被列入黑名單，被限制坐飛機、坐高鐵、住酒店、打高爾夫球、宴請……」他說。顯然我的名譽也同時破產了。「不過沒事的，出來就好，只要人還在，就會有機會。」他安慰我。可什麼叫「只要人還在，就會有機會」啊，他的意思是我還沒有死唄。他安慰我，但他的真實含義大約是：你還不如不出來，或者你還不如死了。他暗示我將會有一大堆麻煩，我正處於另一種黑暗之中，根本看不到希望。我很憤怒，我壓制著心裡的熊熊怒火，想厲聲責問他：你不是一直跟我說公司在正常運轉嗎？可我什麼也沒問。我知道他已經準備好了如何回答，他有千百個答案，我的怒火軟弱無力。他最貼心也最讓我無語的回答將會是：不是怕你著急嗎？家裡人也說別跟你說了，不能再往傷口上撒鹽。你瞧，他多體貼人！他說的都是實情，他會讓我無語，除了無用的發洩，我的確已經無能為力。可家裡人？家裡人指的是誰？是姍嗎？她為什麼不來接我？我曾經反覆想像我走出看守所時的情景，我想像至少會有十幾輛車在看守所的門口接我。他們將像迎接久別的親人甚至像迎接一位凱旋歸來的戰士一樣迎接我。我親愛的姍和我的乖女婕，會捧著鮮花、噙著淚水，還有我病懨懨的姐姐、公司的員工，當然也應該有毅，太應該有他了，他是我的兄弟，受託管理我的公司……他應該第一時間過來，將那間破破爛爛的公司還給我。這個狗日的兄弟，他應該給我解釋為什麼我正在盈利、即將上市的公司三年後會債臺高築？但他們都沒有來，慶也沒有來，他聽我講了那麼多商業計畫，應該過來祝賀我，往我臉上狠狠地啐幾口口水，然後祝賀我獲得新生。事實上他們都沒有來，他們都在躲我。也是，他們跟一個剛剛釋放的嫌疑犯有什麼可說的呢？公司管理層也沒有來人，周律師說他們都不在了，早就是別的公司的管理層了；有的還當了老闆，公司做得很好，也在做上市的準備。怎麼所有做公司的人都在急匆匆地準備上市呢？那可真是一道鬼門關，有的人過去了，可大多數人都掉了下去。是從橋上掉下去的，多窄、多危險的一座獨木橋啊，架在懸崖峭壁之上，下面是無底深淵。奔赴天堂和奔赴地獄的路從來都是擁擠的，人擠人，鬼擠鬼，人擠鬼，鬼擠人。大多數人一生之中都在作死，天使在天上微笑，在烏雲翻滾的天上，她偶爾會射中一顆赤子之心，可那是誰人的赤子之心呵。你瞧，她的微笑多麼孤單啊！我算什麼？我算是從橋上掉下去又被人救上來了嗎？此刻我活著，這是事實，我正坐在周律師開著的一輛小車裡，小車在高速公路上風馳電掣，姐姐病懨懨地說：回家！她的哽咽聲使得她的話含糊不清。我急著打開手機，我打開手機，想看看三年來的未接電話和微信朋友圈，我急切地想知道這三年間誰找過我、誰問候過我，這對我很重要！莫尼卡，三年之中我無數次想過這個問題，我的朋友圈有近八千個朋友，總會有人以他的方式找我的。權幾個月前曾經說：「會啊，賣保險的、拉皮條的、賣房子的、拉廣告的、介紹對象的、賣車的和賣墓地的……都會啊。」他是對的，他冷酷的心早就看穿了這個世界的真相。我打開手機，看見的果然全是這些人，他們每一年、每一個節日都向我致以親切而溫暖的問候，他們叫我——哥、先生、親、親愛的……。啊，今晚誰叫我親愛的我就去誰哪裡！我要不顧一切地、飛也似地去她哪裡！哦，親愛的，親愛的！「姐姐，今夜我不想人類，我只想你……」我想起海子的這句詩，我無比任性地自言自語，是的，今晚誰叫我親愛的我就撲入誰的懷抱，帶著巨額債務，帶著一顆迷惘、脆弱卻又無比急切的心、帶著三年來一直壓抑著的無比純潔的性欲……。瞧，我破破爛爛的皮囊下碩果僅存的一點點小欲望，正像一灘鼻涕一樣掛在我欲哭無淚的臉上！

姐姐用嘶啞的聲音告訴我——我的乖女婕和他的丈夫還有兩歲的兒子不能來接我了，因為他們的兒子突發高燒。好吧，不能來就不來吧，總之，我已經真真切切地在回家的路上了。呵，家！三小時後我就會推開家門看見客廳，然後我跑上樓，急不可待地跑上樓，我馬上就會看見我的書房、臥室、浴缸、有風景的露臺。我急著想看看我的椅子和寫字桌，我想像我三年前的文件還在，我的電腦裡還保存著我的手稿。呵，手稿，三年了，我唯一帶出來的東西就是一件襯衣和近百萬字的手稿。襯衣是權的，上面有血跡、精斑、汗漬、痰、唾沫、菜汁、黴斑、淚痕……，有權在這個世界上最後一個月的生活痕跡，當然也有他的夢、他的吶喊和他曾經無比真實的體味。一個月前他死了，他是上吊死的，他的死噁心得就像這件必須扔掉的襯衣，但我心裡很清楚，從某種意義上講他是在代表我上吊。我和他一樣渴望一死了之，我所缺的只是勇氣，他代表了我一直嚮往卻沒有勇氣投身其中的另一種生活，我是看著他死的。他奔赴死亡的勇氣已經千錘百鍊，技術無比嫻熟，他只用了一個謊言便找到了打開死亡之門的鑰匙。那天放風，他向管教報告說他拉肚子，管教笑了笑，說拉吧（他們之間已經建立了多麼深厚的信任呵）。大夥兒都去風場了，他留在監室拉肚子，回來的時候大夥兒看見他將自己吊死在了蹲位的水管上，他的身形變得如此奇怪，就像被什麼東西擰乾了似的，他七扭八扭地死在了蹲位的那根水管上，身上穿的就是我帶出來的這件襯衣。如今我通過這件襯衣帶著他出來了，正如一個月前他利用那根水管帶著我走進了死亡的營地。

一走出看守所的大門，姐姐的電話就響了，她把電話給我，是姍打來的，她用一個遙遠的長途電話和一種十分明確但又遙遠的聲音來迎接我。她告訴我家裡的一切都和我走的時候一模一樣，她一直守著這個家等我回來；她叮囑我一定要找一塊野地把從看守所帶出來的東西燒了，那些東西太晦氣，絕不能帶回家去；她進一步強調說希望我盡快去和她見面。我怒火中燒，問她：「你在哪兒呢？三年了，沒有你一丁點兒消息。」但我的聲音很平靜，我的憤怒在三年的困惑、絕望和噩夢中已變得如此深沉。我冷眼看她的動機，隨時準備把她背叛的嘴臉撕開，正如我終將撕開毅的嘴臉一樣。至於她要我燒掉從看守所帶出來的東西，我冷冷地笑了，她怎麼可能理解一個失去自由的人心裡的想法呢？我想留住點什麼，一定要留住點什麼。

姐姐也一樣，她說停車，周律師把車停在路邊。「燒了吧。」她找了一塊野地，要我把東西燒了。一出看守所大門，她就把我的包——我可憐、窮酸、不知被多少嫌疑人用過的包給扔了。外面的人看裡面的人永遠都覺得晦氣。她讓我去賓館洗頭、理髮、換上新衣服，去掉晦氣，她和姍的立場多麼一致。可我們這一生又有哪個階段不晦氣了？我們可能把根植在身上的不幸連根拔掉嗎？如果晦氣沖天，像烏雲般翻滾而來，又如何躲得掉？我從垃圾桶裡撿回我的包，上了車，這會兒停在野地裡，她再一次說：

「燒了！」我一臉茫然，我臉上的茫然讓她的心一下子就軟了。

「重新開始吧，把所有不愉快的事都忘掉，也不要和裡面的人再有任何聯繫。」姐姐說。

「你們以為一個人、一段生活真可以燒了了事嗎？」我的聲音低沉而冷漠，語氣裡有著太多不能忘懷的東西。「權，我是不會讓任何人燒掉你的襯衣的。」我在心裡說。

「燒了吧，還是燒了好。」姐姐再一次說。「回家！」我說。最後姐姐依了我，沒有再堅持燒掉我包裡的東西，晦氣的包包裝著我的手稿和權的襯衣，裝著被輾碎了的歲月，裡面都是殘渣，我的靈魂、欲望和歲月的殘渣。

回家，像夢一樣，我做了三年的夢終於一瘸一拐地走在了路上。可我已經完全認不出回家的路了，我的腦子嗡聲一片，深一腳淺一腳地走在虛空之中，任由周律師將車停在了家門口……

這條路當然也讓我想起了三年前的那個下午。那是一個多麼疲乏、夢幻、令人絕望和驚懼的下午。

我想說的是時間、事物與同一條路的兩面性。三年前的今天我在這條路上被警車帶走了，三年後的今天我被周律師接出來，和病懨懨的姐姐回家。我警覺地看著窗外的風景，想找出其中的變化。我曾經看見過的那片葡萄園、那排楊樹、那段斷崖不在了。三年前在警車上，警察問我：「看見那群羊和那個牧羊人了嗎？」我努力從警車的鐵窗看出去，頭疼得像是要劈開了一樣。他又問：「看見那群跳廣場舞的人了嗎？」頭依然劇烈地疼痛，我不明白他為什麼這樣問，他的話似乎含著某種我不敢回應的玄機。「他們肯定沒有你有錢，也沒你有文化，但他們是自由的。」他說的是實話，這句大實話讓我明白了**自由是一件跟錢和文化沒有必然關係的東西**——這可真是切膚之痛！

三年中我的腦海裡曾多次浮現出那個山坡、那群羊和那個模模糊糊的牧羊人，同時也莫名其妙地想起過蘇武牧羊的典故，莫名其妙地想起某句詩和某支曲子。我是在慶的影響下喜歡古琴的。那個正在寫四大卷文學史的人最讓我嫉妒的事情就是——他居然會操琴。我的耳旁偶爾會響起他演奏的《漁歌》，他曾略帶賣弄地給我講解過這支曲子的由來與演變——「漁翁放伴西岩宿，曉汲清湘燃楚竹，煙消日出不見人，欸乃一聲山水綠。回看天際下中流，岩上無心雲相逐。」他大談《西麓堂琴統》，說此曲曲調恬淡、琴韻悠長，表達了「緣綠綺以寫漁情，撫焦桐而舒雅況……。沽美酒，醉臥蘆花，視名利若敝屣」的意趣。我當時就與他爭論，說視名利若敝屣之類的東西完全是腐朽文人的夢遺，我就是永州人，在柳宗元的永州八景中長大，看見的只是一堆追名逐利的雜碎；之後我長大，離開永州八景，見到的更是一群群名利之徒。他引經據典，說中國的確有過某種高士，否則也不會有《漁歌》這樣的雅曲，只不過後來失散了。我說：「好吧，就算真有過，可它究竟失散了。它為何會失散？因為它無用。」「無用？你不認為今天所缺的正是無用嗎？」慶反駁我說。瞧，我們幾十年都在為各自的觀點爭論不休。「我同意你用『夢囈』但絕不允許你用『夢遺』這個詞，太粗暴、太下流了，美的東西、優雅的東西、無用的東西就是被你這樣的下流胚給糟蹋了的，**這是蠻族的侵略！**」他急了，他一急就語無倫次。「好吧，我收回，不用夢遺而用夢囈。」我笑了笑，他也笑了，他憨態可掬的笑容讓我難以忘懷。我當時真沒有留意他所用的「蠻族」這個詞，現在想起來，這個詞應該是有史實為據的。

「慶，現在我就來告訴你什麼叫粗暴與下流吧。」三年後我坐在周律師的車上，想起那群羊和那個牧羊人，想起《漁歌》這支曲子和慶結結巴巴的憨態，想起C被雞姦、B拍入胸膛的鋼針以及權的死，我情不自禁地在心裡說；我的確有資格來說一說什麼叫粗暴與下流……

我是一個死人

我叫權，我是一個死人，一個還殘留著記憶、情感與夢幻的死人。我和豪曾經無數次討論過生與死的問題，沒想到我還真就死了。我得承認死是一件我一直都在體驗和嚮往的事情，我也有過一些思考與結論，但把死當作一個動作，當作一秒鐘就停止呼吸的生理動作對我而言還是第一次。我得承認這個動作是下意識的、衝動的，也是令人悵惘的。我還得承認我後悔了。所以，如果死者可以發聲，我將坦言：活著，無論如何都得活著！這是我想告訴世人的極其樸素的道理。世間萬物每時每刻都在發生變化，活著就是等待和迎接變化。因為缺乏耐心，又固執地、萬分著急地想要某種結論，我急匆匆地死了。這一切都是因為**我太想擁有死亡的權利**，我不能接受人們強加給我的那種死亡方式——死刑犯在處決後的二十分鐘內便被摘除器官，然後，他掏空的屍體被裝進一個黑色的袋子迅速送進焚屍爐。我將不可避免地走上這條流水線，唯一的價值就是那顆鮮紅欲滴的腎臟，我冤屈的腎臟將進入另一個行將就木的身軀，消失的權利將通過另一具軀體去張牙舞爪……。通常情況下，尋死的人都是基於絕望，他假設他的命運到頭了、不可逆轉，因而以各種方式不斷強化流竄在體內的絕望，以至於讓絕望成了一種具有超強能量的物質，就像癌細胞一樣，再加上一個下意識的動作，「咔」的一聲就沒了！其實，死、孤獨、絕望……在物質層面上是不存在的，它們只是一種意念；愛也是，不過是人在強化它。如果沒有心理暗示與心理強化，愛恨情仇就只是暫時的心緒，在一段旅途中會一點一點地釋然。死亡也是。實際上生與死、愛與恨都不過是一道道人為的符咒，你唸阿彌陀佛會得到平安，不斷地說愛會得到愛，說恨會得到恨，說死就會得到死……，你緘默，什麼也不說就會得到寂靜，但願死是我的寂靜。

說實話，對於這個世界我早已無話可說。我只想少受些折磨，不要讓自己再一次流著口水癱在鐵椅子上。我已經很久沒有照過鏡子了，但我完全可以想像自己癱在鐵椅子上的樣子。我真像是一條即將開膛的老狗，人們將一邊拔弄我的下水，一邊說三道四。蒼蠅飛來飛去，空氣中全是血腥和爛肉的氣味。

我唯一想做的是拒絕按別人規定的方式去死。我應該還有選擇死亡的權利，這是一種含糊不清但同樣可以乾脆利索的權利，也是一個死刑犯最後的尊嚴。我當然萬分珍惜，我得行使我最後的也是唯一的權利。謝謝老天爺，謝謝小武，謝謝你們給了我機會。這來之不易的機會並非人人享有，現在這部小說又讓我以死人的身分說話，我是一個何其幸運的人！

我想，當我以死人的身分說話時，人們最想得到的不過是某種真相。人們想從我身上得到有關權利與死亡的真相，我自然可以一一道來。我知道人們想得到這些真相多半是出於好奇，好奇心會驅使一些人看熱鬧、打哈哈，也會讓一些人幸災樂禍，還會讓一些人感慨萬分。但另有一些人會像沒頭蒼蠅似的，他們想知道一個人走投無路時如何才能活下去。我是過來人，可以給他們一個樣本，甚至提供一份有關權利和死亡的說明書，但這份說明書仍將有多個疑點，一些問題即便在死後也不會有答案，死並不能一了百了。其實權利與死亡有很多樣式，有些人二十歲就死了七十歲才埋，死亡於是成為一種懸疑，成為若干問題中最離奇無解的一個。我試圖讓我的死平淡一點，我自殺的本意只是想以自己的方式結束生命，但它依然成了一個事件，旋即便被調查，並讓一些人很快獲罪。小武，就是那天允許我拉肚子的武管教就因為我的死涉嫌瀆職，閆管教等人則涉嫌對我實施暴力，他們因瀆職罪和虐待罪被帶走了，權力在他們身上很快就開出了慘白的花朵……

我兒子大學畢業後曾在一家知名的證券公司工作，人人都羨慕他，他二十五歲就拿高薪、開豪車、出入各種宴會與活動，他的身邊不是專家學者就是企業家、商人和形形色色的富豪。一位神祕的隱性富豪看中了他，他需要一個帥氣的、具有基金經理潛質的小夥子以女婿的身分幫他打理令人瞠目的財富，可我的混蛋兒子卻毅然決然地辭職了，他不顧一切地考取了公務員，寧願去基層吃苦。一年後他當了一名村官，並以一種神祕的語氣給我講他的生活，告訴我一個村長、一個鎮長和一個縣委書記的權力構成，他已經看到權力機器上那一個個火星飛濺的齒輪是如何轉動的，舞臺中央群魔亂舞，擁有權力意味著擁有一切。他急切的面容讓我情不自禁地想起了我年輕時的樣子，也讓我想起了我那位曾經是土改積極分子的叔叔和差一點就人頭落地的父親。我和我的叔叔都曾像水蛭一般貪婪地盯在權力的大腿上。我們鍥而不舍，費盡心機，都曾擁有讓人敬畏的一官半職。當然我們也有過搖尾乞憐的時候。我的叔叔和兒子對權力要更狂熱一些。我凶悍的叔父曾用雪亮的砍刀砍過兩個地主的人頭，人頭一落地，群眾就喊聲動地。他因此入了黨，後來還當上了公社黨委書記和縣委副書記。但他的仕途並不順利，很年輕就得了夢遊症，總是夢見那兩個被他砍頭的地主。他經常在半夜被一陣哭聲領著走出房門，他往前走，走呀走呀，不是掉進茅坑就是掉進水井。他在黑咕隆咚的茅坑或水井裡驚醒過來，拚了命地撲騰，最後才帶著一身的蛆或者一隻癩蛤蟆回到床上，之後他就發燒，燒得全身痙攣。這個毛病持續了好幾年，讓他覺得世上有鬼。他的膽子愈來愈小，在各種運動中變得愈來愈消極。他當然不會再有什麼前途了，最後竟真死在了夢遊之中。當人們在一個化糞池發現他時，他的身體令人噁心地蜷成一團，全身都是蛆。當時他在鄉下蹲點，不知何故就在一間土坯房裡再次夢遊了，那次很不幸，他掉進的不是茅坑而是一個很大的化糞池。我一直很忌諱叔父的死，他死亡的方式和死時的樣子都讓我難受。我總是跟兒子說他叔爺爺是在鄉下蹲點時摔死的，他從一座斷崖上摔下去，成了一名烈士。叔叔後來的確是以烈士的身分埋在烈士陵園的。雖然我一直對有關他死亡的描述感到心虛，但時間久了這些描述也就成了史實，從而讓我兒子從小就和他的同學們去烈士陵園憑悼並宣誓，他對他的叔爺爺一直懷有敬仰之心。我父親則不同，他是一個很早就被權力嚇破了膽的傢伙，他被嚇破膽是因為他與一位上校的姨太太發生了姦情，上校二話不說就下令槍斃他；他陰差陽錯地活了下來，連滾帶爬地逃回老家，之後便在老家當了一名有見識的小學老師。此後他就開始對權力進行系統的觀察與思考，也很自然地成了我的導師。他無比熱切、故作高深卻又小心翼翼地指引我的權力之路，讓我學會了下狠心，學會了厚顏無恥，也學會了謹慎處事。說實話，我的這位不那麼光彩的父親對於為官之道還真有幾分見解，他傳給我的至理名言有三：一是「不說謊話辦不成大事」，二是「要下得了狠心」，三是「要夾著尾巴做人」。這些被人嚼爛了的大白話的確讓我受用了一生。我就是靠說假話和謹言慎行才從一名中學老師當上市委副書記的。你完全可以想像我為此付出的代價與心力。我成為一個霸道的、說一不二的市委書記則是幾年以後的事情，很快我也就學會了下狠心，但我也因此犯了罪。我的罪來自於人們的嫉妒和忍無可忍，來自於我的霸道和飄飄然，也來自於像我叔叔一樣看見人頭落地就豪情萬丈，假若我能一直銘記父親的話，繼續夾著尾巴做人，現在應該也是一位省部級幹部了。但是我大意了，我忽視了世道人心……

即使是現在，我的耳旁也會不斷響起各種轟鳴聲，時代的車輪滾滾而過，一些人被輾得粉碎，一些人被切成一塊一塊。我看見一片狼籍，看見窗外血紅色的天空不斷變幻，它變幻成白天和夜晚，也變幻成另一個血紅色的早晨。我走在一條無比荒涼的古河道上，塵土莫名其妙地飛旋起來，剎那間我的眼前就一片昏暗。那是一個下午，我在會場上接到二牛的電話，他低聲說惠已經死了，他親自動的手，他在割斷她的喉管後反覆試探過她的脈搏。之後他開車去了百丈崖，將惠卸成十好幾塊，還萬分小心地選擇了不同的地點，一塊一塊地將惠扔向了深淵，估計不出一天那些血肉模糊的肉塊就會被兀鷹吃得一乾二淨，當然她的屁股也許會被野貓叼走，乳房會被魚吃掉……。我離開會場靜靜地聽二牛的電話，他詳細地描述了每一個細節。我問他：「你是怎麼約惠的？」他說他是怎麼約的；我問他：「你動手前都做了什麼？惠又說了什麼？」他支支吾吾；我嚴厲地逼問他，最後他戰戰兢兢地承認他搞了惠。「她給我跪下，說只要放了她，她寧願將身子給我。她還說要帶我到國外去，在一個無人知道的地方為我生兒育女……。我實在受不了她的誘惑，但搞完之後我就殺了她，我沒有背叛您，老闆！我雖然幹了她但最終還是殺了她，我對您可是忠心耿耿的！」我的臉在電話的另一頭變了形，我哈哈大笑地問道：「好小子，你搞了她？那你舒服嗎？」我的笑聲讓他放鬆下來，他萬分沉醉地淫笑道：「舒服死了，我和她同時達到了高潮！」我臉上的皮肉不著痕跡地顫動著，我不動聲色地說：「好啊，好，回去休息吧，光明街二號的那套大三居是你的了……」

慶的兩篇日記

某年某月某日

午夜三點醒來，是自然醒，不是驚醒。我幾乎從不做噩夢。我喝了一杯白開水，在房間裡坐著，起身走了幾步，之後又坐下。這個習慣已經很多年了，腎虛的人都這樣，晚上要起夜床，我有尿頻的習慣，瀝瀝拉拉十分討厭。我向來喜歡明確的東西，在生與死、好與壞、愛與恨、晝與夜之間有清晰而明確的界限。可我卻一直處於混沌之中。今晚同樣不明確，我已經三次起夜床，都是瀝瀝拉拉。我多想一射如注啊！十三四歲那會兒我就經常想射精的時候能不能同時在女人的陰道裡尿尿？這當然是一個很無知的想法，但幾乎所有的男人都曾經這樣骯髒地想過。我很痛苦地問自己：我是不是不正常？是不是很下流、很猥瑣？但我的確這麼想過。豪也有過類似的想法，我們曾經交流過。我和他交流這些猥瑣的想法是因為我需要某種陪伴和印證，我想確認我的猥瑣並不是我獨有的，是男人就會這樣猥瑣。可豪與我不同，他一直在追求更高級、更有詩意也更有美感的欲望。他總是在不斷地自我設計中豪情萬丈，充滿了英雄氣概。我甚至懷疑坐牢都是他自己謀畫好了的。一個真男人、一個大丈夫怎麼可以連牢都不坐呢？我承認我的好奇心總是很強，但我同時又有很多困惑。我進一步想我所認識的人究竟誰會在女人的陰道裡撒尿？我知道我們的校長一定會，系裡的幾位教授也一定會。豪肯定也會，他一直嚮往各種奇異的快感，但事後一定會抽自己大嘴巴子，會罵自己髒，罵自己太不高級，他一直想體驗生命的極致……。三年前的某一天，毅來找我，他說豪被抓了，可能要判八至十年。我很吃驚，但同時也認為那麼多人都被抓了，多抓一個豪也不算什麼。**時代的車輪滾滾向前，我不關心火車，我所關心的只是車輪輾壓過去之後一個又一個生命的殘片**。很不幸豪就這樣被輾碎了。我跟毅說希望豪能從文學角度看待他的遭遇，這樣坐牢就會是審美的和有詩意的。毅同意我的觀點，他說：「是的，千萬不要從法律和經濟學的角度去看這個事情，否則會受不了的。人就應該詩意地棲息。」我問：「姍呢？」他說：「跑了，據說跑到歐洲去了，但也有人說去了香港。」我說：「也好，那是另一種詩意。」「那豪的公司呢？」我又問。「豪之前已預感到會出事情，他委託我照看他的公司，可公司已經千瘡百孔，怎麼照看？」他說。我說：「盡你的兄弟情誼吧。」他說：「是呵，只能這樣了。」我們又討論了「人，詩意地棲息」這個話題，這是賀德林的一句詩，後來成了海德格一本小冊子的書名。我們都熱愛賀德林，知道這句詩具有深入骨髓的浪漫，但我們從未真正思考過一個人如何才能「詩意地棲息」。豪曾認為這句詩是一劑春藥，還說它有殺戮之效。好吧，但願他在牢裡能想起這句詩。「也許他具備這個前提，他已經喪失了自由，也喪失了利害心。唯一可能帶到牢裡去的便只有審美，只有賀德林能救他。」毅說。我說：「你的意思是『人，詩意地棲息』的前提是喪失自由和利害心？如果這樣，那豈不是和尚、罪犯與太監才最有可能是詩意的？事實上有幾個和尚與罪犯成了詩人？何況你怎麼知道豪會喪失利害心？他是一個沒有利害心的人嗎？」「天知道！如果在牢裡還有那麼多利害心，那一定很痛苦，他會仇恨，會成天想著報復。」「誰知道呢？」我說。「總之只有審美才可能救他。」毅說。「但願吧，有些路只能一個人走，沒有人可以幫他。」我說……

從某方面講，我們將豪當作了一個標本，他似乎在承擔人性的試驗，監獄便是實驗室，我們都想知道實驗的結果。當然將坐牢當作「詩意地棲息」有些牽強，那實在太殘忍也太諷刺了。不過豪的一生就是殘忍和諷刺的，牢獄之災也許正是他的詩意人生。

這是三年前的事了，是豪被捕後我和毅關於他的一次對話，之後我們再也沒有談論過他。瞧，讓一個人消失是一件多麼容易的事情！豪如果還在寫作，我們也許會談論他的作品。可惜他不寫了，多年前就停筆去做生意去了。生意讓他有了別墅，讓他離婚和再婚，讓他有了一個聰明、美麗卻在一夜之間跑掉了的姍，也讓他有了豪車和場面……。可他的別墅、豪車、場面，他充滿了雞零狗碎的生意又什麼可談的呢？事實上人生到處都是實驗，或者如毅所說到處都是道場。牢房是豪這三年間的道場，生意是毅的道場，豪委託毅管理的那家公司是他和豪共同的道場，這所三流大學則是我的道場，我們三個人的飯局甚至還是我們關於友情與道義的道場。你隨時都在錘鍊也隨時都在毀滅。豪在生意上的道場頃刻即毀，他的牢獄生活我們一無所知，關於他我們已經沒有什麼可說的了，或許我們會有些微感嘆，也會為他遺憾，可這些都構不成話題。即便有傳言說他在牢裡死了，或生不如死、飽受摧殘，大家也不過輕嘆一聲，之後便再也沒有什麼可說的了。一個人破產了、坐牢了、受了罪或者乾脆就死了，實在是微不足道的事情。人們都希望生活得更輕鬆、更有趣。

某年某月某日

又一次在午夜醒來，點了一支煙，可抽了三分之一便掐掉了。依然有汽車從窗外呼嘯而過，夜色高遠，已近中秋。大海在夜色中來回踱步。我睡不著，我在想什麼？窗外的世界離我那麼近又那麼遠。我真想和它發生一點什麼關係，可我不知道能對它做些什麼。我老婆照舊像古人似地在我身邊安睡，她做的夢我向來不熟悉。我照舊尿頻，瀝瀝拉拉。有報告稱這個城市有近七成三十五歲至四十五歲的男人每三個月才做一次愛，他們精神緊張、內心空虛，他們有錢，也不缺女朋友，可他們寧願用飛機杯打飛機。技術飛速發展，再過一段時間就會產生智慧女友。性愛機器人將大行其道，模仿每個人想要的呻吟與高潮，也模仿女星們的面容與身材。愛情終於被消滅了，那些可笑的、神經質的愛情終於見鬼去了；人類曾經飽受愛情的摧殘，不久便可以通過智慧女友獲得解放。哦，將來！那麼我在這個午夜害怕什麼呢？我教古代漢語，我老婆像某個死了一千年的女詩人一樣在我身邊安睡，她已經不寫詩了，也不和我做愛。有時候我會認真地撫摸她的乳房，但我眼神迷離，彷彿在摸索一塊殘破的石碑。她溫柔地避開我的撫摸，讓我從天而降的某個晨勃時光再一次空蕩蕩的。我是多麼懷念晨勃呵！我、豪和毅，我們仨曾經談論過各自的夢中情人，豪曾一往情深地說他最想搞英拉，我暗自吃驚，但我還是低著頭認真地想了想——「恐怕我幫不了你。」我很認真地說。毅笑噴了，剛喝下去的茶水噴在了我的臉上——「那你他娘的能幫我們什麼？」他問。我幫不了他們什麼，我從學校圖書館給他們借了幾本春宮圖，也給他們借了兩本深不可測的《愛經》。那個時候不少人都去大學找女友，我也知道他們的想法。我們去學校的操場散步，可以看見一些正在跑步的女學生，其中幾個乳房很大，從我們身邊跑過時會在粉紅色或淡黃色的運動衣裡使勁地跳動。作為一名大學教授，我當然不可能給他們介紹女學生，但我願意陪他們在校園裡散步，以緬懷我們曾經有過的青蔥歲月。

我再一次想起豪說他想搞英拉的情景。英拉是權勢的象徵，豪想搞的其實是權勢；可英拉也是優雅和性感的象徵，沒有這種象徵的權勢是無趣的，豪對沒有溫度的東西毫無興趣，所以他想搞的權勢一定要美麗、優雅和性感，否則他寧可躲在某個陰暗的角落裡自慰。至始至終他都是一個有底線和潔癖的人，這是他不成熟的地方，也是他身陷囹圄的根本原因。毅可比他老道多了，他知道權勢的好處，懂得因勢利導。豪則永遠以近乎色情的眼神詩意地看這個世界，他甚至要去權勢的世界裡尋找愛情，他如此糊塗，不倒楣才怪。

汽車仍在窗外飛馳，遠處的海依然在夜色中踱步，鄰居家的窗戶半開著，無外乎想呼吸一點新鮮空氣。我打開手機，查看了一下附近的人。這麼晚了依然有人在曬圖片，有人轉發了尼采的一篇文章，摘自那部著名的自傳《瞧，這個人！》，接著是某位知名學者的評述，一篇短文寫得煞有介事。另一個人在曬他的晚餐，他正在義大利的某艘遊艇上，他的中國夢在地中海蔚藍色的海面上蕩漾著。他的晚餐的確令人羨慕，喝著義大利某位前總理的私釀，他要在中國銷售這款有前總理簽名的私釀。我繼續坐在午夜的沙發上，明天我和毅要給豪接風，我會說——你他娘的跑得可真夠遠的！我們處在一個可以大膽意淫英拉的時代，也處在一個能夠在遊艇上喝義大利前總理私釀的時代，可笑的民粹主義喧囂其上，我將如何熬過這個不斷尿頻的夜晚以迎接即將升起的太陽呢？《太陽依舊升起》——海明威寫了幾個頹廢的人，他們的旅途令人悵惘，他們已經垮掉。

也許我可以給安娜或夢各發一條微信，她們都是微信中的「附近的人」；我有時會在「附近的人」中尋找女友，她們和我一樣有著某種莫名其妙的欲望。安娜和夢是其中的兩個，她們加我為好友。夢每天都和我談股票，我從不回應；我和她談情說愛她也不回應。但我們每天都會聊幾句，她談股票，我談性與愛，雞和鴨說話，卻相互理解。夢一直想改變我，她說你會改變的，你不可能一直這樣虛幻地生活。我說好吧。我曾經很認真地告訴她股票才是虛幻的，可她不信，她說她每天都在賺錢，已經賺得手軟了，怎麼可能虛幻呢？我說好吧，我們是好友。可不久我便聽見了她歇斯底里的哭聲，她賠光了，不僅家底賠光了，連親朋好友的錢也賠光了。這些錢都是她口吐蓮花、連哄帶騙弄來的，現在大家都在找她。「你是對的，親愛的，那些股票是虛幻的，我的生命也是。」她似乎在暗示我什麼。她會自殺嗎？當然不會，一個虛幻的人怎麼會自殺呢？安娜是一位退休老師，她和夢一樣直接，坦言自己空虛、孤獨。我說好吧，我也需要愛情，怎麼見面？她說：「文愛好嗎？我喜歡安全而浪漫的愛情，但首先是安全。」「文愛——好呵！」我說。我們立即便成了一對幸福的情侶，一個三流大學不成器的教授與一個渴望愛情的中學退休老師之間有著多少共同的話題呵，這個世界凡事都當不得真。

……

天色已經愈來愈接近黎明了，我打開電腦，致信給出版社的編輯。我糾正了一部書稿中的幾處錯誤，告訴他有幾節我還拿不定主意，我也許會修改，也許會刪除。他將誤以為我看了一夜的稿子，並回信表達客氣與敬意。一個大學教授需要某種形象，比如博學、勤勉、寬厚、溫良，這樣的形象我他媽的應有盡有。

六點左右我給安娜發了一條微信，告訴她我下半夜就醒了，一直坐在涼爽的夜色中想她。我通過一些支離破碎的句子和她調情，她熱烈地回覆我：「早安，親愛的，從背後抱著你。」之後我們各自去吃早餐，吃完早餐她將去超市買四個柳丁和一盆花，再去和朋友打半天麻將。這便是我和我的網上情人日復一日的幸福生活。

……

流水帳的一天，但每筆都驚心動魄，告訴我們愛情和幸福與金錢無關，也與年齡無關，做夢是一件疲憊不堪的事情。安娜說她也想我了，她喜歡我的大肚腩，可接著就說她更喜歡肚腩下的那條東西。她從不願意真正擁有它，她喜歡假做，假做才會讓她高潮。我並非總有時間答理她，好在她習慣了，我不答理她的時候，她經常會說：人呢？在嗎？不理會我？那我去意淫了。她可真是一個有靈性並通情達理的女人……

繼續回憶和安娜網戀的日子，回憶我們令人膽顫的第一次。我用最優美的情色語言挑逗她，身邊躺著已經安然入睡、像極了某位古代詩人的老婆。安娜在一片我不熟悉的夜色中發出潮濕的呻吟，「我來了，高潮了，我真的喜歡做愛！」她語無倫次地說道。**真實的感受比真實的事情更真實！**——她用一位退休女教師臨近衰老的身體再一次驗證了我的觀點。瞧，最真實的生活只在我們心裡，在某個陰暗的角落。欲念像塵埃一般浮沉，我所寫的那本書，它唯一的主題便是猥瑣，我要寫盡一代知識分子的墮落。

人們通常認為生命是有邏輯的，他們希望如此，否則將沒有安全感。他們在邏輯中尋找因果關係，建立信心與信念。這可真是自欺欺人！我們的生命什麼時候有過真正的邏輯？我們這樣做了就一定會有那樣的結果嗎？按照邏輯，我最應該跟我老婆做愛，我們無論怎麼做都天經地義，但我們就是不做，我只跟那個叫安娜的退休女教師意淫，我們從沒見過面，她給我描述她的身體，我無比陶醉地想像她身體的曲線，想像著世界上最美好的愛情，我們一起達到了高潮……，這便是我五十歲以後無比真實的生活。當然了，人們並沒有勇氣面對真實。所謂的美、詩意、道德、安全、民主、自由，所謂的幸福都是我們營造出來的，就像我老婆要靠冥想古代的生活才能安然入睡，我靠冥想安娜給我描述的愛情達到高潮……，可我能真去撫摸她鬆弛的身體嗎？當然不能。

好了，不說了，再過一個白天，我們就要給豪接風了……

公司

車禍

五月二十六日，天氣陰晴不定；早晨，豪照例開車去辦公室。可他心思遊蕩，不知所蹤。他遊蕩來遊蕩去，彷彿回到了四十年前老家的那個山間盆地。空氣溫潤，那片神祕的稻田綠油油的，遠處是一片黛青色的山脈。稻田中間有一座非常突兀的小山，每天他都得經過那座小山才能到學校去。小山雜樹叢生，怪石嶙峋；村裡人都說山上有一條幾米長的蛇，專吃小男孩和不乾淨的女人。他經過那座小山時看見了蛇，蛇也在前方不遠處直起身子看著他；牠的鼻子很短，吐著紅色信子。山近乎於黑色，蛇通體金黃，他瑟瑟發抖，呈灰白色。他心想那條蛇馬上就會把他吞下去的，可是沒有，蛇只是直起身子看著他，跟在他後面；牠擺動著尾巴，發出陰森的窸窣聲，最後竟在草叢中消失了……。天開始打雷，天上烏雲翻滾；那條蛇消失之後，他一直在笑，他哈哈大笑，告訴人們他看見蛇了，蛇直起身子看著他，並沒有吃他……

沒有人相信他講的事情，大家都說他在發夢癲。但外婆相信他，她小心翼翼地問：

「你真的看到那條蛇了？」
「真的。」
「牠還跟著你走了幾步？」
「嗯。」
「然後就消失了？」
「嗯。」
「你看見牠的眼睛了嗎？」
「看見了，綠色的，很亮。」
「很嚇人嗎？」
「不，很溫和。」
「究竟是什麼樣的？」
「像外公。」
「你又沒見過外公，你還沒出生他就死了。」
「就是像外公！」
「哦……那牠就是在保佑你呢。」
…… ……
四十多年過去了，他一直相信看見過那條蛇，他當然也記得外婆說的話。那條蛇意味著他與眾不同，他經常跟人講這段經歷。所以當公司需要辦公大樓時，他堅持在郊外的一座山下自己蓋。辦公樓的前面有一條河，河的對岸是一片開闊的稻田。他請風水師看過了——此地背山臨水，風水絕佳。於是，他讓人將山上的雜樹砍了，種上了竹子。每年的春天和冬天他都會到山上去挖筍子，並將沾著潮濕泥土的筍子給朋友們一一送去。這當然很特別。他還在辦公樓的六層做了一個庭院，種滿雜樹和半人高的野草，就像把四十年前他每天經過的那座小山給搬過來了似的。他在那裡接待客人，找員工談話，偶爾也寫詩。人人都說他在那裡養了一條大蛇。辦公樓選址的時候，大家都反對，說太偏僻了，辦事情不方便，與人來往更不方便。他慢悠悠地說：「什麼叫與人來往？人人都來找你那才叫來往，你去找人家那叫求見。這幢辦公樓蓋好後，我們就不需要滿世界找人了，大家都會來找我們的。」他像是要把那片郊區都給帶火了似的；他那麼固執，事實證明他似乎都做對了。那幢辦公樓，那條河，那片竹林和稻田，那些神祕的雜樹和半人高的野草，以及那條誰也沒有見過的蛇都成了他的傳奇，人們談論這些傳奇，甚至常常為一些細節的準確性發生爭論。

他繼續開車，突然意識到這條他熟得不能再熟的路比平時遠很多；他已經開了一個多小時了，這條路平常也就開三十來分鐘。他正在想為什麼，心裡卻一陣敞亮，他明白他走神了，他一直在想那條蛇。他對外面的世界總是感到既好奇又無把握。他始終不明白他怎麼就活著走出那個山間盆地了。他一直在找答案，也在找他成為今天這個樣子的原由。他一大早就以一個集團公司董事長的身分、開著一輛賓士車去上班，這種看似日常實則怪異的行徑也許就隱藏著某種動機與祕密，他顯然需要更明確的東西——理由、邏輯與結論。沒有結論他就會一直空落落的，可結論有時就像一扇石墓的門。他找到那扇門，推開，進去，生命的祕笈在沉睡中等他。可一進去，那扇門就可能關上，之後便再也見不到天日。結論其實是沒有的，沒有結論多好啊，就像一個在地上爬來爬去的孩子，牙牙學語，無憂無愁，多可愛呵。可他似乎並沒有這樣樸素，也不懂這些；他五十三歲，個子不高，身體算得上結實，上個月體檢也沒有發現什麼大毛病。「陰囊有輕微靜脈曲張。」大夫說。他沒聽明白，大夫解釋後他啞然失笑。「靜脈曲張不是都長在腿上嗎？」他問。「您與眾不同。」醫生打趣他，他哈哈大笑。是的，他沒什麼大毛病，性格雖然有些古怪，但他有雄心，雄心壯志可以讓他富有魅力。那天，他一如既往，不知道將會發生。正常情況下他會開幾個會，也會找幾個人談話。期間他會休息一下，休息的時候他會發呆，發呆的時候他會意淫。他總是快速轉換意淫對象，在每個對象身上都只是一閃念，從不留下痕跡。他繼續開車，汽車突然咣噹一聲，同時發生了猛烈的撞擊，他的腦子「嗡」的一聲，意識到出車禍了。他打開車門，一邊摸著腦袋，一邊下車察看情況。他的車被後面的卡車撞了，後保險杠撞了一個坑，可玻璃沒有碎，路上也很安靜。「還好！」他嘟囔著走到那輛卡車跟前，發現他是在等紅燈時被撞的。

「對不起，走神了，一秒鐘的事，一秒鐘就撞上了，您沒事吧？」卡車司機下了車。

「什麼叫沒事？我停在路上等紅燈就被你撞了。」

「是，是我的全責，人沒事就好。您也走神了嗎？」

「你撞我，跟我走沒走神有關係嗎？」

他報了警，等警察來處理。卡車司機很年輕，看上去不過二十出頭，他湊過來問他能不能私了，他沒有同意。可警察遲遲不來，他等得無聊，便和卡車司機站在路邊有一搭沒一搭地聊天。

「幸好今天是空車，要是裝滿貨就難說了。」卡車司機說。他表示同意。之後兩人竟愈聊愈投機。最後他說：「警察也不來，要不你走吧。」接著又說：「小夥子，咱倆挺有緣的，都喜歡走神，可出了事又都很鎮定，你要是想換工作，可以隨時來找我。」

走廊上的鏡子

終於到公司了，他停好車，在六層的庭院裡轉了轉，在雜樹和野草中發了一會呆，便沿著走廊走向辦公室。穿過走廊時他發現走廊曲裡拐彎的，還掛了很多鏡子。他在每面鏡子面前都停了一小會兒，每面鏡子都告訴他一切正常，他的臉上和身上都沒有血。其中一面鏡子很奇怪，像是有話要說。它欲言又止的樣子呈現出愁苦的表情，這讓他很納悶。他蹲下身去，想鼓勵它把想說的話說出來。他蹲下去的時候手機掉在了地上，他撿起手機，看見了昨晚寫的幾行詩。「我所寫的難不成就是這鏡面子嗎？」他自言自語。最近一段時間他經常寫東西，它們沒頭沒腦，像是一些斷語，突兀而凶險。什麼叫「我只是想最後照一次鏡子」呀，什麼叫「那是一種虛幻」呀，不吉利！他突然想起辦公樓其實並沒有這麼一條曲裡拐彎的走廊，走廊上也從來沒有掛過鏡子。（他在走廊上掛鏡子幹什麼呢？）他站起來，後退了幾步，再看——呀，的確掛了很多鏡子，正對著他的這一面也的確像是有話要說。他正納悶，祕書小彩妮跑了過來。

「怎麼在走廊上站著呀，快去辦公室吧，好多事等著您呢。」他跟在小彩妮後面進了辦公室。跟在小彩妮後面的時候他出神地看著她的屁股，那是多麼年輕、渾圓和有彈性的屁股呀。

「今天怎麼來這麼晚呀，打電話不接，發信息也不回，終於來了，又一個人在走廊上發呆，還自言自語，您怎麼啦？」小彩妮一邊給他沏茶一邊問。他端起茶杯，卻停在嘴邊沒有喝，他的樣子讓小彩妮十分驚訝。

「有什麼事情嗎？心事重重的樣子。」

「我看上去像是有心事嗎？我要是真有心事小彩妮會不會擔心呢？」他問。

「著急呀！您到底怎麼啦？」小彩妮的臉紅彤彤的。

「小彩妮長大了，都懂得擔心人啦。我問你今天走廊上怎麼會掛那麼多鏡子？」

「鏡子？什麼鏡子？哪來的鏡子？」

「走廊上到處都是，都掛滿了，你去看看。」

小彩妮跑出去，但很快又跑了回來。

「哪有鏡子？您再出去看看，還掛滿了，一面都沒有！」豪的臉色一下子就變了，他萬分驚訝地看著小彩妮，不知道說些什麼好。

「難不成剛才您是在和鏡子說話？」

「鏡子？是的呀。你知道一位哲學家是怎樣描述鏡子的嗎？他說鏡子最大的妙處正在於交媾——自己與自己的影子交媾。」小彩妮的臉蹭地一下就又紅了。

「說什麼呀，別嚇我行嗎？剛才您真是在和鏡子說話嗎？我一直以為您是一個虛幻的人，不然怎麼會這麼成功呢？你要真這麼虛幻，我，我一定會愛上您的，真的，我有這個勇氣。」說完，小彩妮就跑出去了，她跑出去的樣子多麼慌亂啊！

豪也同樣慌亂，可他的慌亂似乎有一種突然而至的粘乎乎的愉悅感。當小彩妮說「我一直以為您是一個虛幻的人」時，他的心咯噔了一下。「她該有多瞭解我呀，未可預知的愛情簡單而令人幸福！」他正想著，突然就感覺到靦腆。其實幾天前他就已經在對小彩妮意淫了，雖然只是片刻之念。此時他心跳加速，獨自坐在辦公室；他已經不再想鏡子的事了，但是他還在想那位哲學家的話——「鏡子的妙處是人和自己的影子交媾」，這句話說得既粗俗性感又富有詩意與哲理，可這麼性感的話他怎麼就對小彩妮說出來了呢？他說這句話時小彩妮滿臉潮紅，她一定沒有真正理解這句話的意思，否則她是不會臉紅的。可小彩妮接著便說出「你要真這麼虛幻，我一定會愛上您的」，這是一句多麼情真意切的話啊，愛情真的不需要人教，愛情完全出自於本能。

被捕前的胡思亂想

正在胡思亂想時，有人敲門。他說：「進來。」小桃紅便進來了；一身黑色的西裝緊緊地裹著她，清瘦的樣子似乎永還都在克制什麼，她的神情總是那麼憂鬱與嚴肅。

「小桃紅，多吃點吧，不然你可真要成紙片人了。」

「董事長，我來是要提醒您幾件重要的事情。」

「你先坐下。」他給小桃紅倒了一杯牛奶，又給她拿了一小碟點心。

「沒吃早餐吧，這是在我的辦公室，你可以吃的。我告訴你呵，昨晚我又夢見你媽媽了，所以你看今天哪兒哪都不對勁，我覺得好累。」

小桃紅既痛苦又傷感地坐在沙發上，一句話也說不出來。她的母親汶已經死了二十多年了，她剛來公司時，豪曾在私下跟她講過他和她母親的關係。

「那時我還在上大學，是一個熱愛寫作的年輕人，懷才不遇，孤獨、憂傷，同時也充滿了奇思妙想；你母親呢——我還是叫她汶吧，當時已經是一個有名氣的詩人了。她是主動申請去西藏工作的少數幾個年輕人之一。問題是她的條件那麼好，她是北京人，又是一顆正在冉冉升起的文壇新星，有多少地位崇高的機構對她虛位以待呀，最著名的出版社和報社都對她伸出了熱情的雙手，他們都渴望她，想緊緊擁抱她；可是她多麼堅定，堅定不移地去了西藏。她那麼文靜，那麼柔弱，卻有一種不可思議的頑強。當時大家都不理解，老師和同學也只是從膚淺的政治層面去看她，他們都認為她太有心機了，不過是為了撈取政治資本。她對這種庸俗的陳知陋見不屑一顧，可這也正加深了她的孤獨。人們將她視為怪物，她特立獨行的性格卻讓我著迷，我從千里之外給她寫信，讚美她決絕的個性和朝聖者的靈魂。我們建立了密切的通信關係，我給她寄詩，她回信告訴我她在雪峰之下朗誦了它們，朗誦那些詩是她在西藏最大的慰藉。我也是，我在南方陰濕的天空下熱淚盈眶地讀她的信。可是不久她就不再寫詩了。我直覺到她的思想發生了我當時尚不能瞭解的變化，我告訴她很快我就會畢業的，我一畢業就會追隨她去西藏，我會和她在聖潔的雪域高原實現我們共同的理想。她回信說：『不！你要是來，我們就到此為止，你會毀了自己也會毀了我的。』不知道究竟發生了什麼事情，她的變化讓我感到害怕，她變得讓我不認識她了。我可真是要瘋了，一封信一封信地追問，卻全都石沉大海，她殘忍地終止了我們的通信關係。後來我從我們共同的朋友那裡知道她結婚了，再後來又從報紙上知道她犧牲了，死於一次悲慘的車禍，她死的那年你大約也就兩三歲吧。」

「這麼說她死之前你都沒有再收到過她的信？您們也沒有再見過面？」小桃紅問。

「不是沒有再見過面，而是從來就沒有見過面，我們的感情是在通信中建立和成長起來的。你能理解那個時代嗎？」

「不理解。」

「那你理解我知道你來公司應聘時的心情嗎？」

「不理解，我也不明白您為什麼要跟我說這些，是要照顧我嗎？或者只是告訴我我有多幸運嗎？我大學剛畢業，工作不好找，可我去一家公司面試，董事長居然是我死去多年的母親的老朋友！」

「好吧，沒關係的，不過我和你媽豈止是老朋友？她給我留下了一份多麼沉重和豐富的精神遺產啊！」

「什麼精神遺產？」

「她讓我明白愛情只存在於遙遠的地方，存在於不可知的命運之中，存在於神祕的幻想世界和飄渺的回憶地帶。她關上了一道門，卻也為我打開了一扇窗，她令我成了一個徹頭徹尾的柏拉圖主義者。這一定也是你不理解的。」

「也許我真的很幸運，我有了一個叔叔或者一個遠房親戚。」
「不，是女兒！你是你母親的心靈帶來的。」

這就是豪與小桃紅當年的談話，這段談話奠定了他們之間奇妙的關係，好長一段時間這種難以言說的關係都令小桃紅感到害怕。不過她工作很努力，成長也很快，短短幾年就當上集團公司辦公室的副主任了。她的工作內容之一是為豪安排日程，她每天都會來提醒豪一天中最重要的幾件事情。這多少有點像助理的工作，所以她總說辦公室的工作太雜了，一個這麼大的集團公司的董事長應該有幾個助理，以超脫日常屑小，協助他處理重要事情的。這是對的，豪也同意了，所以她今天要提醒豪的事情之一便是由豪親自面試一位前來應聘的助理。

「你怎麼啦？我說昨晚夢見你媽了你不高興嗎？你覺得不可思議嗎？」豪見小桃紅一言不發，便輕輕地推了她一下。她的確有些恍惚，這種恍惚豪再熟悉不過了。他推了她一下，她從恍惚中醒過來。

「不是不可思議，而是難受與害怕。董事長，我有個請求，以後能不提我母親嗎？您的這些話總讓我陷於虛幻與傷感之中。」

「好吧，看來你是長大了，也比我勇敢。那麼現在，一如往常，我們談談工作吧，今天有哪幾件重要的事情？」

「至少有三件事您必須出面。一是工程招標會，二是您得在一份合同上簽字，三是您的助理物色好了，您應該和她見見面。」

「好吧，我先跟毅總打個電話，一小時後你把那份合同和那個助理帶上來，我和她聊一聊。」

豪撥通毅的電話，氣惱地問道：「您是不是急了點？今天就要開招標會嗎？那份融資合同需要我承擔連帶保證責任，我的全部身家都有可能受到牽連，我至少應該同姍商量一下吧。」

「什麼叫急了點？既然已經和我們簽了託管合同，就該按我們的方式與節奏來吧？至於那份融資合同，你當然應該同姍好好商量，你們是夫妻，婚姻存續期間財產是共有的，除非你模仿她的筆跡替她在合同上簽字。她人在國內嗎？你應該知道你急需這筆錢，否則我們也無法履行託管義務。其他幾份融資合同前幾天你不是都簽了嗎？這麼大的項目拆東牆補西牆也算是正常吧。你今天怎麼啦？優柔寡斷的。」

豪放下電話，讓小桃紅把那份融資合同拿來，他簽了字，也模仿姍的筆跡簽了字。這份合同真讓他不踏實，不過毅的話他也沒法反駁。是他請求他託管他的公司的，所謂「疑人不用，用人不疑」，既然請了人家，就該按人家的方式來。魔鬼經常在一旁看著人們行事，它熟悉人們的弱點，更擅長乘虛而入。

「我會參加下午的招標會的，現在你讓那位應聘者上來吧。」豪將簽好字的合同交給小桃紅，他得與那位漂亮的應聘者聊一聊了。

下午兩點，當林可可在他面前坐下來時，他的心情已經變得輕鬆一些了。「令人不安的一天很快就要過去了。」他對自己說。其實他根本辨識不了何為平常的一天、何為災難之日。好事總是慢慢到來，壞事總是突然而至，這是因為人們總是心存美好願望卻缺乏必要的警惕心。

「您姓林？」他問坐在對面的應聘者。
「是，您可以叫我可可，也可以叫我林助理。」
「林助理？」
「是的呀，我是來應聘助理的嘛，我當過十年助理，大家都習慣這樣叫我。您應該看過我的簡歷了吧。」
「你很主動，也懂分寸，該說的話說得都很清楚，沒有說出來的話的又別有意味。你的前東家對你評價很高啊，你已經連續五年被評為優秀員工了，可是為什麼要離開呢？」
「累了。」
「嗯，這是一個很誠實的理由，現在大家都很累。」
「您不也是嗎？所不同的是助理累了可以辭職，董事長再累都不行，公司是自己的，他無職可辭，這也算是人在江湖身不由己吧。」
一股暖流剎那間便湧入了心田，豪敏感的心在林可可臉上死死地停了好幾秒鐘，直到那張美麗的臉出現了奇妙的紅暈。
「既然累了，為什麼還要來應聘呢？」他接著問，聲音是那麼地輕柔。
「我得糾正一下，不是我來應聘，是獵頭公司遊說我來和您見面的。當然了，我也很好奇。」
「好奇什麼？」
「聽說您在這裡養了一條蛇。」她直直地看著他，她的神情突然變得神祕而誘人。

「還真是有意思。不過你得先告訴我你認為做好一個助理最重要的是什麼?」豪笑了,那條蛇讓他的虛榮心再次激蕩起來,他那顆不安的心似乎又變得有激情了。

「默契。」

「默契……,好!我想你會是一個好助理的。」

「然後呢?」

「然後我們換一個地方。」

「去你長滿雜樹和野草的庭院嗎?去看您的蛇?」

「你可真是熟門熟路呀!」他已經決定錄用這個女孩子了,他正需要這麼一個玲瓏透剔的姑娘與毅派來的人打交道。「默契!」他在心裡重複著這個詞,又想起她臉上奇妙好看的紅暈,竟脫口說出:「可可,我相信你會把這裡管理得很好的,包括那個庭院和那條讓你好奇的蛇。」

林可可走了,豪又和毅通了一個電話,他對那份合同還是不踏實,毅當然也不可能給他一顆定心丸。該說的已經說了,他似乎也只是不安,想和毅再說點什麼。

自從與毅簽了託管協議,他對毅就有了某種依從,他變得脆弱了,很多事情他都不踏實,有時還神思昏亂,遲遲疑疑地拿不定主意。也許他真該澈底放下,完全信任毅,他們是老朋友了,十天前毅的團隊已經正式介入公司的管理了。

下午五點,豪正在招標會上講話,小彩妮悄悄地走到他的身邊。

「有事?」他問。

「公安局來了四個人。」小彩妮俯下身，緊張地對他耳語。

「讓他們等一下。」

「已經說了，可對方說他們沒有進來是給您面子，他們在您辦公室等您。」

豪就這樣被帶走了。姍和毅很快就知道了，公司的員工和大部分合作者也是。姍在某個地方嚎啕大哭。小桃紅和小彩妮也哭了，林可可發了一小會兒呆；毅嘆了一口氣，同時向慶通報了這個令人不快的消息。大家都感到吃驚，也免不了議論紛紛，但很快便又各忙各的事情去了。生活依然循環交替，井然有序，天氣也一如既往地變化莫測。豪開始了三年的囚禁生活，姍如噩夢般想像他的悲慘處境，慶繼續在那所不入流的大學教書，毅升了職，更忙了，他已身居高位，應該已經練就了金剛不壞之身……

讓我們先把他們放在一邊吧，三年後豪重獲自由，他的命運已經徹底改變，我們很快就會知道，他的處境將更為艱難，前途也將更加晦暗，他漫長的厄運似乎才剛剛開始……

姍

這是一年中最美的季節，也是我必須逃離的生活。我在頃刻間看見黑壓壓的烏雲，看見一幢幢高樓轟然倒塌，街道沉陷，天際斷裂……，這顯然是一個噩夢。我在某本書、某部電影中看見過蠻荒時代的災難與壯美，也和豪討論過命運的終結；我意識到終有一天我們會面臨這種災難。但我還是高估了自己，事實上無論事前有過怎樣的準備，我都無力承擔這樣的塌陷之痛。唯一意識到並讓自己永遠記住的是任何時候都不要對任何人訴說苦難，我在豪失聯的那一瞬間便決定滿世界去旅行。一夜之間我便從大家熟悉的生活中消失了，我發出的哀嚎刺入蒼茫夜空，可是沒有任何人能聽見這近乎撕裂的聲音。我掐斷了與這個世界的日常聯繫，但保留了Instagram的帳號，每隔一段時間我都會發布旅行的照片，這些照片表明我還活著，一如往常地過著幸福的生活。

我一直在感受並思考旅行的意義，也一直在行走，可我總忍不住去回望那座令我崩潰的城市，我忍不住！昨晚讀到豪的一首舊詩：

在一個城市斷魂

一扇窗戶說關就關

一段記憶說碎就碎
我在逃亡中對峙，在對峙中看見高樓倒塌
昨天，一陣風把我三十年僅存的一封信刮走了
我把一個凶殘的早晨提在手上
把一串鑰匙掛在一根生鏽的鐵管上
把你扔在了一個令人心悸的路口
……

難道幾年前他就預見到什麼了嗎？不，依我對他的瞭解，他沒有，他懵裡懵懂地做事，偶爾也寫點什麼。倒是我，我的確把他「扔在了一個令人心悸的路口」，我扔下了他，我們從此天人相隔。

我們在價值判斷上產生了分歧，我難以理解一個那麼聰明的人居然在人生的重要關頭如此糊塗！重要的是我從中看到了他性格中的缺陷，他的自以為是，他的幼稚與貪婪，他的自毀型人格……

說到對峙我其實是沒有的。我知足而溫和，只想守住自己的家，那得來不易的家是我對這個世界的順從。可豪在對峙，在不顧後果地演繹他的英雄夢，他始終都有一顆烈士之心，他捧著這顆赤誠而可笑的烈士之心行走在這個荒誕的世界，居然傻到連躲一下都不會，他要直面，要毀掉自己，捎帶著也毀掉我和他的女兒……

一個女人的常識是不會被他重視的，他斥之為婦人之見；一個女人一心只想守護自己的家，這是她的本能，是她的直覺與信念，他斥之為庸俗與狹隘。世上沒有任何東西抵得上他的事業——那是他的領地、宮殿和幻想之城；也是他的榮譽、地位與身分。一個雄心勃勃的男人怎麼可能丟失城池，又怎麼可能丟失地位與身分呢？我承認我之前對男人太不瞭解了，在我看來家就是一切，只要錢還在，任何時候都可以有自己的家。可在豪看來，家算什麼？毀了就毀了，錢算什麼？沒了就沒了，沒了可以再賺。他相信只要人還在，什麼都可以重來。然而雄心勃勃的豪、意氣風發的豪轉眼之間就不在了。這是他無論如何也想不到的，或者想到了也不願意相信。也是，在一個健全的國家，正常人是不會這樣突然消失的。怎麼會突然有一天就不在了呢？出事前我們天天爭、天天吵。「讓他們來查呀，無外乎一些事做得不那麼規範，該補手續的補手續，該罰款的罰款，就那麼點事。查遍全中國，哪個企業沒有一點問題？這些都是制度性問題，是這個國家體制上的原罪，有問題就該查，查出來改了就好了。」體制上的原罪！呵呵，他居然天真到這種程度！

好吧，查吧，難道他不知道查就意味著已經有了某種結論了嗎？查只是為了證實，查不是調查而是查獲。當他面目猙獰地拒絕和我一起離開時，我絕望了。他不僅拒絕和我一起離開，還給了我無情的鄙視。他鄙視我、羞辱我，明知要出大事，已經有愈來愈多的人失聯，也有不少朋友被帶走了，可他無視這一切，他愚蠢到認為這個世界真的有法可依、有理可講。

他陷在何等可笑的英雄主義的幻覺之中去了——當警車喧囂而至，在辦公樓停下時，他居然讓祕書跟警察說：「讓他們等一等。」之後便面帶微笑、大義凜然地伸出雙手——「來吧！」他說。四個警察面無表情地給他戴上了手銬，他的心裡響起了貝多芬悲愴而雄壯的旋律……。當然了，沒有人記錄這一切，那個場景與《紅岩》中許雲峰被捕的場景也毫無相似之處。是的，《紅岩》，我們這代人什麼時候才能忘記這本曾經以手抄本的形式到處流行的書呢？是它教會我們微笑著慷慨就義的。

我在豪被捕的前兩天跑掉了，並以最大的勇氣提走了一部分現金。但是從我轉帳的那一刻開始，我就失去了豪的信任。可我寧願他不信任我、鄙視我，也不願意他出來時帶著一身的病痛卻沒錢看醫生。我也失去了家，在任何一個地方都是匆匆過客；我到處走，到處看，看城市、風景與人群，也看山脈、海洋與雪域。在荷蘭一個極度荒涼的海灘上，我看見海浪掀起來，像一頭怪獸一樣咆哮，一瞬間便從高空中狠狠地摔在了海灘上。我盯著這頭怪獸看了好長時間，它咆哮、翻捲、摔碎，我情不自禁地了想起豪……。我不能再想他了，真的不能了，我不能忍受他像荒涼大海中的海浪一樣咆哮、翻捲、摔碎。事實上他多像那些怪獸般的海浪呵！

已經有人從我孤身行走的背影中發現什麼了，他們問，為什麼你總是一個人出去旅行？這當然是奇怪的。可如果回應我就得解釋，接下來就會是更多的詢問。我會因此看見各種關心與擔憂，人們會刨根究底，問到底是怎麼回事？接下來該怎麼辦？可這些我都回答不了，我也不能面對他們的同情、驚訝與幸災樂禍。我拒絕我的生活出現紛雜的觀眾，我的生活不是給人看的，更不是給人談論的。

我繼續行走，人們很快就習慣我的旅行生活了。這個世界忘記一個人是如此容易，連我自己也忘記以前的生活了。

在荷蘭的那片海灘上，一個人來到我的跟前，他長著一張我熟得不能再熟的面孔——在逃的中國有錢人的面孔。他盯著我看了好半天。他在疑心我要投海嗎？或者僅僅是因為邂逅——在異國他鄉邂逅了一個同樣破碎的靈魂？「回去吧，天就要黑了。」他說，聲音輕得像一縷炊煙——你或許不能理解一個背井離鄉的人看到炊煙時的心情……

我瞥了他一眼，默默地跟在他的身後，往我住的酒店走去。突然，天空中出現了一道紅光，它如此耀眼！起初它橫亙在黑雲之中，但很快就擴散開出；它似乎正從濃重的烏雲中迸發出來，一瞬間就染紅了整個天空與海灘。我情不自禁地再一次看著剛才還惡浪翻滾的大海。整個海灘就像剛剛結束的戰場，剎那間變得平靜極了。海面被絢爛的夕陽染成了血紅、金紅和金黃，海灘上湧動著大海咆哮之後細碎的浪花，浪花打在腳上，給了我些微涼意。「剛才的海浪可真嚇人。」那人又站在了我的身邊，我輕輕地嘆了一口氣，像是在和那片大海、那個剛剛結束的戰場，也像是在和豪告別。是的，我在告別，我轉身，離開已經平靜下來的大海，回到了酒店。

晚上沒有吃飯，一整夜都在房間裡發呆。我的腦海裡充斥著大海的咆哮，也充斥著血紅的夕陽。我來到這個偏遠的濱海小鎮已經一週了，這不是什麼旅遊勝地，它離最近的城市海牙也有二百多里。我先是到了海牙，在國際法庭門前發了大半天呆。海牙最古老的格言是和平與正義，它既是有名的「居民之城」也是有名的「宮庭之城」，這就好比硬幣的兩面，任何一面缺失或破損都將是殘幣。我站在國際法庭那座樸素的建築前，無力地對它表示敬仰。是的，和平與正義，我來到海牙，站在國際法庭門前表達我的祈願。

在獨自發呆的夜晚，在遙遠的異鄉，大海的咆哮不斷襲擊我的睡眠。我每天都會去那片荒涼的海灘散步，可只要我躺下，就會聽見豪的聲音，它雜夾在大海的咆哮之中，從萬里之遙的鐵窗向我席捲而來。我彷彿看見了他的臉，我總是能看見他的臉；可是今天，殘陽如血，他的面容變得模糊。也許這一切都只是我的幻覺，我在幻覺中不斷地聽見他的聲音，事實上三年前他就失聯了。

「你在嗎？」我在似夢非夢中收到了這條短信，它近在咫尺卻又那麼陌生。已經記不得有多久沒用WhatsApp了，誰會在這麼一個夜晚發出這樣的詢問呢？

「你在嗎？」

「你還在嗎？」

「睡了嗎？」

「我姓徐，傍晚在海灘上和你打過照面的那個中國人，你睡了嗎？」

那不斷發來的訊息似乎並無惡意，也是有禮貌的。哦，想起來了，可是他怎麼會有我的WhatsApp呢？

「也許是陰差陽錯，也許是緣分，我們加了WhatsApp。可以和你說說話嗎？」

我最終還是回覆了，我問他：「您有事嗎？」

「我感到沮喪，感到身體空蕩蕩的。我的身體已經不再是我的身體，它已經沒有體溫和重量，就像一塊在海上漂浮了太久的泡沫板似的。我想我得讓我的身體熱乎起來，讓它有力氣和欲望，我得重新像一個男人。」

「可是我早就對這個世界失去興趣了，我不再有好奇心。一切都毀了，澈底毀了，我對人厭惡至極，對自己也是，甚至連死的欲望都沒有。」

之後的訊息幾乎全是囈語。我極力回憶那張臉，可什麼都回憶不起來。那是一張多麼模糊的臉呵，可它發出的訊息卻是我十分熟悉的。我突然想回應他，差點就說出「我理解，我理解」這樣熱烈的話來。我甚至差點要對他說：「你太寂寞了，去找個人吧，去驗證並恢復你的欲望吧。」可是我什麼也沒有回覆，任由他繼續說下去，我彷彿看見了另一個自己在喃喃自語，我在一旁看著，不予理會。

在孤獨而漫長的逃亡途中（是的，我把我的旅行稱之為逃亡），我曾經也對自己這樣說過：去吧，去找個人，去驗證並恢復你的欲望吧。可是還需要驗證嗎？那人說得可真好：「我的身體已經不再是我的身體，它已經沒有體溫和重量，就像一塊在海裡漂浮太久的泡沫板似的。」一塊在海裡漂浮的泡沫板需要恢復欲望嗎？

我繼續在酒店的房間裡昏睡，我又昏睡了一整天。

婕

我叫婕，曾經是加拿大一所大學的學生，我的畢業論文是《柏拉圖的理想國與人生的幻滅》。這篇論文我似乎十幾歲就開始寫了，但進展很慢，好像永遠也寫不完似的。一些事情需要觀察，另一些則需要進一步驗證。我不想成為一個像豪那樣只會發狠的人，他太任情任性了。我一直跟自己說你只是在寫一篇論文而已。我的教授是一位知名哲學家，起初他對我的角度感到訝異，我說任何理想的提出都一定基於幻滅；他聳了聳肩，沒有表示反對。我的目的當然不是為了在浩瀚的典籍中發掘史實並證明柏拉圖是一個虛無主義者。我對他是不是一個虛無主義者毫無興趣，他已經死了太多年了。不過一個人在歷經世事之後又怎麼可能不是虛無主義者呢？

你完全可以想像我是一個多麼彆扭和各色的人。十三歲時我支持豪和我媽離婚，一年後又支持他和姍結婚。我和姍還差一點成了朋友。我是不是一直都在和他們聯手幹著背叛自己的勾當？十五歲那年我隨我媽到了加拿大，還眼睜睜地看著她嫁給了一個白人。他們的婚姻都像是在玩輪盤賭似的，她們怎麼都那麼敢下注呢？我在中國的家沒了，等我再一次回去時，豪和姍已經有了自己的新房。他們給我留了一個房間，裝修得既豪華又舒適。姍向來品味不俗，她見過大世面，做事也很用心，可那是一間幾乎完全沒有記憶的房間。房間中的一切都是新的，只有一張老照片表明我是住在家裡而不是住在酒店。那是我三四歲時的照片，我抱著一隻兔子，豪坐在一張椅子上，他的手指夾著一根香煙，煙灰很長，像是馬上就要掉落了。他像是正在問我問題，我在回答。直到今天，我和他的關係似乎都只是問問題與回答問題的關係。小時候他問得多一些，可這些年總是我在問，他有一搭無一搭地回答。有時候他應該是沒有時間，有時候則是心不在焉，有時候可能是回答不了。我在照片中抱著的那隻兔子多年來都是我心裡的痛。小時候豪似乎沒怎麼給我買過玩具，卻一直喜歡給我買小動物。那隻兔子是我要他買的，他屬兔子嘛。兔子是白的，白得幾乎沒有一根雜毛，白得就像是用雪堆出來的——一隻雪兔子。剛買回來的時候，雪兔關在一隻鐵絲籠裡，我給牠餵吃的。後來我一定要抱著牠睡覺；媽媽警告我，說我可能會把牠壓死，我不聽，也不信。我怎麼可能把最心愛的雪兔子給壓死呢？可沒幾天，事情就真發生了，我真壓死了牠——我的雪兔子！你可以想像我當時哭得有多傷心，那太可怕了！雪兔死了，豪開了很遠的車，帶著我在香山的一棵松樹下把牠埋了。我們一起給牠壘墳，還為牠立了碑，豪在一塊窄長的木板上寫上「雪兔之墓」，也寫上了我倆的名字。幾年之後我再去看牠，卻怎麼也找不到那塊木板了，那座土墳更是沒了蹤影。雪兔一直是我記憶中最深刻的意象，牠是我壓死的，我具有強烈的想毀掉心愛之物的心理傾向。「牠白呀，白得像這個世界呀……。」後來我在豪的手稿中讀到這句詩，我猜他是在藉雪兔寫我。可在我眼裡，這個世界還真沒怎麼白過。也許他一直把我定格在我三四歲時的樣子了，這幾乎是所有父親的妄念，他也脫不了俗。父親都希望自己的女兒是永遠也長不大的小仙女。

我們曾經有過多麼幸福的生活呵，我、姍和豪，我們一起去旅行，一起去唱卡拉ＯＫ，一起去外面吃好吃的。雖然這幸福很短暫，而且每一次都會在我心裡留下自責與憂傷——這幸福的女主角原本應該是我媽，可姍占了她的位置，並讓我幾乎完全忘記了我和爸爸媽媽在一起時的生活。這是一個新家，我所要做的便是讓他們開心；我還在上學，需要他們供養，也必須讓他們開心。在加拿大母親的新家我也是這樣想和這樣做的。兩邊的家都是新的，都有我的獨立房間，也都掛著一張我小時候的照片。在加拿大的照片是我和我媽的合影，也是我三四歲時拍的。我同學小希說：「瞧，我們多好，有兩個爸爸和兩個媽媽，他們都虧欠了我們，都得加倍對我們好。」她的情況和我一樣，也在加拿大上學，可自從父母再婚之後，她的零用錢至少多了一倍。與小希完全不同，我是一個什麼事都讓自己陷於被動的孩子，我把我的童年變成了無解的咒語，我相信是因為我爸爸媽媽才離婚的，他們之前原本也很相愛。至於未來，我還會有未來嗎？我自己的爸爸媽媽愛我那是天性，可姍呢，她憑什麼愛我？她有自己的女兒，那才是她親生的，她永遠都會把自己的親生女兒放在第一位。好心的、有教養的加拿大爸爸也是，馬克——他在一所大學教書，和他的前妻也有自己的女兒……。所以對不起，爸爸和媽媽，馬克和姍，你們都誤解我的快樂了，當我們一起去旅行、看電影、外出吃飯的時候，當你們給我買新包包、新裙子和新牛仔褲的時候，我當然也是快樂的，但這份快樂的背後潛藏著深深的自責與恐懼，我總是懷疑自己是不是背叛了爸爸媽媽？我更擔心因為我你們會難以相處。馬克和姍任何時候都可能不要我，他們甚至可能隨時終止我的學費。是的，我總是小心翼翼、如履薄冰，我的功課必須門門優秀，必須時時留意你們的心情。我是一個懂事的孩子嗎？當然了，可我更是一個想讓你們都滿意的孩子。爸爸，你誤解我的雄心了，我之所以表現出我是一個有理想的人，僅僅是因為你有理想，你喜歡有理想、有抱負的人。馬克，你也誤解我的獨立與有見地了，我之所以表現出獨立和有見地，也僅僅是因為你喜歡有深度的交談。總有一天我會狠狠地說——去你妹的理想和抱負，去你妹的思想深度，我只想有一個平庸的人生行嗎？我只想有一個踏踏實實愛我、不用我緊張、更不會讓我擔心被拋棄的愛人行嗎？我按你們的想法考上了加拿大最好的大學，選擇了柏拉圖做我的論文，我即將畢業並擁有一個美好前程……，可是該到了我講出真實情況的時候了，你們，包括我自己都誤解了我的能力。事實上我天資平庸，情商低下，自從進了大學，就一直處於焦慮之中。我總是讓自己陷於困境，每次考試都像是要去死神那裡走一遭。馬克，你也覺得我的論文題目不錯吧，可這篇論文我怕是永遠也寫不完了，老實講，到現在它都還只是一個題目，我一個字也沒寫，我甚至懷疑這個題目和我的人生一樣莫名其妙……。你們完全可以認為我已經不可能畢業了，這是真的，我隱瞞了你們四年，欺騙了自己四年，現在該到了讓你們知道真相的時候了，你們也有知道真相的權利。姍，你也該知道了，之前你總是按月給我寄學費，可去年你一下子就給我寄了一年的，那是整整五萬加幣，我有辦法讓你一次性寄給我，你已經很信任我了。可你很快就會知道真相。真該謝謝你，這筆錢還真幫了我，讓我可以和我的愛人有一個屬於自己的家……

可是姍，無論如何，你怎麼能忍心在我即將分娩時打那麼一個殘忍的電話給我呢？你怎麼能在電話裡說「婕，出事了，你爸被人帶走了」呢？在這個電話之前，我們已經冷戰了三個多月了。是的，我們冷戰，因為我戀愛了，因為我愛的人完全不符合你們的標準，也因為我說出了真實情況。那個時候你們有著多麼頑固和可笑的成見呵，尤其是爸爸；在他心裡，他的家庭是有社會地位的，他的女兒聰明、漂亮、正在接受一流的教育，有著美好的前程，怎麼可能放下學業和一個大她十歲的管道工同居呢？是的，我愛上了一個管道工，他大我十歲，沒有錢，沒有房子，沒有上過大學，也沒有穩定的工作。我跟你們說我很忙，在寫論文，可事實上我半年前就已經離開學校，和我親愛的管道工住在一起了。沒錯，我們不僅戀愛還同居了；我們用你們給我的學費去遊行，並期待得到你們的祝福，盡快完婚……

世界上任何一個孩子都隱瞞過自己的父母，我不過再幹了一次；於是我們冷戰，我完全知道我驕傲、自負的爸爸在得知真相後會氣成什麼樣子，他根本不能平靜下來問一問我的想法。我們試著通電話，他唯一能說出來的話便只是：「我不管發生了什麼，你也不要解釋，給我回加拿大去，去完成你的學業！」「晚了，不可能了，我已經做不到了。」「為什麼？」「我懷孕了，已經五個月了。」我想像得到我可憐的爸爸在電話的另一頭狼狽而又怒火中燒的樣子，他恨不能要把這個世界給炸了！我平靜得近乎冷漠的聲音像一把刀扎進了他的心臟。還有誰比我更瞭解他心臟的位置呢？瞧，我這一刀扎得多準呵。

姍，還記得嗎？第二天你就飛到了我所在的城市，你怒容滿面，幾乎要叫人把我綁回去。我們顯然不可能交談了，這沒什麼；可是我們都用了最惡毒的語言攻擊對方。你要我做掉肚子裡的孩子，明明知道已經五個月了還要我做掉他，甚至當著我丈夫的面罵他是孽種。你是誰啊？有什麼資格這樣跟我說話？現在想起來你可真傻，你當了爸爸的槍手，可扣扳機的人卻是我。還記得那隻雪兔子嗎？我四歲時就當過凶手，壓死了最心愛的兔子，現在你能指望我親手殺死自己的孩子嗎？當然不能，沒有人可以把一個已經五個月的胎兒從他母親身上拿掉！你氣急敗壞，無功而返，回去會對我父親說些什麼呢？無外乎勸他：「死心吧，就當沒這個女兒。」或者也會說：「我們只有接受，唯有祝福。」無所謂，你們愛祝福就祝福，該怎麼想就怎麼想吧，反正你們不會去瞭解我走到這一步的原因，也不可能真心為我祝福。事實也正如此，你走了之後我們就再也沒有聯繫過，直到我要分娩了，在婦產醫院接到你如此凶惡的電話——我如此心高氣傲的爸爸居然成了一個疑犯！或者用你的說法：「被人帶走了……」可是你為什麼還在？你不是也參與了公司的業務嗎？哦，你早把自己撇清了是吧，那他被捕了你來找我幹嘛？你該去找律師呵，該去找關係把他撈出來呀！……我不知道危機到來時別人是如何處理事情的，我們都喪失了理智。在這樣險惡的關頭，我們該捐棄前嫌擰成一股繩的，可是我們沒有，我們彼此不信任，我的腦子裡甚至閃現出一個無比邪惡的念頭——爸爸出事一定與你有關。你到底做了什麼？你等著，我早晚會弄清楚，你放心，如果與你有關，無論走到哪裡，我都會劈了你！……瞧，我們已經撕裂得如此不堪了。你用近乎絕望的聲音吼道：「我不是找你，我是通知你，畢竟你是他女兒！」說完你便放下了電話，你當然聽不到我在電話的另一頭近乎哀嚎的哭聲。其實在聽見你的聲音的那一瞬間我便意識到天要塌了，我們這個家垮了，我們碎成一地，再也撿不起來了……

三兄弟最後的晚饗

幾天前我就隱約感到這頓飯有著怎樣的戲劇性，這是我們三兄弟必須要吃的一頓飯，很可能也是最後的一頓飯。

毅打電話給我，說豪要出來了，我問：「什麼意思？你不是說要判十年八年嗎？」

「他畢竟做了那麼多年生意，這點人脈還是有的。」

「人脈？你的意思是說他並沒有犯多大的罪，所以靠人脈就解決了？」

「我又不是法官，怎麼能定他的罪呢？非法集資在法理上本來就說不大清，應該有一定的操作空間吧。」

「還是你有本事，畢竟是大國企的董事長。」

「我？我可沒那麼大的本事，我什麼都沒做。再說了，我是做企業的，不蹚這樣的渾水。週五我們一起給他接風吧，在燕山飯店，你不會沒時間吧。」

「你知道我是個閒人，最不缺的就是時間。也不知道豪現在怎麼樣了？他會不會一夜白髮？」

「我們都猜一下？看誰更瞭解他。」

「猜就不必了，倒是可以假設一下，如果不是他而是你我進去了情況又會怎樣？」
「晦氣！你當坐牢好玩是吧？」
「你不是說過『人詩意地棲息』的前提是喪失自由、欲望和利害心嗎？」
「得了，如果這樣，我要詩意幹嘛？我寧願自由地棲息。」
「由不得你吧。現在人人自危，你就不用說了，十個董事長有九個半都如坐針氈，連我這樣的教書匠恐怕也難說。我們學校最近又有一個老師被抓了，真是莫名其妙！我們又迎來一個恐怖時代了嗎？這次是白色恐怖還是紅色恐怖？或者根本不需要定性，讓你恐懼就行，恐懼無所不在，密布在我們身邊。上一代的骨頭被打碎了，這一代根本就不需要打——我們有骨頭嗎？」
「因為什麼被抓？」
「因言獲罪，可罪名很荒唐，說是嫖娼，他嫖誰了？順我者娼，逆我者嫖娼嗎？」
「得了，你也別那麼多牢騷，見面聊吧。」
……
我不是發牢騷，更不是胡言亂語。我真的不止一次地假設過我被帶走了情況會怎樣？這會涉及到好些問題。一、我將因何獲罪？我在大學教書，最大的可能就是像那位仁兄那樣因言獲罪。可我的父輩出過太多右派，我早已熟練掌握趨利避害的本領。我沒有豪身上的英雄情結，也沒有當公知的熱情和興趣。公知是什麼？產生的基礎是什麼？弄明白了嗎？我們有獨立思考的知識階層嗎？長期以來我們的民眾有過獨立意志嗎？很多人以為寫點文章，談點觀點就可以推動社會乃至於體制變革，那可真是幼稚。

觀點不與權勢結合便一無用處，若與權勢結合則必帶殺戮之氣。可那還是知識分子嗎？我不寫文章，不談觀點，靠打哈哈混生活，是犬儒主義的活樣板，一個自欺欺人的快樂主義者和利己主義者，但我絕不做奴才！這個世界沒有什麼我非堅持不可的，可也沒什麼值得我放棄自己。我們這一代讀書人不具備追求真理的意識、能力和勇氣，我們甚至連迎接真理的心理準備都沒有。真理是什麼？與我們有關嗎？它掌握在權勢者手中，我們能做的只是解釋與包裝，我們藉此諂諛權勢者並獲得利益。可我真是一個利己主義者嗎？從根本上講是的，但我既無利己的能力，也不知道自己是什麼和要什麼。我頂多是一個面容模糊的利己分子，有那麼一點貪戀自我的動機，卻沒有滿足自我的手段與能力。我是誰？我從哪裡來？到哪裡去？哈哈，別勾引我，這些都是過氣了的問題，我這個年紀的人不問這樣的傻問題。至於學術，我也早過了靠學術謀取利益的年紀了，我已經混到了教授，犯不著再幹沽名釣譽的勾當。我的確在寫一部文學史，探究心讓我想釐清一些史實與問題。可連這件事最近也讓我心灰意冷。在故紙堆裡做道場也會得罪人，甚至可能遭致牢獄之災，何況年紀愈大便愈覺得自己才疏學淺，這件事我也未見得會比前輩們做得更好。二、要是真進去了，我老婆怎樣辦？她還可以靠對古人的想像活下去嗎？這是我不能確定的。她與這個時代脫節得太嚴重了，我不出事還有人把她當作是一個古代的詩人，我不在了，沒人讚美、認可和給她背詩了，僅靠超市的毒牛奶她能活多久？三、如果獲刑，就必定會開除公職。我相信基於我能夠犯罪的領域不多、犯罪的本領不高、危害社會的能力不強，刑期無論如何都不至於太長。可一旦沒了公職，我將靠什麼養活自己？我一直希望成為一個無用的人，可只有在假設自己被捕之後，我才驚覺到事實上我已經是一個多麼無用的人了。靠寫文學史是沒法活的，這個社會不給這種無用的東西提供飯碗，所以學術的清白與純粹便總是可疑。四、如果獲刑，我會被人打嗎？被會逼供嗎？如果逼供又會是什麼方式？會逼我吃肥肉嗎？會被小混混們雞姦嗎？……這些問題多麼具體，具體到我已經沒法想像和回答。人們對未知的東西都會感到好奇，我承認想這類問題時我只有恐懼。我會對自己被雞姦感到好奇嗎？當然不會了。我曾讀過方苞的〈獄中雜記〉，知道小獄卒的厲害，可我依然沒法想像被人百般凌辱的樣子。豪是親歷者，我們很快就會見面，不過應該也不方便問他這樣殘酷的問題吧？你能問一個傷痕累累的人血流出來時都有什麼感受嗎？

六點鐘我準時到了聚會的地點。毅已經到了，正喝著茶等我們。我進了包房，他問我是怎麼來的？「摩拜單車，不像你有專車接送。」我說。「說一聲啊，派司機去接你。不過你這也算是時髦。」他說。「什麼就時髦了？」正說著，豪到了，他的聲音一如往常，聽上去似乎比以前更輕鬆，也更爽朗。「你個龜兒子，走了那麼遠，走得可真久。不過還好，我們三兄弟又見面了！可是你看，他像是剛從牢裡出來的嗎？你小子剛從普羅旺斯度假回來吧？」毅站起來，握著豪的手大聲說。我沒有和豪握手，只是輕輕地拍了他一下肩膀說：「先坐下，坐下說。」

「三年，整整三年……，只是喝不上這樣的好茶。」他說。我給他點了一支煙，坐在一旁看著他。他還真沒有什麼大的變化，稍稍瘦了一點，頭髮沒有白，氣色看上去似乎比之前還好。之前他總是帶著倦容與焦慮，現在似乎睡了一個長覺，休息好了。他心中的某些塊壘像是也已經放下，面容之中有了某種之前從未有過的平和，但也有了某種滯凝，看不到過去的明亮與熱情了。

「你們剛才在說什麼時髦？」他問。

「摩拜單車，慶現在是什麼時髦用什麼。你還不知道摩拜單車吧，三年前還沒這玩意兒。」毅說。

「上個月號裡進來一個小夥子，聽他說過，不過他應該也沒怎麼整明白。毅，你給我細講講。」

毅便講了摩拜單車的事，還大致講了一下它的商業模型。「現在是共享經濟的時代了。」他說。

「共享？我所知道的只有獨占！」豪說，接著又問：「還有什麼新玩意兒？你們多給我講講。」

毅便講了人工智慧與大數據，他說世界發展得太快了，人與生命都將重新定義。人類將分化成傳統意義上的人類、智能人類、寵物三種。人將更多地與智能人類為伴，利用它也被它掌控，不少人將淪為寵物。傳統意義上的價值觀、情感方式、婚姻方式以及幾乎所有的認知都將發生根本性變化，人類將在智能人類及其飼養的寵物之間無所適從。

「是呀，這個世界正在超出我們的認知範圍，我大概就是你說的傳統意義上的人類，恐怕真是要被淘汰了。不過聽你講了那麼多，我也明白了——東西是新東西，道理卻還是老道理。」豪說。

「怎麼講？」毅問。

「任何事情都根植於人性，商業更是如此。成功的生意一定建立在惡的基礎上，以惡為驅動，最大限度地利用和發揮人性中的貪婪、無聊、弄虛作假、貪小便宜等心理。我可以肯定你說的這些，什麼摩拜單車、無人售貨、共享經濟，很快就會崩盤。」

「以惡為驅動？」毅問。

「是。鏢局的生意來自於恐懼，賭場基於貪婪，淘寶成於假貨，微信源自無聊，就連做促銷也要善用人們貪小便宜的心理。摩拜單車、無人售貨沒有建立起惡的循環，反而使惡成了破壞力量。惡一旦需要監管，便會進入成本中心而不產生價值，監獄就是這樣。可監管惡得多大的成本啊？共享經濟更不成立，人的本性永遠是自私的，『他人即地獄』，獨占可以，分享勉強也可以，共享絕對不行。以前的公共食堂和人民公社不就是共享經濟嗎？結果呢？直接導致了三年自然災害，餓死了多少人？」

「精彩！」毅在一旁鼓掌，但我看得出他並不完全贊同豪的觀點；換作是從前，他一定會和豪爭辯，可是今天不同，今天他只鼓掌，這是對的。我是真覺得豪說得好，之前他給我講生意，我總覺得是扯蛋。現在看來他還是有洞見的，他眼睛裡的光又回來了，監獄並沒有磨掉他的棱角。

每次聚會我們都能各抒己見，產生思想的碰撞，即便今天這樣的情況下也是如此，這實在是很珍貴。這是我們長達三十年友誼的見證。摩拜單車顯然不是今晚的主題，於是我轉移話題，問：「豪，事情都結束了吧，有結論了嗎？你身體怎樣？這三年是怎麼過來的？監獄裡有人欺侮你嗎？」

我認識豪三十年，從未這樣輕聲細語地和他說過話。我對他產生了某種柔情。這似乎與我總假設自己坐牢有關，我想如果今天換作是我出獄，他也會同樣對我的。我得承認我們仨最重感情的應該還是他，雖然他總是意氣用事，也時常出語傷人，不留情面。

「先糾正一下，」豪點燃一支煙，狠狠地吸了一口（這是剛從牢裡出來的人吸煙的方式嗎？），「**我沒坐過牢，我只是在看守所待了三年**。監獄是關犯人的地方，看守所是羈押嫌疑人的地方。我不是犯人，是嫌疑人，他們懷疑我犯了法，把我關起來審問。」

我本想進一步問，監獄和看守所有何不同？有關當局對待犯人與嫌疑人有何區別？可豪沒有給我機會，他接著說：「至於結論，那就是關了我三年、審了我三年，最後對我免予刑事訴訟，我自由了。」

「沒判刑？」毅問。

「免予刑事訴訟，違法但不構成犯罪。」豪說。

「都關了三年了，罪行太輕怎麼會關三年呢？」毅問。

「審你。」豪說。

「輕罪何至於審三年？這不是超期羈押嗎？」我問。

「是，但做一下手續就行了。這三年我無數次變更過延期羈押手續，理由都是所涉案情重大複雜。」

「案情重大複雜，結論卻是免予刑事訴訟，這不是自相矛盾嗎？」我問。

「不矛盾，前者是檢察院的意見，後者是法院的結論。」

「那應該可以提請國家賠償吧？怎麼就沒取保候審呢？」我接著問。

「本來是有機會的，可人進去了，老婆也嚇跑了，沒人做工作。再者，恐怕也有人不希望我早出來吧。」豪說這句話時，瞥了毅一眼。那冰冷的一眼真令我吃驚。我注意到毅一直在悶頭抽煙；這會兒他把一支煙掐滅，端起酒杯說：「來，乾杯！乾完這杯就不要再說這些不愉快的事了，這些年不容易，很多人都進去了，你應該算好的，往前看吧。」

「什麼就往前看了？過去的事還沒整明白吧，到底要不要提請國家賠償啊？」我問。

「這只是我要做的事情之一。」豪很輕卻很堅定地回答。

「什麼事就提請國家賠償呀，豪，聽我的，先休息一陣，把身體調養好了，明天我就陪你去體檢。慶，你也去，都去做個體檢；我們和體檢中心有合同，享受貴賓待遇，項目多，做得細，還不用排隊。」

晚餐仍在進行，毅不斷地給豪倒酒，我們不停地乾杯。「都過去了，誰也不許再說那些不愉快的事情，今天就喝酒，不醉不散，一醉方休。」他像是在強調什麼規矩似的；也是，今晚這頓飯由他做東，他是主人嘛。期間他還唱了兩首老歌——〈同桌的你〉和〈睡在我上鋪的兄弟〉。這是聚會時他的兩首經典唱曲，他憑這兩首歌泡過不少姑娘。我也藉著酒興讀了兩首詩，其中一首是豪的舊作〈時間的傻姑娘〉，這是他不多的幾首既單純又明澈的短詩——

秋天的風在大地上寫墓誌銘
時間的傻姑娘在山坡上站著

碑石上有瀚海、星辰
時間的傻姑娘在看星星

我走過那道山坡
如同牧羊人走過黃昏

我讀地上的字
也讀山上的寂靜
時間的傻姑娘站在山坡上
眼看著夜色將一切吞沒

可能真是老了，這些年大家都開始以自己的方式回憶過去；可過去是回不去的，誰也回不去，我們的過去應該早就碎成渣了。

毅再次高聲叫好。「喝！」他給我們倒酒，自己卻像是有了醉意，碰杯的時候還差點摔倒了。豪扶住他，「沒醉吧？」他問。

「沒醉，今天是你的好日子，哪能就醉了？豪，這首詩寫得可真好！一個人得多通透、多寬懷才能把時間當作傻姑娘呀，看來你已經與自己和解了。」毅說。

「沒錯，今天是我的好日子，你哪能就這樣醉了呢？」豪說，他扶毅坐好，又拍了拍他的臉——

「真沒醉？那我就說幾句，也向兩位老兄彙報彙報。」他說。

「罰酒！兄弟之間談什麼彙報？罰酒！」毅說。

「是彙報，尤其是對你，你待會就會明白。」豪瞥了毅一眼，接著說。

「剛才慶問了我好幾個問題，前面的問題我已經回答了，那就是事情結束了，也有了結論，我出來了，免予刑事訴訟。」

「這個我們聽明白了，你違法但沒有犯罪，接著往下說。」毅說，語氣中似乎已經有那麼一點不耐煩了。

「我現在回答慶的其他問題——你身體怎樣？這三年是怎麼過來的？身體嘛，你們都看到了，它好也只是一副皮囊，不好也不過是一副臭皮囊。至於這三年是怎麼過來的？那就更簡單了——按規定的時間起床、吃飯、睡覺。我平生從未過過有紀律的生活，這三年卻是在嚴格的紀律中有規律地過來的。我想如果有上帝，它所要求的也只是習慣與紀律。」

「這樣的日子過得可真是快呀，日復一日，簡單重複。時間長了，你就會發現，一個人能簡單重複地過一輩子其實是很幸運的；相反，事情不斷，看上去很風光卻整天提心吊膽，就不是什麼好生活。我之前是這樣過的，你現在還在這樣過對吧。只不過你老兄事業做得大，麻煩多，心裡比我們更苦，也更焦慮、更恐懼是不是？」他喝了一口茶，摟著毅的肩膀繼續說。

「那是，擔子重，責任大嘛。」毅順著他的話說。

「是貪婪——你那是套話，今天我們三兄弟見面，要說真話，說人話。」豪打斷他，繼續往下說。

「我還真好好想了想——這三年我究竟是怎樣過來的？歲月如梭，還真是不知不覺就過來了。可也沒閒著，三年之中做了三件小事。第一是寫了近一百萬字的小說，中篇、長篇、短篇都有，也寫了一百來首詩。你們知道我已經停筆十好幾年了，過去的詩基本上也都丟了，可我們曾經那麼赤誠地熱愛過詩歌。之前我也想過，連多年的詩稿都可以丟失，看來詩歌對我來說也是不重要的，否則怎麼可能丟失呢？所以總的來說我對那些丟失的詩稿是釋懷的，我記掛的是詩而不是詩稿，我對寫與不寫持無所謂的態度。可這種無所謂的態度卻使我的生命產生了斷崖式的忘卻、某種偶然而來卻又一直在重複的悸動和愈來愈深的思鄉之情。這次在看守所，為了抵抗生命的無常與無聊，我又提起了筆，我這才知道詩歌是我的根、是我的家園，從某方面講還是我的命！這三年我就是在用寫作續命。我感恩歲月的饋贈，該來的來，該去的去；丟失即得到，生即是死；生是死的去處，死是生的歸途。」

包房突然間變得那麼安靜，時間彷彿都停止了似的。我真沒想到豪居然會在這麼一個晚上談到詩，這可真是一個久違的話題。這些年雖然忙，我們也有過多次聚會，可從來沒有再談過詩。正如結了婚的人不輕易談初戀一樣。每個人都會以自己的方式封存記憶，詩歌就是我們封存了多年的記憶，也是我們不肯輕易拿出來與人分享的心靈的祕密。

「說到身體——看守所的生活十分清苦，每頓都是土豆熬白菜，十天半個月也見不到一點油星。可是我並沒有讓身體垮掉，這也得益於有規律的生活。你們知道我之前是不運動的，在看守所反而每天都鍛鍊。鍛鍊的方式很簡單，上午打坐——練習呼吸與吐納，下午做深蹲和俯臥撐。你們也看到了，我的身體比以前結實了許多，這三年我每天都要做一百個深蹲、一百個俯臥撐，沒有一天落下過。」他邊說邊捲起袖子給我們看，可立即又縮了回去。但我已經看見了他手臂上的疤痕，他本能地將胳膊縮了回去，動作十分驚惶。

「第三件很重要也最難講。這三年我接觸過不少於兩百個嫌疑人，各種罪行都有——殺人、強姦、走私販毒、行賄受賄、敲詐勒索……，光強姦就有好多種，不同的手段與方式，不同的欲望與心理。天天和各種各樣的犯人吃在一起，睡在一起，就像掉進了一個爬滿毒蟲的深坑，可我心裡竟沒有一絲陰影，反而想通了不少事情，放下了很多塊壘，真所謂百毒不侵……」

「豪，你說得真好，身心靈都說到了，我們都為你高興。這三年，在你，地獄變成了天堂，看守所變成了人間勝地，修行得可真不錯。不過今天我還有一個局，恐怕得早點結束，期待你的詩集和小說早日出版。」

豪正說得興起，毅卻打斷了他的話，並以主人的姿態為這頓飯做了結語。他似乎早就沒有耐心了。他請這頓飯是基於三十多年的友誼，豪落了難，他當然應該請，我們也應該盡自己所能給豪一些幫助。可整個晚上都沒有人談具體事情，包括豪託管給毅的公司，我本以為會成為今天的主題的，豪居然也隻字不提。

結完帳，毅又說：「慶，你再陪陪豪，你們也好久不見了，說說私房話，我知點趣，先閃一邊去。」

豪送毅走出包房，我想他們應該會說說公司的事了，可幾分鐘後他便回來了。

「我以為你們會聊聊公司的事呢，盡說些虛頭巴腦不著邊際的話，我都為你著急。」我說。

「虛頭巴腦嗎？可這就是我這三年的生活。」

「剛才你們說了嗎？」

「說什麼？」

「公司的事啊！」

「說它幹嘛？專業的事該由專業的人去做。」

「都幾十年的兄弟了，有什麼不能敞開直說？你一晚上都話裡有話，全是說給毅聽的吧？」看到豪滿不在乎的樣子，我忍不住問。

「你想多了，我說的還真就是我這三年的生活。」

「真的？看守所真那麼好？三年就跟修行似的？」

「還真是一種修行。」

「那讓我看看你手上的疤！」

「疤有什麼好看的？看我的詩吧。」他愣了一下，隨後便遞給我一個U盤。「小說和詩都在這裡，抽時間看看。」

「你承認了？」

「好奇心還真重。」他笑了笑。

「不瞞你說，這幾天我老在假設如果我被人帶走了會怎樣？我會不會被人打？會不會被逼供？如果逼供又會是什麼方式？會逼我吃肥肉嗎？會被小混混雞姦嗎？」我拉著他的手突然就哭了起來。

豪驚愕地看著我——「你這是怎麼啦？受虐狂嗎？你一個教授不至於。」

「好啦，好啦，別那麼猥瑣好嗎？」他說，卻盯著我的眼睛問：「你不至於天真到認為在看守所三年連一塊疤都沒有吧？」

豪的自選詩

我很想知道豪手上的疤是怎樣落下的，也許他身上其他地方還有。這頓飯讓我感覺到已經有什麼東西梗在我們三兄弟之間了。毅的表現既誇張又做作，他還乾著嗓子唱歌，他的哈哈大笑多麼不自然，分明在掩飾什麼。他所掩飾的事一定與豪的公司有關。豪說：「一個人能簡單重複地過一輩子其實是很幸運的；相反，事情不斷，看上去很風光卻整天提心吊膽，就不是什麼好生活。」他沒有反駁。豪說：「你老兄事業做得大，麻煩多，心裡比我們更苦，也更焦慮、更恐懼是不是？」他依然沒有反駁。我不相信毅聽不出豪的話外音來。他們三十多年的友誼顯然已經到了盡頭，不過這又有什麼呢？兄弟反目的事情還少嗎？反目是正常的，不反目才不正常。

幾天之後我開始讀豪的詩和小說。小說我沒讀完，也讀不下去——他似乎還不大懂得如何讓人物說話，大段大段的議論顯得既賣弄又冗長。他的詩卻給了我很大的震撼，那是一種挫骨揚灰般的寫作，若詩鬼般存在，其寓意從一個人的生命滲透到一個國家的現實。那些詩讀起來多讓人揪心呵，揪心得讓人疼，不是那種斷裂時暫時的疼，而是深入骨髓的疼痛。可那個晚上他看上去就像是一個笑面佛似的，我更加確定他的話全是針對毅說的，他那麼處心積慮，肯定會有大事情要發生。不管了，兩個交往了三十多年的男人若真發生什麼恐怕連老天爺都攔不住。還是回到他的詩歌中去吧，他曾選出二十九首構成一個小輯，這二十九首我喜愛有加。我已經很久沒有辦過詩歌講座了，正好學校有要求，我便側重講了這二十九首詩。

手銬

鋼鐵在時間裡哭
哭他的兄弟
他的兄弟被打成一副手銬
銬住了一個人

銬住了一種自由
鋼鐵在手銬裡哭
哭他的心

讓他在囚禁中哭

哭冷血的鋼鐵

今天我要將玫瑰花的愛
帶給一道鐵柵欄

他已經把最柔軟的心交給了一個政權

他的另一個兄弟
正用另一種暴力把手銬打開

撕紙

撕紙的人坐在河邊
他已經撕了整整一天
他曾想把河水撕掉
卻只撕下了一小片天空

他撕下的紙隨河水飄走

他回到夢裡
聽見撕紙的聲音

正如他總是聽見鋸木頭的聲音
他父親是個木匠
給人造房子

他爺爺的聲音要安靜一些
他是一個紮花圈的手藝人
安靜地坐在那裡，紮了一輩子的花圈

父親曾經很不理解他
他很絕望，說自己生了一個傻兒子

爺爺不說話
也不嘆氣
他安靜地坐在那裡紮花圈

有一天，他聽見爺爺跟父親說
讓他撕吧，他在做事
你也在做事
他撕紙和你造房子一樣
你不懂他，他卻可能懂你

撕紙的人繼續撕紙
造房子的人繼續造房子
紮花圈的人繼續紮花圈

不久，撕紙的人被河水帶走了
紮花圈的人有了紮不完的花圈
我們看見的天空總像是被人撕過似的

多麼疼痛的天空
即使回到夢中，也能聽見撕紙的聲音

呼吸

你呼吸
他們把空氣裝進鐵罐子裡
你在鐵罐子裡呼吸

你的鼻子被固定在一面牆上
它被一道光照亮

你的脖子也被固定
不要在脖子上做任何徒勞的事情
它們很敏感
也不要試圖尋找胎記

你呼吸，光照在你的脖子上
你伸出脖子呼吸

這是你出生後的第五十二年
你的呼吸隱藏在不為人知的地方

在分裂的叢林裡
你也被其他人呼吸
成為另一種夢境或奇異植物的囈語

你試圖度過此生
你呼吸一種被稱之為空氣的記憶
也呼吸各種無解的欲望和幻想

你被運到一個地方
那裡有空氣

風

你被扔掉
鐵罐子裝滿了孤獨與絕望給你

它將帶著你在夜色中飄浮
人們將它稱之為此生

你扔掉了呼吸
人們稱之為塵埃

最終你被一道光吸收
裝入另一隻鐵罐子裡
人們稱之為來世

我反復思量，準確地讀出這個詞——風

只有它掀開我的頭皮
在頭顱中找到我的名字
它認出我是它的異姓兄弟

當我嚎叫時，它認出我是一匹狼
它也看出柔軟之時，我是柳枝的親姐妹

風，看見我奮力撐開的手指
它擊打我，聽見我關節的迴響

上帝在顛狂之時將它給我
我聽見了野火在森林中的呼嘯

風，以無形的氣流把我送到天空時
我擁有了閃電的權杖

正如它曾經摧毀了我的家園
它也教會了我流浪

它令我在曠野上行走
令我熟悉海洋和丘陵
它讓我的命像蒼老的松樹一樣
挺立在山崖上
我的手臂因它變得結實而扭曲

此時它在天上
再一次把我吹得劈啪亂響

憑欄遠眺

今天，有風把一艘船掀翻
把你的影子捲入漩渦

把一世煙雨沉入江底

你有影子嗎？
那你已經在漩渦中了

活人與死人的區別在於影子
所以祝賀你還活著
但活人比死人多一滴熱血
你未必有

你可能是夾在活人與死人之間的某種記憶
你想爭辯什麼？

你已經用了數十年的時間來解釋你活著
它比死更無足輕重？

你是被某人憋著但還沒有放出去的屁

你比羽毛多了一點矯性
你試圖回憶，也試圖證明
你攻擊鳥、夜色和任何比你清晰的存在

死，以它的長方形形成了堅硬的直角
以黑色讓整個四月大聲悲泣
可你有什麼？

又一個陰雨天
潮濕的雲從山頂下來
霧在江面上拉胡琴

一個小男孩躲在烏蓬船裡
他的父親站在細雨中

巷子裡的貓如此膽怯
詩人和妓女在燭光中踮起了腳尖

你有什麼？

時間像遠嫁匈奴的公主
那千里之外的孤獨在一聲長嚎中
你有什麼？

恁欄遠眺
我在看那隻烏蓬船的命
也在看一朵花在夢中脫落
那浸入鏡中的紅色
如今滴落在黑夜的白床單上

你有什麼？
你「打開一封信，裡面是空的」
打開那扇窗，那是天，是七月的急風驟雨
你像極了那座老建築裡的一口痰

咳出去，一了百了

憑欄遠眺
那個和你如此相像的人
正將你的燈籠沉入水中

布恩迪亞

我一直在想像你的圓
想像古老而優美的孤線
你神祕，如盲人低語
一位酋長曾說世界是圓的

布恩迪亞，我們明早出發
到幻象中去。繞過大沼澤
將樹木和石頭都看作是圓的

我們也將回到原點

還有多少希望指引著我們？
樹木在雨中瘋長
老虎在叢林踱步
我們，只有我們要去遠地方

越過沙漠會不會是海洋？
布恩迪亞，你從幽暗的黑夜來到我的帳蓬
咒語將我們拋在了島上
我們比任何一隻羔羊都迷失

也比任何一顆星星都明亮
布恩迪亞，不妨想一想
為什麼我們總是在迷路
又總是在往前走？

我撫摸過的圓是乾癟的
像開敗的紙花　被雨淋濕
我撫摸過的梨子和乳房
早些年就已掉在了地上

你的手裡其實從來沒有圓
拉丁美洲的溝壑像眼睛一樣神祕
到處都是熱病和囈語
那年我的表哥被狗咬了
他的骨頭像鼓槌一樣敲打著水面

從南到北　我們夢見月亮
我們再也走不出去
憂愁纏身，布恩迪亞
你走在了往南潰逃的路上

之後你告訴我，你喪魂落魄

詞

被折磨得像一隻翼手龍
早晨四點鐘
它已帶著愉快的叫聲振翅飛去

詞從嘴的隧道中跑出
它們列隊，它們的靴子發出空洞的聲音
我聽見石壁的回聲
在夢裡，一隻隻蝙蝠驚飛
我們停下來，站在那滴水的黑暗中

誰讓它們如此步伐整齊？那文字如浮屍
它們排成行，讓我們看到
多麼擁擠的悲哀與控訴

詞，像人一樣開始逃竄
邪惡的天空上，逗號像鳥一樣墜落
成群的鳥，被擊中的省略號
句號落在田野上
一句話掛在樹枝上，另一句在煙囪上焚燒

詞追著我們
我們已經沒有力氣
它們伸出舌頭
在舔一只只放在老家的碗底

詞的意義驚魂未定，如同人不能呼吸
它們需要像你一樣起義
詞說話，如你含糊的一生，不可理喻
此時，冰冷的大街上，一秒鐘的時間
你將看見上帝，他手起刀落

整條街上，一個個人頭落地

搜腸刮肚

搜腸刮肚，你在尋找一個詞。
你在尋找一頂帽子
和石榴花一樣鮮豔的嘴唇；
搜腸刮肚，你在尋找一張隨水而逝的臉。

早晨，清潔車試圖洗去一天的灰塵
你聞到從腐爛的根莖發出的氣味
想起一個空曠的冬天

想起火鉗、鐵絲和喃喃自語
一個人忘記一件事不足為奇
滿屋子的書，你在尋找的僅僅是一個詞

曾經那麼熟悉的一個詞
熟得像窗前的眼淚
像石頭壓著的一條腿

可你記不住了
就像幽暗的前世
搜腸刮肚，你在尋找石榴花的嘴唇

你會用剩下的半條命去尋找
那個詞像一個人的頭像
或者被海風吹散的淚水
如果沒有記錯
它們應該埋在了一棵樹下
問題是你永遠也找不到那棵樹
無根之人不可能找到一棵樹

搜腸掛肚，你在尋找是一個詞
你已經找了大半生
幾乎忘記了所有事情；
那個詞在一句話裡如此關鍵
你會一直找下去

可你早已忘記那句話
它似乎與山頂的雲有關
也與那根鐵絲和那張丟失的人臉有關
那張隨風而去的頭像
曾經掛在祖父的房間裡

咖啡機

咖啡機攪碎咖啡豆
他將一隻杯子遞到你手上

你品嘗
你和朋友聊天
咖啡機在一旁看著你們

它同樣會把你攪碎
把你的滋味遞到另一個人手上

那人喝著咖啡
他的嘴唇碰著你
他不會想到你和咖啡豆碎裂的靈魂

之後咖啡會讓他失眠
他寫下這首詩
裡面有你的心

你的心跑出鐵柵欄
你握著鐵柵欄如同握著另一個人的心

時間會讓你們忘記被攪碎的過程

地鐵

這條長蟲
吃人，吃時間，也吃掉苟且與疲倦
我從半夜開始等
等早晨的光帶我去死亡的月臺
它同時也在等
從另一個終點朝我們駛來
它帶著星星在地下呼嘯

母親

那些流浪的星星在地下與石頭擦出火花
夜裡三點，它們燃成了火球
如果你正在做夢，你可能會看見
或者你醒了
將被那條長蟲吞下

今夜我下了決心寫你
彙集我的勇氣與愧疚
彙集曠野上的戰旗
彙集潰敗的石頭和疲倦的雲
再過幾年，我將和我死去的兄弟一樣

成為你墳墓旁邊的一棵樹
我一直不敢前往墓地
更不敢走進你的房間

母親！經由你的身體——
溫暖的身體
在烈日下裂開的身體
被暴雨沖走的身體
經由你的身體我可以到達哪裡？

沒有你我再也不敢走夜路
森林也不再有回聲
鴿子全是灰的
藍天沒了，全世界都在下雨

雷鳴電閃——
你深知我的宿命

沒有你我天天熬夜
我再也不敢走夜路
我以失眠之心通向你

通向你勤勞的早晨

夜色進入我的身體
我的身體是你的
經由你我到達了平原
沒有你我再也不敢走夜路
我熬夜

那是黑色的平原
那是死亡
我們睡著了
我們在夜色中得以重聚
是否也將得到永生？

秒針

某年某月某日
我停下來，用秒針對準喉管
它一直在尋找我的要害部位
它誤以為我想成為一個啞巴、自殺者、受虐者
廢物
以及某個事件的證據
我的確是某種證據
秒針也是
秒針停擺意味著生命消失
福爾摩斯凝視窗外的一片葉子
檢查死者的身體
翻開那人的眼皮
秒針斷了
停在某年某月某日的某個時刻

路過和圍觀的人全成了證據
包括那天的風、雲、閃電
包括一晚上的夢話
秒針停止，刺入那人的眼球
案情變得撲朔迷離
福爾摩斯找人問話
在人的表情和隻言片語中建立邏輯
可所說全是廢話
我當然只有沉默
三天後他出具報告
羅列那天的蛛絲馬跡
有條有理
人一死，邏輯便登場
推理成為主角
楔形鐵片打入人的大腦
在秒針斷掉的那一瞬間
牛鬼蛇神叮噹作響

在世界的另一個盡頭
女妖反復吟唱
事情沒完沒了
到了夜晚，窗戶一概緊閉
某種吶喊在林中迴盪
我渴望回到某年某月某日
秒針和我對視
我決不退卻
心裡卻十分明白
總有一天我會低聲哭泣
我的淚水無足輕重
彙集不了澎湃的聲音
何況河流都已枯竭
可秒針雖小
卻有千鈞之力

時間的小手

那時間的小手滿是憐惜
現在穿過竹林
那思念的人影，到了濕熱的河岸

我總想撥開迷霧
看清她的臉
我所迷戀的
原來只是白襯衫上的一小滴藍墨水

多少年的夢如今到了她的小手上
晴，是她的名字也是她留給我的鑰匙
當我打開時
她身體的祕密便如岸上的月光
皎潔卻令我羞怯

我看見那個勇敢的人曾經在走廊盡頭站著
他未老先衰，他返老還童
他命令我，讓我止步，走開

凡是未被打擾的
如今都退到河岸的樹林中去了
那膽怯的曾經也堅定
那思念的人影曾經也溫潤
如今又再次在水中碎掉

兩地書

七月，天氣突然變了
當你遲疑著是否回信
我一直站在路口，或者井邊
你總是陰晴不定

未來不是來，而是未來，而是去
是掐死那只黑貓的白胖的手
人人都說從貓眼裡可以看見時間
我的心亂得
像你撫摸我上衣扣子時的輕嘆
樹影婆娑
你所放棄的還握在我手裡
我握你的手時，永恆已碎成瞬間

一封信到底需要分藏幾處？
偷窺者、告密者、捕食者以及昨天讀到的詩
午睡時突然裂開的瓶子
你還在遲疑
你曾說：我是你的貓，黑貓
從貓眼裡可以讀到一封信
我猜你一定在渡口等船
遲疑與等待都受到煎熬

該加倍小心了
萬物突變，會加重這個夏天
擺渡人早已失蹤
在兩地，似水的流年吉光片羽
兩地書不易
你若平安，請回復我安寧的心情
或者晚餐時的懸疑與憂慮

明晃晃的下午

明晃晃的下午
看一切都像是在看刀片
海面泛著青灰色的光
你看見白光裡的紅色和黑色
也看見玫瑰的血和蝴蝶檸檬黃的心臟

明晃晃的下午
只有知了在嘶聲力竭地叫
它傳達的焦慮統治了這個夏天

明晃晃的下午只是其中的一把刀

我坐著，坐在你的神經上
坐在某種纏繞的力量中
坐在大海最迷茫的那片波光裡

沒有人像我這樣坐著
所有人都在跑，拼命地跑

明晃晃的下午
整條街只剩下一道刺眼的光
我的背看上去就像是一個荒坡

控訴——致內莉・薩克斯

黃昏已近
那火焰的句子……

對於一個喜歡軍裝的少年老人
對於一個被濃煙嗆死的中年男子
你已經說了太多

對於煙囪上方的那片烏雲
時間從未改變，控訴，像燃燒的煤球
既沒有讓毒蠍之心變得柔軟
也不可能使蒙昧之夜變得澄明

我們都生於盛產詩歌的國家
我們都曾經敏感而優雅

少年老人，是那個飢餓時代
從煙囪中逃出去的刺鼻的幽靈

鮮花在毒氣中敗死
那絕不是唯一的一次

不幸的是我已經老了
卻仍在午夜讀你的詩，昏睡中讀

沒有一首能從頭到尾讀完
也沒有一首能夠放下

它意味著我們再也不可能有一個完整的睡眠
我們共同的朋友保羅·策蘭投河自盡了

空手

內莉・薩克斯
那被濃煙嗆死的，如今正以新的式樣寫墓誌銘

那在一角等我的如今已變得凶險
鐵欄杆上攀緣的花，或許會是
一個消息，我所牽掛的人
這麼些年過去了，還是忐忑不安

我也是心有餘悸，路過，路過你的角落
我在一片瓦礫中停下，撿起
那彷彿是你扔掉的煙蒂
紅彤彤的正午正在某地看著我呀
某地是一句斷腸的詩，我怎能將它給你？

曾經切去的盲腸，如今又以原來的模樣
回到了我的身上
我已經度過了白茫茫的歲月
又怎能伸出一隻空手去和你握手？

可你伸過來的手也是空的

我之前曾做過和你見面的夢
父親早年的聲音也曾從那條走廊傳來
抬頭望去的窗子，此時也一定在看你

所謂凶險其實也不過我回來
你不在了，遍地瓦礫無外乎一點淒涼
死兔子在草叢中並無人在意
此時你從舊日子中伸出一隻空手
我的空手也正好伸出

睡前故事

古老而疲憊
像一台熄火的抽水機停在泥濘中
它曾經抽水
沒完沒了地抽
抽我的心

一隻麻雀飛來
一隻蒼蠅落在手背上
它們提醒我
讓我逃離這片家園

古老的睡前故事
從不知哪個峽谷走來
來問我們的五穀和牲畜

可我們從不發問
我們安於短暫的安寧

疲憊的睡前故事
既像飛翔的鳥掉下的羽毛
又像無奈的雪落在枯井裡

憂傷的睡前故事
拍打著死人的門，而門毫無反應
它混淆著舊時代的色彩
進入了一座空蕩蕩的城市

無論疲憊還是憂傷
睡前故事都曾經告訴過我們
它像一把斧子讓我們記起森林裡的伐木聲
如今斧子落在地上
死亡大踏步走來

它曾是我們唯一的閱讀
是我們溫暖的慰藉與想像
可現在它痛呵
它讓我們在風中挺直
我們卻只是一排排等待處決的樹

沒有它，我們會失眠
沒有它我們將孤獨無依
此時它像枯藤垂在牆上
怎樣的暴雨才會使它發出新芽？

它已經長久地消失在頹敗的夜色中了
這個神祕的世界
充滿了無法理解的祕密
我們究竟在和誰糾纏，並決一死戰？

蝴蝶

如果寫蝴蝶，我會寫短促的
死亡與浪漫
以及心緒飄揚的過程
假象被傳唱，就這樣過了上百年

那些曾經賦予蝴蝶名聲的人
如今傷了肺，他們一咳嗽
蝴蝶就翩躚
一張無用的翅膀，竟讓人如此迷戀

美則美矣，卻也不過一位短命詩人
他在夜裡愛自己，讓這個世界
像一滴憂傷的藍墨水

傷口滴答，在西城的病房
放在窗台上的梨和整個下午
已被一大塊白布罩住

有時候，這個世界還真是蝴蝶的世界
麻雀當然也嫉妒
可蝴蝶更累人，那驚豔的故事一傳開
她只好粉墨登場
水袖輕舞，猶如末世的光

絕美的音樂也斷了腸
繽紛的影子如今又到了手上

唉，絕望的，像割腕少女一樣的
蝴蝶
如果我寫它
也只能寫某種絕塵而去的心情

可你總是這樣——
蝴蝶，蝴蝶，窗外的琴聲再次傳來

煙囪

所謂絕望，不過是一條死魚望著半輪月亮
所謂半輪月亮，不過是詩人寒酸的想像
他們試圖製造哀愁
他們從死人那裡賺取夜色和眼淚

月盈之時我們曾輕快得像山上的風
牆上的影子碎了，我們在樹下聊著
那些沉淪在泥淖中的頭顱

我知道我們被人割了
我們討論人生，整條街喪心病狂

把一扇扇門窗扔進爐子裡
門，像家裡唯一的男人倒下
窗子，那鬼哭狼嚎的心靈之眼
迫使我們跑到了大街上

再沒有什麼比今晚的燈更殘酷的了
月亮看見被燒掉的死魂靈
它已經放棄了最後的抒情
詩人，不是用憂傷
而是用獸行幹掉了這個夜晚

只有女人在莫名其妙地失眠
只有孩子在聽眼淚落在爐子上的聲音
只有爐子在用有毒的煙對著天空吶喊
只有煙囪如此孤獨地表明
——還有人活著
並且，在燒他們的同類

再漆黑的夜

再漆黑的夜，也一定會有人等你
一個人沒入深處
就會像眼睛一樣發亮
豹子是這樣，鷹也是
你要麼比黑夜還黑
要麼比眼睛更亮

一朵花尋找出路
春天就全是墳場
一塊石頭在爐子中焠火
最黑暗的那部分就一定會炸裂
綠和紅混在一起成了黑
它們本是植物和鮮血的顏色
是你的姊妹與兄弟

所以，何以害怕黑暗？
或許，你綠得不夠深沉，紅得又不夠熱烈
黑暗包圍你時
你所承受的壓力使你哭泣
現在你活下來，內含熱力
不會再怕冷，又何以害怕黑暗？
事實上你的眼睛已足可照亮每個角落
你以回憶取暖
並且，通過想像
看得見最美的山嶺
和在河水中微微低頭的少女
再漆黑的夜，也一定會有人等你……

空地址

一位少女在獨木橋上追一隻蝴蝶
一片雲和她一起跳舞
那麼驚心，文靜而激烈

她掉下去……
她躺在血泊中的樣子竟那麼美！
我應該聽見過她在哭，在喊疼
可整個下午只有鮮血流淌的聲音

她掉下去，在她撲閃蝴蝶的那一瞬間

我曾聽她講過一個故事
關於她的貓，瞎了一隻眼睛，毛色雜亂，萎縮在牆角

我們曾經喜歡過同一種顏色
她穿淡紫色的紗裙，光著腳在地上跑
她一直都在跳舞呀，我曾經牽她的手
像今晚的月色一樣冷

一想到她吃吃發笑的樣子
我就怕，我們都害怕幸福卻天真的暖流
傍晚她坐在牆角，害羞地看著我，然後微微低頭
她低頭的時候，夜色已慢慢過來

她掉下去，在她微微低頭的那一瞬間

多少年過去了，我何以總會看到她飄落的裙子？
此地如此逼仄，我早已想不起她曾經給過我的地址

月色又浮現出她的身影
淡紫色的笑聲若隱若現

我似乎用盡了一生的空虛
卻怎麼也找不到——那個空地址呀

聽琴

我聽琴之時
你正以琴弦輕撫如水的時間
暮色，是專為我們準備的
夜色也是

那些曾經凝固的音樂
如今又在你的瞼上綻放了
你的地平線上，幾朵無名之花正迎風搖曳
它們像極了我的情話呵

更像極了從你的琴弦上流出來的憂傷

你在幽深的盡頭看我時
我正站在夜與夢的堤岸上

你的琴聲流逝之時
我的心亂得像吞噬一切的黑夜
親愛的，我是在一瞬間失去光明的
在你的琴聲中

我也是在一瞬間倒下的
我寧願相信自己只是在聽，聽你的雨聲
我寧願和你感受黃昏的風
你總是站在星空下猶豫

我寧願相信世界是玻璃的
露水已落滿你的長髮

我們，和流水永遠都表達不出此時的心情
又何談愛情？

此時在你的琴聲中如泣如訴
彼時你就一定會拉我，拉空洞的樹

把我放在你的兩腿之間吧
當天堂以天鵝之羽靠近你時

那裡有微風吹拂，也有美妙的漣漪

讓我枕在你的膝蓋上吧
漫過花園的河水很快就要枯竭了

當我在水裡抓住你時
我吻了你，那吻在夜空下如此心悸
當我愛你並知道你是凶手時，我是如此孤獨

我忍不住想起一段旅程
午夜的疲憊是另一種興奮

你總是用光逼視自己，用夜色
你總是把自己遮掩得
彷彿一個永遠也收不到的包裹

幾年前的包裹
我曾在阿姆斯特丹的郵局打開過

你總是在眺望天色，此時，琴聲像萬馬奔騰
讓我在河岸上停留那麼一小會兒吧

膽小的麻雀
也不再害怕沉重的靴子的聲音

究竟是什麼在撞我的頭，是你的琴聲？
究竟是什麼讓早晨的光如此明媚，是你的琴聲？

我一直想看清楚
我想知道黑夜會不會用雙手遮住窗戶？

遮住那棵樹
那片灰屋頂需要火焰
那片天空需要白鴿子的翅膀
相愛的人需要在樹下接吻

哦，親愛的，一支曲子就是一個迷宮
你的身體和你的琴也是

你拉琴的手試圖拉開一扇迷宮的門
你領我繞過長廊，進入後花園

呵，你輕輕打開的身體，你的大提琴的聲音！

讓我迷戀的是那座掩胸的舊城
是你正在吸吮的甘露
酷暑的年華正在消失
我的戰船還停在春天的硝煙中

讓我迷戀的是你掩胸的樣子
來自你的紅色正在憂愁中褪去
我走在田野上，我右邊的心在一頁舊情書中
左邊的卡車卻停在一段驚悚的往事裡

如今生活到處都是令人髮指的事情
是掩胸的妓女在三月的春風中寫下的詩

是你，讓我越來越迷戀舊日子的味道
你也聞到了嗎？你的琴聲此時正以何種方式打開？
那打開我身體的琴聲
微露著你的誘惑，讓我沉迷於上世紀的頹廢
那就是你呀——當我進入時，你低聲哭了
你的琴弦已經崩斷

虛構的樹

1

如果有樹，就一定有一份記掛
那座山已經禿得像一個白虎女人
蝙蝠的誘惑被認為是不祥的，而且，邪惡
可我們正是從碎了的世界開始的

窮盡你的想像吧，把風景（如果存在）想像成
納粹滅亡之後的飢餓與仇恨吧
我喜歡裸露的夜空和脫去外衣的少女
可那男孩不是
他喜歡神祕的灌木叢
他在那裡藏了什麼？
自從他失蹤了
那棵樹就絕望地站在了山坡上

2

我一直試著給一棵樹取名
一年中的某一天，眼看著天氣變冷，樹葉
被夾在一本荒廢的書裡
天空在哭泣之後已經不再是原來的樣子
一行詩和一群鳥一起飛走了
我還沒來得及給它取名字呢

我懷疑那末世的桃花
早就在虛幻中開敗了

3

一棵樹不能試圖放下自己
也不能去別處尋找安慰
雲流動，讓一棵樹是黑色或紫紅色的
你有可能是藍色的
當你站在一棵樹下，成為我的樹蔭

讓我們一起回到逝去的歲月
天地蒼茫，雪，覆蓋了站在山坡上的影子
房屋和羊群都陷於沉默

4

也許你所虛構的正指向了一種現實
和尚在隱喻中打傘

少年在暴雨中無法無天

而我，從來處來，往去處去
最後停在一棵樹下——你總忘記的地方
那裡有一隻鳥和它脫落的羽毛

5

我們的確一直在虛構
史蒂文森的詩
一首叫〈黑色統治〉，另一首叫〈雪人〉
一棵樹和停在樹上的雲會讓我們傷感
（永遠也走不出惡運嗎）
晚上想起曾經遇見的風景
事物從不自作主張
早有人如此犀利地寫道——
世界旋轉，像一個古老的婦人
在空地上撿煤渣

斷腿娃娃——致婕

現在我們來整理行囊
把那個斷腿娃娃帶上
那條腿丟失了，相信你總會找到
在我們即將前往的地方

每一種幸福都曾掛著你的眼淚
痛苦也是
當陽光和雨水滲入你的身體
你會看到自己在很快生長

歲月是一棵和你一起長大的樹
也曾被一陣狂風折斷
當它老了，沉默的年輪就會說出
你曾經遺失的和已經忘記的

沒有一片樹葉會像日曆一樣撕下
也沒有一隻箱子可以裝下你的憂傷
我們會扔下不必要的
讓另一些悄悄地長出新芽

我們要去一個新的地方
當你把另一個娃娃裝進箱子
你會看到那個斷腿娃娃，它笑了
它擁抱了另一個和它一起躺下的夥伴

我們總是在走
可當我們再次停下
一定又會有什麼需要整理
這個世界總有一道光，交替在夜色之上

現在我們來整理行囊

帶上你的斷腿娃娃
那裡黃昏已近，燈火一片閃亮

你靜坐此地時

你靜坐此地時，彼地風雲已變
天涼得那麼早，昨晚的菊花靜看著瓶子碎掉
你洗手時，左側的臉如此空虛
鏡前燈虛幻出微酸的美

黑色的貓飄浮在記憶的深井
一根繩子等著你——我的倒立的兄弟
你從下往上看，看見的天如鍋蓋
從左往右看，看見的樓歪歪斜斜

傍晚的愛情蹁手蹁腳
咋晚的夢已在酒中懷孕
再回到那根繩子上
繩子，你仔細看——
你怎麼看世界，它就會怎麼看你
你愛，它就恨
你把往事擰緊　黑色的也是空乏的

春風不度悲憤的河流
該淹死的將於下午三點淹死
如果此時寫信
你只能寫一個省略號
而彼地卻以萬噸黑暗回應

天生的自殺者——致希薇亞・普拉斯

我冥想了多年。沉船。血汙。你所飼養的月亮……
我們的神經糾纏在一棵樹上
在某個懸崖
雲是被粉紅和粉藍的血管裹緊的
我們用同一根臍帶勒住命運的小脖子
直至我的陰莖斷裂
而你月經的水母傳來了迷宮的轟鳴
你會害羞嗎？你太害羞了
怎能不害羞呢？迷宮中的少女
是怎樣一夜白髮的？而且，狂舞！
你怎能如此啊，你露水的心太亮
這世上有人天生會自殺——殺死生活
你的錯在喃喃自語中披髮到了河邊
在凶惡的雲層上

憤怒從不來自別處
只來自自身的祕密
有太多的結，太熾烈的愛，太強大的假想敵
讓你終其一生在巨浪中歌唱
有太多的死積攢在一起，變成廣大無邊的曠野
而你獨自一人，獨自燃燒

我是迷失者之一
我的第一次撞擊事件發生在十六歲的傍晚
一路的尖叫……
我讀你的詩，也把猥瑣的中國詩歌獻給了你
黃昏燃遍西北，江南一派頹喪
你烙鐵的手令我背叛
一群鳥驚悚地撞向了美利堅某所大學的鐘樓
你，你的激情只能發生在月蝕之夜嗎？
當我把箭射向黑夜的走廊
當我吹滅那盞孤單的馬燈

當我絕望的吻在空氣中和你的吻相遇
我知道末日已近
無外乎想活著，高處不勝寒
而你已轉身
你轉身的那一刻
詩歌的絕壁發出了陣陣迴響
你壁虎的假象告訴我你還活著
我卻真的死了，死於何時何地？

綿長的夜

所謂綿長，只是因為你失眠了
萬物延遲之時，你的花如此迷失
你脫下胸衣的一瞬間，窗外雪花飛舞
你將影子撕開兩半時，閃電正急
你的心如臨深淵時，有人在敲門

已到了我上演之時，私人小演院
劇情正濃。
你在暗處握我的手，我想，雪地上的馬
將向斷崖疾馳
何必驚叫呢？你已握住我的手
我握住的卻只是空

一觸即發

一觸即發的是一小片黑雲
不明來歷，卻令你欲哭無淚
一觸即發的是某個夜晚
你可憐的蠟燭和四周的牆壁

還有跳入火中的貓
還有我們深陷其中的泥濘

是什麼在向你暗示即將發生的事情？

不明來歷的是一顆釘子，是下午三點的鐘聲
一觸即發的是你讀到的任何一條消息

那些密布在夏天的神經
告訴你暴雨將至
那些讓你出門的事情
將在遠處發出虛幻的顫音

一觸即發的是碎裂的窗子
不明來歷的是傍晚的燈

我想再去公司看看

幾天後，豪決定去公司看看。

姐姐說：「你還很虛吧？」

「先生，您注意到了嗎？這幾天附近多了好些奇奇怪怪的人，太太昨天還在電話裡說要勸您盡快離開呢。」保姆穎子也在一旁說道。

「我也覺得這幾天常有人在家門口鬼鬼祟祟地轉悠。」姐姐順著穎子的話說。

「先生，非要去公司的話誰給您開車呢？要不請周律師過來吧。」

「沒事的，我之前不是也經常開車嗎？」

「那可不行，太太交代過不能讓您動車，您的身體還沒有恢復，何況這三年變化那麼大，您恍恍惚惚的，怕是也認不得路了。」

「怎麼可能呢？穎子，我是去自己的公司啊，放心吧，我很快就會回來的。」

於是他開車出門，向右拐入主道；進入主道後他不經意地看了看後視鏡，還真有兩輛車跟在後面。

「來得可真快啊！」他想起穎子的話，也想起了周律師去看守所接他時所介紹的情況。他明白了，有人不僅掏空了他的公司，還給他留下了一堆債務，那兩輛車應該就是來追債的，他已經被人盯上了。他下意識地想起了毅，那張他熟得不能再熟的臉已變得陌生和模糊。窗外的路也是，不知道從哪兒冒出了那麼多高樓，路拓寬了，還增加了幾條岔路。他記得應該往東拐然後往北直行的，可往東拐過去後卻是另外一條之前沒有過的路，他順著那條路往前開，進入了另一條岔路，岔路的兩旁起了很多高樓，他在叢林般的高樓中繞了半天，穎子說對了，他還真找不到路了。他估摸著往前開，愈開愈迷糊，迷糊之中竟又想起了三年前的那場車禍。那可真是奇怪的一天，他開車去公司，停在路口等紅燈時就被撞了；好不容易到了公司，又發現走廊上掛了許多鏡子，可小彩妮說：「哪有什麼鏡子，一面都沒有！」之後她說：「你要真這麼虛幻，我一定會愛上您的……」這是一句多麼突兀的話啊！

轉眼之間，三年過去了，一些事情卻總是歷歷在目。他不可能不記得三年前的五月二十六日，他曾對那位卡車司機說他倆都喜歡走神，可一旦出了事又都很鎮定。他還告訴他如果想換工作可以隨時去找他。可一旦出了事他真那麼鎮定嗎？他可真是一個有心人，出一次車禍都能發現一個人才。他也記得他和小桃紅的談話，他說他又夢見她媽了，可小桃紅請求他不要再在她面前談她母親，因為那會讓她覺到傷感和虛幻。還有那位前來應聘的林可可，那可真是一個充滿靈性的姑娘……。看守所的三年其實是不斷回憶和反覆做夢的三年，不是簡單的回憶而是深入的回憶，不是浮淺的夢而是怪誕的夢。他的腦子裡不斷浮現出他所見過的各種面孔，他經常揣測他們得知他被捕後的表情。姍和婕一定都哭了，她們的哭聲略有不同，姍的哭聲充滿了悲憤與恨意，婕的哭泣迷惘而無助。還有小桃紅和她媽媽汶。在他的意識中，汶一直活著，她的形像一直很生動，她對傳遞消息的人說：「嗯，他太激烈了，應該讓他停下來，也該約束一下他的思想了。」他一直認為她才是他真正意義上的第一個女人，雖然他們從沒見過面，但他記得他們在通信中說過的每一句熱烈的話語。多少有點讓他吃驚的是林可可，居然也在他的回憶中出現過，得知他被捕時她的表情滿是訝異，她的訝異是空洞的……。嚴格地講有些東西並不是真正的回憶，而是潛意識中閃現出來的場景與聲音，是一閃而過或纏綿悱惻的激情與欲念。在看守所，回憶、夢幻與欲念總是輪番出現，現實的生活總是被非現實的幻覺所充斥。由於幻覺太多，非現實的生活反而成了主角，它們模糊了現實的邊界，甚至照亮了現實。這或許正是他得以寫作的原因，只有寫作他才得以穿越時空和各種各樣的人說話，只有寫作他才感覺到自己並沒有完全被生活拋棄。寫作成了他的救贖，使他超越於高牆之上，他甚至感覺到自己真正擁有了自由。他無比驚訝地發現他藉此獲得的自由比被捕前所擁有的自由要更真切。他曾經有意無意地比較過這兩種自由，它們一種是審美的，一種是法律的。法律層面的自由只有在失去之後才真正體會得到，也就是說失去自由反而成了自由的前提，正如失去愛才會瞭解愛一樣。這並不是什麼特別的發現。讓他驚訝的是他居然發現審美才是通往自由的坦途，甚至美即自由。因審美而擁有的自由比因法律而擁有的自由更強大，也更遼闊、更持久。只要生命還在，就沒有任何力量可以阻止一個人進入回憶與夢幻世界，在回憶與夢幻的沃土中審美之花開得無比繁茂和嬌豔，自由也如活水源頭。法律層面的自由卻是外在的和臨時的，只要觸犯法律自由便會立即消失。同樣金錢、財富與權力也可以給人帶來自由，但它們和法律層面的自由一樣，也是外在的和臨時的。它們更像是一種交易——有權有勢時，自由像陽光一樣照耀著你；權勢喪失時就會離你遠去。審美的自由才是真正意義上的靈魂的自由。可這種自由要求你無利害心，也要求你消除障礙與邊界，與天地萬物相交融；你將成為一個夢人，沉浸在幻境之中。現在他正以夢人的方式開車去辦公室。他當然也記得那天與毅的通話，他在通完那個電話後簽下了一份融資合同。他再一次從後視鏡看了看那兩輛車，它們依然緊隨在他的車後。很顯然他已經在切實承擔連帶責任了……

他繼續像夢人一樣往前開，又想起了在辦公室等他的警察，他從會議室出來，迎接他的便是一副冰冷的手銬，之後他寫過多首以被捕為主題的詩，狠力抒發過手銬帶給他的魔幻般的感受，也在小說中詳細描述過一個人帶上手銬時絕望的心理活動——

我被捕了，這是一個意外的、令人痛苦的事情。也許要再過若干年，我才能更真切地看清楚這件事。現在我生活在一個逼仄的空間裡，時間那曾經飛翔的翅膀折斷了，墜落在一片無望的泥沼之中；潔白的羽毛紛亂而灰暗，讓人聯想到某種悲戚的死亡……。那天放風，大夥兒聽見了幾聲蛐蛐的叫聲，於是你看著我，我看著你，所有的人都傻了。我把這幾聲蟲鳴看作是上帝的召喚與撫慰。沿著聲音，在一個牆角發現了一隻灰褐色的蛐蛐，所有的人都無比驚喜。小不點將這隻孤單的蛐蛐裝在一隻空藥瓶裡，蛐蛐在號房裡叫了三天，第四天就死了。連一隻蟲子也承受不了號房裡的生活，牠死得無聲無息卻令人悲哀。小不點哭了，他認為他就像那隻蛐蛐似的，也活不了幾天了。可他又說，他甚至連一隻蟲子都不如；一隻蟲子臨死之前還被人收養，死了還有人為他悲哀……。我沒有說話。我在心裡同意他的看法，有時候我們真的連一隻蟲子都不如。一年多前，我還是一個多麼自信和狂妄的人呵！所謂的成功人士（笑！），除了開豪車、住別墅，還熱愛藝術，經常和詩人、藝術家聚會，我把自己弄得像是一個浪漫的、有追求的理想主義者似的。

他就這樣一邊開車一邊沉浸在往事之中。在看守所的那些日子裡，他反覆做過同一個夢，夢見自己被跟蹤、被追殺；他不斷逃亡，不斷迷路。多少次都逃無可逃了，他抱頭蹲在地上，像一匹精疲力盡的狼，一條即將開膛的狗，一條去了鱗的魚，全世界彷彿都在與他清算，姍、婕、汶、毅、慶、保姆穎子、死去多年的爺爺、在報社工作時的女主任、他曾經攻擊過的校長、偷窺過的女鄰居、某幾個他睡過的小明星和模特兒，還有小桃紅、小彩妮、與他不相干卻讓他片刻間便心旌搖蕩的應聘者林可可；以及若干觀點、立場、原則和主義、若干汙點證人、若干真理及以真理的名義四處出擊的土匪、強盜、妓女、殺手、偽幣製造者、新聞中心、股票交易所、黨委宣傳部、企業家協會、作家協會、女企業家聯誼會、馬場和賭場……，全都在不斷地、窮凶極惡地、譏諷地、萬般不屑地與他清算。甚至連幾年前過世的母親也在與他清算，她們知根知底，算的全是總帳！他無數次從清算的夢中驚醒，渾身冒著冷汗。他跟權說他又做夢了，夢見所有的人都在追蹤他，找他算帳，權冷冰冰地回應道：「你得瑟啥？不就是夢見追債嗎？我連夢見追債的權利都沒有，我連夢都沒來得及做就人頭落地了！」是的，與權相比，他的夢顯得多麼奢侈！誰能真正瞭解一個死刑犯臨死時的複雜心理呢？那可真是無底深淵！他充其量不過是被人跟蹤，而且事實上他欠過那些人一毛錢嗎？不，他從無外債，他是坐牢了，可並不欠這個世界什麼——他不欠！他有的只是遺憾與愧疚，是愧疚心讓他膽怯。所以和權談過之後，他就不再在夢裡尖叫了；相反，他開始通過一個又一個夢與那些來清算他的人講道理，他抒情而雄辯，讓每一個夢都成了一首詩、一個小說片段、一個無可辯駁的觀點、一段情真意切的內心獨白……。一個人無論處於何種困境，只要還在抗辯，就依然會有某種元氣。可有時候抗辯僅僅是囈語，他不過在自言自語；他不斷地自言自語，這意味著根本就沒有人搭理他，或者他已經徹底錯亂了——精神錯亂！

他繼續像夢人一樣往前開，正當恍恍惚惚不斷迷路之時，手機響了，他接過電話。

「穎子，我還真找不到路了。」他說。

「把車停下，打電話叫代駕，要不您給我位置，我給您叫。不過您得趕緊回來，剛才家裡來了五六個人，說是來要債的，把客廳的窗戶都砸了，還把阿姨推倒了。」

「人沒事吧？這樣吧穎子，你先給派出所打電話，派出所會來人，不會有事的。我必須去一下公司，我已經跟人約好了。」

「那好吧，先生，可您得盡快回來，嚇死人了！」

他停下車，在路邊等代駕，那兩輛跟蹤他的車也停了下來。沒有人過來找他，看來他們得到的指令還只是跟蹤，他們在摸他的行蹤與底細。

代駕不一會兒就到了，他給了他地址。

「那幢樓都空了吧，今天晨報還說十天後就要拍賣了。」代駕很熱情，邊開車邊和他聊天。

「您知道的可真不少，什麼情況？您給說說。」

「資不抵債呀，這種事太多了。老闆應該早就跑路了吧，欠債不還是本事，欠得愈多本事愈大。您是外地人吧，路不熟？其實不遠，十幾分鐘的事。您看上去不缺錢呵，不然也不至於這點路還叫代駕。」

還真是，十幾分鐘就到了；代駕停好車，後面那兩輛車也在不遠處停了下來。豪看著他親手設計的這幢大樓，依然有人走進走出；可門衛撤了，一層和二層看上去成了一個雕刻車間，堆滿了各種各樣正在製作的菩薩。

「生意可真好。」他走進去，跟一位師傅搭話。

「還行，我們不做別的，專做菩薩。您看，多少菩薩！全世界我們這裡的菩薩品種最全了，千姿百態，啥樣的都有。您也是來做菩薩的嗎？恐怕得預訂了。您心裡的菩薩是啥樣的？您想用什麼材料？大理石？黃銅？鋁？不鏽鋼？木頭或泥雕？泥雕最便宜了。」

沒想到做菩薩生意會這麼好，整整一層都在忙，看上去紅紅火火的。多年前他曾建議一個做大理石生意的朋友做佛像生意，可他拒絕了，他說：「那玩意兒不靠譜，我還是專心做骨灰盒吧，很好賺。」他真就一直在做骨灰盒。現在看來那位朋友的眼光還是淺了一些，做骨灰盒固然不錯，可做菩薩不僅關乎信仰還關乎藝術，菩薩本身就是藝術品，充滿了暗示、隱喻與想像。

「師傅，都是些什麼人來做菩薩啊？」豪又問。

「什麼人？所有人！現在的人有錢了，可心裡空虛，沒有安全感。沒安全感怎麼辦？求菩薩保佑吧。中國人信菩薩太多年了，菩薩最靈，只要心誠，您求什麼它都應。您應該也沒有安全感吧，還不得做一尊鍍金的？」

離開雕刻車間，豪一層一層地繼續看，其中一層在做醬板鴨，另外一層應該成了紙箱廠了。走到六層的庭院，他傻傻地看著滿目瘡痍。那個曾經很神祕的空中庭院已經成了一個廢品倉庫，堆滿了各種廢品與雜物。他呆呆地站在荒廢的庭院裡，感到無比的憤慨與淒涼。這時一個看上去很精幹的年輕人走了過來，他大吃了一驚——「你，你不就是那個什麼嗎？」他問。

「是的，老哥，我就是三年前撞過您的卡車司機，都說貴人多忘事，您的記憶力可真好。林總讓我來迎您，她說您一定在這裡，她還真說對了。我們去您之前的辦公室吧。」

「林總？」

「是的。」

「哪個林總？」

「見了面您就知道了。」

兩人進了他當年的辦公室。

「哎呀，真不好意思，我這是反客為主了，在您的辦公室接待您。不過也好，我想您一定會回來的，這也是三年前我們見面的地方，我們正好可以敘敘舊。」

「你……你不是那個可可嗎？」

「林可可。您一定覺得吃驚，也是，能不吃驚嗎？我們先坐下來吧，小東，給董事長上茶，他應該還是喜歡老班章吧。董事長，這是我的司機小東，技術很好，人也機靈可靠，要不這些天就讓他給您開車吧。」

豪看了一眼那位年輕的卡車司機，手機正好傳來短信的聲音，竟是小桃紅發來的——「小心點，林可可不簡單。」

他坐下，順著林可可的話說道：「是，老班章，難得你還記得。」

「生活，有的時候，有些事情，有的人還真就那麼巧。三年前在這間辦公室，我們聊得多投機啊，我差點就成了您的助理。可是真遺憾，我等了幾天，沒等來聘用通知，卻等來了您被帶走的壞消息……。對不起，不該說這些。這泡老班章如何？」

「好喝。茶氣霸道，口感純正。」

「董事長真是行家……。世事難料，又有誰說得清楚呢？不久我便有了新職位，巧的是我所負責的業務正好是託管您的公司。轉眼之間，我在這幢樓裡也工作了三年了。」

「這幢樓是您親手設計的吧？想必您也知道了，再過十天它就要拍賣了。真是可惜，可也沒辦法，我們盡力了，該做的也都做了。」

「謝謝！本來只是想來看一看，上了年紀人便容易懷舊。沒想到遇見了您，更沒想到您管理這間公司都三年了。剛才我看了看，做菩薩的、做醬板鴨的，還有一個紙箱廠，至於那個庭院，我們三年前還在那裡聊過天，就更不堪了。可真傷心呵！您剛才說到公司，我也順便問一句——它究竟怎麼啦？好好的公司怎麼就成這樣了？」

「沒辦法，這地方太偏僻，正經公司不願意來，只好租給一些小廠子。後來資金鏈斷了，租房子解決不了問題，只好將整幢樓抵給銀行。」

「怎麼就沒錢了？我走的時候還有不少現金，而且我們的銷售不錯，產品供不應求，回款也很快。我當時還簽了好幾筆融資合同，資金應該是很充裕的。」

「您說的沒錯，可之後的情況您大概就不清楚了。先說資金吧，您走之前是簽了幾筆融資合同，可除了那份您允諾以個人資產承擔連帶責任的合同外，其他的都沒有履行。原因很簡單，董事長都進去了，誰還敢對公司投資呢？您之前做過一支基金，情況本來很好，我們的產品和技術都具有領先性，投資人有信心，基金發行也很順暢。可是基金設立時做得太不規範了，不僅連累您涉嫌非法集資，後續的發行也叫停了。發行既未達到預期規模，投資人因為您被帶走了，對公司未來有顧慮，一夜之間都紛紛要求兌現本金及收益。他們成天圍著公司，情緒一天比一天激烈，衝突也愈來愈多，政府為了避免發生惡性事件，要求我們限期兌現投資人的本金與收益。沒辦法，只好變賣公司資產。至於現金，您不妨問一下尊夫人，看她究竟提走了多少。我們的產品的確賣得很好，資金回籠也不錯，可公司畢竟不是提款機，禁不住提的。再說賣得好的那幾款產品都還沒來得及做大，銷售回款也是有限的。當然了，關於資金，我們每年都有規範的財務報告。毅總也說了，資金問題請董事長請審計公司審計，以審計報告為最終結論。今天我見您，也是想和您商量一下，看能不能盡快安排審計，對公司三年來的經營做一個第三方結論。當然這也不簡單，需要時間和一筆審計費用，但這項工作無論如何都得做，早做比晚做好，否則我們兩家的合作，包括您和毅總的私人關係就都說不清，會產生誤解的。這份審計做完後，我們也該協商終止託管協議了。您人也出來了，這三年我們也算是盡心盡力，公司該還給您了。」

「會產生什麼誤解呢？」

「這個就不說了吧，您心裡清楚。不過也得看您和毅總的交情究竟是什麼成色？」

「您剛才說到的情況似乎表明，因為我出了事，一個好端端的公司很快就垮了，那我們的團隊呢？」

「團隊？能不說團隊嗎？您走了之後，不出一個月管理層就散了，那可真是樹倒猢猻散呀。說實話這也是我感到痛心的地方。坦率講我也正是從這一點開始對您有了瞭解。我能實話實說嗎？」她喝了一口茶，停下來，直視著眼前這位剛剛獲得自由的董事長，他顯得多麼疲倦和虛弱啊，他創立了這家公司，也遭受了厄運。

「請說。」他回答，語氣中已盡量體現出他的寬懷與坦蕩。

「您做了幾十年的公司，沒圍住人啊！關鍵時候人心不齊，沒人幫您。在您的公司，沒有任何人有股份，也沒有任何人真正受到信任和擁有與他的職責相匹配的權力。說起來公司已經不小了，可我們看不到系統一點的決策機制，也看不到任何風險控制機制。公司是你的，股份是您和您夫人的，你是一個工作狂，一直都在奮不顧身地做事情，事情無論大小，都由你一個人說了算。當然了，您也開工作會議，也和大家討論問題，可所有的會議實質上都只是為了讓大家認同您的觀點並服從您早已形成的決定，您說把辦公室建在郊外的山腳下就建在山腳下，您說用雜樹和野草做一個空中庭院就做一個空中庭院，您高興給誰發獎金就給誰發獎金，想辭退誰便辭退誰。您精力旺盛，好雄辯，作為董事長又擁有更多的資訊和見識，也擁有更開闊的眼界和絕對的話語權，那誰還會有自己的觀點與見解呢？反正是您的公司，成了是您英雄所為，出了事自然也只有您自己扛了……」

「是嗎？」豪垂下頭，囁嚅道。

「還是嗎？您可真像個孩子，一個可愛的老baby。三年前的那次見面我們聊得可真是開心呵，不瞞您說，就算到了今天我也承認，如果當時我們再多聊一小時，難說我不會一見鍾情——愛上您。要是我愛上了您又會怎樣呢？嗯？我的老baby。」

林可可話鋒一轉，竟帶出這麼一個粉豔的話題來，她的神情突然變得那麼嫵媚，萬分沮喪的豪，臉蹭地一下就紅了。

「您看，您看，臉都紅了。順便問一下，您一世英雄，閱歷甚廣，怎麼跟小彩妮的那點事都鬧得沸沸揚揚呢？」

「小彩妮？您認識小彩妮？我跟她有什麼事？」

「還能有什麼事？不就是董事長和小祕書俗不可耐的緋聞嗎？不應該鬧得滿大街都知道的。」

「您是說我和小彩妮有緋聞？我，和她睡過？」

「還……睡過？講究點行不？也顧及一下女孩子的名聲。這三年我對您還真有了一點瞭解，我承認您挺有人格魅力的，您和我見過的老闆都不一樣，您不俗氣，骨子裡有一種難得的品質與精神。您很單純也很真誠，您的智商與情商都很高，可總是把智商與情商分開用；您用智商時情商幾乎為零，用情商時智商又幾乎為零。還有，您把是非善惡分得太清了，不懂得運用惡的力量。您可真是性情中人，如果長得再帥一點，再年輕幾歲，做情人一定強過做董事長。哈哈哈，我是不是太直率了，在這間辦公室，在這個時候說這些話是不是不合適？其實我也是性情中人，不喜歡繞彎子，工作上的事我剛才已經說得很清楚了，我們希望您盡快請審計公司審計，然後我們解除託管合同。」

「謝謝林總。審計的事讓我想想。其實審不審都已經有結論了——你們託管了三年，公司沒了，我還得被人追債。」他說完，起身告別；卻突然意識到林可可不是在侮辱他而是在調戲他，她正在通過調戲向他暗示——她和毅早就合謀好了，而他卻一直像傻瓜似地蒙在鼓裡。

「多保重吧，毅總專門交代了，他說您身體還很虛，需要恢復，讓我好好照顧您。這些天小東就跟著您吧，您有任何需要給我打電話就行。」

林可可在他身後說，他走下樓，決定繼續將猜測、分析與冥想進行到底。

「那家做菩薩的工廠生意還真好。」上了車，小東開車，兩人在車上有一搭沒一搭地聊了起來。

「做菩薩生意多辛苦呵，做寺廟生意那才叫大生意。」

「什麼叫做寺廟生意？」

「和政府合作經營寺廟，收香火錢和門票錢。」

「你們要做這個？」

「聽說林總馬上就要跟宗教局簽合同了，先託管六家寺廟，一水的標準化管理。」

「哦。對了，還沒來得及問，你怎麼就成了林總的司機了？」
「您不是說想換工作就去找您嗎？我去了，可您不在了，辦公室的人就安排我做了林總的司機。」
「那你認識小桃紅了？」
「認識啊，我的工作就是她安排的，我們是哥們。她已經嫁到湖北去了，這幾天應該就要生了吧。」
「哦，怎麼就去了湖北了？」
「不知道，緣分唄。小彩妮還在，改做行政了。」
「她怎麼樣？也嫁人了嗎？」
「沒呢，老換人，這孩子心氣高，老想找個有錢的，可哪那麼容易啊？董事長，您到家了。」
「謝謝。」
「不謝。林總專門讓我提醒您，說世道不好，出門小心點，您看見後面的車了嗎？估計您已經被盯上了，現在追債都公司化了，有的追債公司做得很過分，您可真要當心點。」

回到家，天已經黑了，穎子在廚房做飯，姐姐受了驚嚇，在樓上躺下了。豪問了問下午的情況，他安慰穎子，告訴她下次遇到這種情況就立即報警。

「沒用的，先生，警察不會管這種事的，要債是民事糾紛，除非鬧得太厲害，傷了人，可鬧到那個程度就什麼都晚了。您知道這三年我是怎麼過來的嗎？您進去了，太太跑了，他們三天兩頭就來傳訊我，我一個做保姆的，不能再這樣受驚嚇了。」說著說著就哭了起來。

豪憂傷地坐在一旁，不知如何安慰這個看上去已經精疲力盡的女人。她在這個家已經八年了，見過豪在事業上的興衰，還一起送走了老太太。她玫瑰花種得好，蔥油餅做得好，院子裡的果樹也照料得果實纍纍的。她瞭解這個家，事情該說的說，不該說的從不多嘴。因為勤快、麻利、說話做事有分寸，全家人都信任她。現在她坐在餐桌前，愈哭愈傷心。豪感到內疚。他不僅坐了牢，公司也垮了，還害得全家人擔心受怕，連不相干的穎子也受了驚嚇，哭得這樣厲害。他站起來，遞給她幾張紙巾，她接過紙巾繼續說：「先生，您知道老太太走的時候跟我說什麼來著？她叮囑我，要我一定要幫助太太照顧好您，也管好您。老太太最放不下的就是您了，她一直說您不安分。你出事後，太太反覆跟我說要守住這個家，即使家裡沒有人，書房、臥室、衛生間也要每天打掃，先生回來的時候要和走的時候一模一樣。我做到了，家裡沒少一樣東西，院子裡的果樹依然年年掛果，花還是您喜歡的海棠和玫瑰。可是您也該想想老太太的話了。今天晚上小婕他們就到了，您們見了面，就盡早離開吧，去和太太開始新的生活，這個城市沒啥可留戀的了。」

「小婕幾點的飛機？」

「晚上十點。這孩子也是，本來您出來那天就該到的，可臨走時孩子生病了，您可別怪她。」

「我知道。」

「那就好，要不您先上樓休息一會兒，等小婕他們到了再一起吃飯。」

「等他們吧，我先上樓去。」

豪上了樓，在書房的一張老榻上坐下。這是一個多麼疲倦和渙散的下午，他像是被林可可拔光了似的。她拔光他，逗弄他，還無比嬌媚地叫他老baby；她嘲笑他觀念落後，反應遲鈍，還十分誠懇地告訴他他哪兒哪不行，他不行是因為性格有缺陷，天生就不適合做公司；他的雄心與能力不匹配，情商與智商嚴重分裂……

「這女人真是不簡單，她的眼光多毒啊！」他情不自禁地感慨到，突然就想起了小桃紅的提醒。他該給小桃紅打個電話的，他找出電話，打了過去。

「是董事長啊，今天有空了？您身體好不好？心情怎麼樣？一直想跟您聊聊，我有好多話要跟您說呢。」

「小桃紅，長胖點沒有？聽你說話就像是變了一個人似的。」

「怎麼老想著讓人家長胖呢？我現在可好啦，又白又胖，臉蛋兒每天都紅撲撲的。」

「你要做母親了嘛，一個人做了母親氣色就會紅潤的。」

「不做母親我也很紅潤好嗎？」

「是嗎？那你真是找對人了，不然也不會嫁到那麼遠的地方去。」

「是的，愛情使人紅潤。我這兩年可真成了小桃紅了。您知道我為什麼叫桃紅嗎？我媽是在林芝生的我呀，生在一片桃林裡。」

「看來你媽對你是有預知的，林芝有世界上最美的桃花。」

「嗯，我跟我媽一樣，愛情至上。還得感謝您，是您給了我啟示，讓我找到了愛的方式。」

「感謝我？我在的時候你還是單身吧，我什麼也沒做呀，我關心的倒是你有沒有好好吃飯，別真成紙片人了。」

「您說過的呀，您說過您和我媽的故事，給了我很大的影響；你們通過通信便建立了那麼美好的愛情。當時我就想我也一定要找一個給我寫情書的人，要不厭其煩地寫。幸運的是我真找到了。」

「真的嗎？現在還有人寫情書嗎？」

「在這樣一個消費至上的時代，愛情也成快銷品了。可愛情的本質恰恰是慢，只有綿長的時間才承載得了一生的浪漫與忠誠。所以我認識偉強後就停了與他的微信聯繫，也不許他給我發郵件。戀愛的人不是事務主義者，他們應該說很多廢話和傻話，可每一句廢話和傻話都深情款款。我不要三言兩語的愛情，我要和他一起釀一罈老酒。我說如果你能給我寫三年情書，我就嫁給你。他還真做到了，平均三天一封，整整寫了三年，都可以出一本厚厚的書了。」

「這可真讓我吃驚！我一直以為情書絕跡了，自從有了短信和微信，我們就把文字史上最溫暖、最浪漫的書寫傳統給滅絕了，這是技術革命破壞人類心智的典型例證。可今天你讓我看到了傳統的價值與力量，而你繼承了這個傳統。」

「也沒您說的那麼大啦，賽博格（Cyborg）時代任何傳統都將分崩離析。我只是想像我媽一樣以情書的方式找到自己的愛情。您們給了我一個榜樣，也給了我一個信念，讓我相信情書是愛情最美好的表達方式。」

「這也是一種傳統，愛的傳統，書寫和表達的傳統。這個傳統非常重要，情書肯定比微信更懂愛的真諦，通過情書我們會對愛有更深的體會與瞭解；愛是生命中最偉大的力量，懂得了愛就會懂得一切。」

「真的嗎？您真是這樣想的嗎？您坐了三年牢心裡就沒有一點陰影嗎？您不抱怨也不仇恨嗎？您剛才說得真好，懂得了愛就會懂得一切，我可以把這句話當作是您給我的祝福嗎？」

「這也是我這幾年才領悟到的一個道理，我反省自己幾十年走過的路，真正缺的其實正是愛的能力，因為這種能力的缺失，我們才會那麼急，那麼慌，我們才會一切都只從自己出發，我們的行為才會有那麼大的偏差。至於陰影，我在你面前又能有什麼陰影呢？你還是個孩子嘛，是你媽媽的心靈從那麼遙遠的地方帶來的孩子。」

電話那邊出現了短暫的沉默，豪似乎聽見了低泣聲。

「我都知道了，其實我早就該知道的。」小桃紅強忍著，可還是哭了出來。

「你怎麼啦，知道什麼了？」

「一直都是您在供養我，供養我上小學、中學和大學……。您出事後，奶奶把一切都告訴我了。」

「唉，說起來你真是一個可憐的孩子，你媽媽走的時候你還不到三歲，不久爸爸又走了。我好不容易找到你奶奶，她生著病；偏偏當時我也挨了處分，被單位停職了。那些年真是不容易，供養是談不上的。後來我下了海，情況才好起來。你現在該明白了吧，你大學畢業時，奶奶讓你來公司應聘，我當時的心情有多激動！時間就這樣一年一年地過去了，現在多好啊，你對愛有那麼深的理解，還找到了自己的愛情，眼看著都要做母親了。」

「可我卻沒能幫您守住公司。」

「這不關你的事。我犯了那麼大的錯，必有這一劫。對了，你今天給我發的短信是什麼意思？你怎麼知道我下午會去公司？又怎麼知道林可可要和我見面？」

「我有內線的呀，您忘了我當時是分管人事的了嗎？」

「你指的是小東吧？」

「對，他是我認的弟弟，是他告訴我您下午要去公司的；這幾天他會給您開車吧，您放心用他就好了。至於林可可，我先給您說幾件事吧。您還記得她來應聘過您的助理嗎？您和她見完面就被帶走了，她自然也就沒有入職；可沒過幾天她卻來公司上班了，職務居然是託管我們的那家公司的總經理。也就是說您不在了，她擁有了公司生殺予奪的權力。

更邪乎的是，一次偶然的機會我知道了她的履歷是假的，她的前東家其實就是毅總。毅總的團隊當時已經進駐公司了，他完全可以把林可可放在這個團隊裡，他不這樣做，卻讓她來應聘您的助理，還造了一份假履歷，這算計也太深了吧？林可可真是雷厲風行，不久總監以上的人就紛紛辭職了。您知道他們都去了哪裡嗎？去了林可可新組建的一家公司，這家公司一成立就成了我們的總代理，直接就掐斷了我們的銷售通路與銷售回款……」

「老向他們幾個呢？」

「向總和楊總都去了別的公司。臨走時他們希望我能給您帶句話，林可可已經把他們排除在管理層之外了，他們留下來也沒有什麼意義。他們希望您能早點出來，只要您雄心猶在，公司又沒有被那幫蛀蟲掏空，您一個電話他們就會回來。」

「他們豈只是蛀蟲？他們是強盜，是明搶啊！小桃紅，你知道我走之前公司是沒有任何債務的，可是現在我的門外就停著追債公司的車，今天下午已經有人闖到家裡來把客廳給砸了。這些債務究竟是從哪裡來的？他們沒有我的授權，也沒有我的簽字，又是怎樣跟人家簽合同的呢？」

「具體業務我不瞭解，不過他們手裡有公司印章，還有託管合同。至於你的簽字，那還不容易嗎？只要掃描你之前的簽字，再刻一個簽名章就可以了。所以不管你本人簽沒簽字，合同上是一定會簽上你的大名的；現在你出來了，人家不找你找誰？說白了你才是公司的法人代表，毅總他們只是受託管理而已。」

和小桃紅通完電話，豪已經控制不住自己的憤怒，他要去質問毅，並當面把他偽善的面孔撕下來，他要扒開他的心，看看裡面到底有多髒，有多黑！他要撕碎他，啐他，蔑視他，詛咒他……。可他什麼也沒有做，反而撥通了姍的電話。他撥通姍的電話，對著話筒嘶聲吼道：「這群喝血吃肉的狼，我三十年的好兄弟，血盆大口，吞了我的公司！」

「你還惦記著你的公司？難怪不來和我見面，這麼多天一個電話都沒有，我有事都要讓穎子帶話，你牛啊，看見我的電話就掐掉，原來是去林可可那裡了，她不是你的紅顏知己嗎？這三年她不是在苦苦支撐，等你出來嗎？怎麼著？你出來了，她沒有完璧歸趙？還是你們分贓不均？或者你人也殘了，人家把你踢開不要你了？於是你義憤填膺，對著你不信任的老婆大吼大叫，有本事就去對你的老兄弟和紅顏知己吼啊，去罵他們是土匪，是強盜，是婊子啊，你對著你道德敗壞的老婆吼什麼？你要有點血性，就去殺了他們！哦，你不敢去？那些追債的人就在外面等你。這下好了，都不用老兄弟、老情人動手了，門口那群討債的狗就可以把你的骨頭嚼碎！」

「你他媽的神經病啊，哪跟哪兒呀？什麼紅顏知己？人家都來搶了，你還在這裡莫名其妙，真他娘的不可理喻！」

「你他娘的才莫名其妙，不可理喻！神經病！」姍怒不可遏，她掛斷電話，任豪在電話另一頭的黑夜中歇斯底里地嚎叫……

噩夢與春夢交織的夜晚

豪搖搖晃晃，一腳踏空。一生之中他似乎總是這樣——搖搖晃晃，踏空，然後被巨大的黑暗包圍。

在所有的顏色中，他最熟悉黑色，正如他熟悉自己的才華、雄心、幻想與女人；可他真的熟悉女人嗎？不！他其實也不熟悉黑暗。一個擁有天真之心的人怎麼可能真正熟悉黑暗呢？和姍通完電話後，他無力地躺在床上；他不明白自己為什麼會在這樣的時候給她打電話？他曾經那麼信任她，可出事後她所做的便只是把錢轉走。三年之中幾乎沒有她的音訊。連姐姐和周律師都只知道她在四處旅行。豪在牢裡受罪，她滿世界旅行；她帶走了那麼多錢，卻拒絕支付律師費和罰金。因為不能及時繳付罰金，他不得不在看守所多待了兩個月。就是這麼一個女人，一個把錢看得比什麼都重的女人，他居然還給她打電話，告訴她公司沒了，被人吞了；他居然對她傾訴，潛意識中似乎還在向她尋求理解與同情。跟姍通完電話，豪腦子裡嗡聲一片，彷彿聽見她一直在說：「滾，滾你媽的，人渣！」……

被一同拽入黑暗的還有毅和林可可，他在掛斷姍的電話後撥通了毅的電話。毅的聲音從容而平和，就像事先錄製好了似的。豪感覺他不是在跟他而是在跟話筒說話，以某種事先就準備好了的語氣、方式與結論跟話筒說話。他還是他的老兄弟嗎？他說事情他都知道了，他知道他下午去了公司，林可可已經和他見了面。

「本來想等你休養一段時間後再談，你的身體還很虛哪。不過既然已經和林總談了，那就談吧。我同意林總的觀點，應該盡快對公司三年來的經營進行審計，在審計的基礎上談才會是理性的和有依據的，你認為呢？」

「您的意思是公司被你們弄垮了，我還要花錢去審計它，然後才能有理有據地跟你們談如何終止合同？」

「瞧你說的，什麼叫我們弄垮了公司啊？對我們三年託管經營的審計，當然得由你聘請審計公司來做了，哪有我們請人審自己的道理？」

「那我先問你，我走之前公司是不是盈利的？我把公司交給你的時候有半毛錢債務沒有？現在呢？現在公司是盈利還是虧損？那麼多債務又是怎麼來的？此時此刻我的門外就停著追債公司的車，請問毅總，我認識他們嗎？我什麼時候在什麼地方和他們簽過什麼合同嗎？你可真行，讓人偽造我的簽名，給我留下了一堆債務；你們連辦公樓都抵出去了，多好的辦公樓啊，現在竟變成了紙箱廠、醬板鴨廠和廢品倉庫！」

「別那麼激動，公司變成這樣我也很痛心。可這是有原因的，主要原因林總已經跟你說了，總的說來，我對她的工作是滿意的。她對公司盡心盡責，對您本人也稱得上有情有義。你知道嗎？你的律師費和罰金都是她想盡辦法籌來的，要是沒有這筆錢，恐怕你還在裡面受罪。」

「哦，你對她的工作是滿意的？你當然滿意了，她是你的老部下嘛，這次她可真是立下汗馬功勞了。別扯那些沒用的，你先回答我剛才的問題，我本來正在盈利、沒有半毛錢債務的公司在你們託管之後怎麼就變成這樣了？那些債務是從哪裡來的？誰給你們權力私刻我的印章去跟人簽合同？」

「這些不都需要審計嗎？只有審計才能得出理性的結論，有些事情林總下午也做了說明了。」

「說明？她把一切都歸結為我進去了。三年前我為什麼要把公司託管給你？不就是因為我預感到可能會出事情嗎？也就是說我進去這件事會給公司帶來什麼風險你事先是知道的，你應該是在評估了這個風險之後才跟我簽的合同吧，託管合同的要義是什麼？是你們有責任讓公司資產保值、增值。」

「話是沒錯，現在看來我們的確是低估了你進去這件事對公司經營的影響。誰知道你的罪會那麼重呢？」

「我的罪怎麼重了？我是違法但不構成犯罪因而被免予刑事訴訟的好嗎？」

「對，對，我老記得你判了三年刑。」

「就算我進去這件事給公司造成了危機，那也只是公關危機，你們是實力雄厚的大國企，應該有能力化解這個危機吧，否則我憑什麼把一個好端端的公司託管給你們？」

「那可真不一定，國企體制僵化，也未必有處理這種事情的經驗。」

「哦，那你是什麼時候發現你們沒有這個經驗的？既然沒有經驗為什麼不把公司先停了？你把公司停了，頂多沒有增值，也不至於欠那麼多債吧，那幢辦公樓也不至於成了紙箱廠、醬板鴨廠和廢品倉庫吧。」

「現在看來，也許是該這麼做。可當時的情況不同嘛，你的雄心壯志都寄託在這家公司裡了，我們是老朋友，你信任我，把公司託管給我，我怎麼能遇到一點困難就把公司給停了呢？我要是停了，今天又該怎麼面對你？你不是同樣可以質問我──我正在盈利、前程遠大的公司交到你手裡之後怎麼就停了？」

「這可真是一個好說法！看來無論怎樣你都是無辜的了，把自己說得跟一個實誠的傻子似的，還要不要臉？林可可居然說我沒圍住人，還把它當作了公司破產的原因。」

「你還真有這個問題。圍不住人，沒人幫，是一切事業失敗的根本原因。咱們年紀都不輕了，出了這麼大的事，也該好好想想了。」

「是嗎？真想不到你這樣厚顏無恥！事實上我那些樹倒猢猻散的總監們都去哪裡了？據我所知，林可可上任後就組建了一家公司，總監們全都去了這家公司了。這家充滿魅力的公司很快便成了我們的總代理，直接就掐斷了我們的銷售通路與銷售回款，做得可真絕啊！」

「是有這麼一家公司，可它是不是掐斷了你的銷售通路與銷售回款可不是你在這裡亂說的。還是那句話──得審計。審計結果如果如你所說，你可以訴諸法律嘛，這個我倒是支持，你不是還要申請國家賠償嗎？我也支持。」

「你支持？我起訴你需要你支持？真是笑話！剛才我已經把你們的套路說清楚了吧？我需要更正一下，說得再準確點──你們不是搞垮了我的公司，而是非法侵占了我的公司。」

「套路？應該說是國有企業的經營理念與經營方式吧，你沒在國企待過，未必理解得了。至於是不是非法侵占，就得看司法解釋了，你我都不是法律專家，得不出這個結論來的。」

「我明白，不過你等著，會有人得出這個結論來的。」

「哦？兄弟，你這是在下戰書嗎？那應戰的未必是我，我們以後也不必再談公司的事情了，免得傷了兄弟情分，林總會找你的。事情說完了，作為老兄弟我再多說幾句——人哪，無論什麼時候，感恩之心還是要有的。」

「哦，說來聽聽，我應該怎樣感恩？」

「前些天我們三兄弟聚會，你在酒桌上高談闊論，大談在看守所的神仙日子，總結出了那麼多道理，還寫了那麼多詩和小說，對人生也多有領悟。同時你話裡話外也對我多有譏諷，這沒什麼，我們是老朋友，你受了三年罪，有點怨氣也正常。可剛才說到林可可，就像是搞垮你公司的元凶似的，這就太不公平了。一個女孩子，為你的公司奉獻了三年，在你出事之後，勇敢地承擔了所有的困難，你一句感謝的話都沒有。這也罷了，畢竟涉及到複雜的公司經營，大家有不同的觀點可以理解。可這三年你在裡面沒受什麼罪吧，你甚至有咖啡喝，有煙抽，還可以想寫什麼就寫什麼，你知道這神仙般的日子是怎麼來的嗎？來之不易啊，兄弟！要不是林可可做工作，你能過得這樣滋潤嗎？」

「哦，是嗎？看來還真得好好感謝她。不過我從沒說過林可可是元凶，元凶是你，她是幫凶。」

「你想好了？那好，那我就等你來懲罰我這個元凶好了。」

天應該要下雨了，豪已經聞到烏雲潮濕的氣味。這氣味讓他的腰一陣陣痠脹。這是看守所常年不見陽光留下的後遺症。三年中他天天坐板，那一百多萬字的詩歌和小說就是彎著腰在膝蓋上寫出來的。每當變天的時候，他的腰就會痠脹，之後便冒虛汗，渾身無力。

「先生，小婕他們估計要晚點了，要不您先下樓吃點東西吧。」穎子上樓來問。

「要下雨了吧。」

「是的，天氣預報說晚上有雷陣雨。」

「沒事，你先去給我放熱水，我想泡個澡。」

「水要熱一點吧，您臉色不好，好好泡一泡。」

豪躺在浴缸裡，透過浴室的頂窗仰望著暴雨將至的夜空。裝修這幢房子時，他特意讓設計師在屋頂做了一個天窗，他喜歡在星光下泡澡，每次泡澡都能感受到浪漫的星空。生活曾經那麼美好，可現在看到的卻只有凶惡與陰險，以及深陷在黑暗中的孤獨與疲憊。

泡了一會兒澡，腰上的痠脹已經減緩了許多，可他仍感到有什麼東西在壓迫他。他的腦子十分沉重，在熱氣的氤氳中空蕩蕩的；他知道和毅的戰爭已經開始了，可他身邊連一個幫手都沒有。好吧，就算是一個人的戰爭吧，他也必須打下去。他在不知不覺中升騰起了一股鬥志，精神似乎又振作起來了。

他想起姍剛才對他和林可可的關係的指控，便覺得另有一隻手在抹黑他。跟小彩妮有點風言風語也就算了，可他和林可可只在面試時見過一面，怎麼就被說成是知心愛人了？姍拿林可可來攻擊他是在為離婚做鋪墊吧？哦，離婚，這是另一件讓人身心疲憊的事情，也是另一種更為凶殘的判決。姍的行為讓他相信她會這樣做的，她應該已經準備好了，她需要的只是一個契機，她不斷催促他去和她見面僅僅是為了告訴他她的決定：「緣分已盡，我們該分手了，心平氣和地分吧，不要往傷口上撒鹽了。」這樣的臺詞她應該已經背得滾瓜爛熟，只要見了面，她就會一邊喝著咖啡一邊慢悠悠地說出來。接著她還會說：「反正你也有人了，你早就預謀好了是吧，也好，夫妻一場，我成全你！」瞧，林可可這張牌這會兒就用上了。她炮製這樣一個移情別戀的情節，是為了讓自己在道德上站得住腳，否則她的意志就不會那麼堅定。也只有這樣她才能在法庭上更加主動。可為什麼要讓林可可來扮演這樣一個角色呢？某些疑團如魅影般壓迫著他，他急切想求證一些事情，便下意識地撥通了小桃紅的電話。他的話還沒說完，小桃紅便吃吃地笑了起來。

「你和小彩妮真沒什麼？」

「連手指頭都沒碰一下。」

「那好吧，可有些話從一個年輕姑娘的嘴裡說出來大家還是會信的吧。」

「她說什麼了？」

「追究這些還有意義嗎？您不會不知道吧，有時候您的確會讓女孩子緊張，連我也挺怕去您辦公室的。」

「你怕去我辦公室？」

「嗯。老問人家吃飽了沒有，眼神中又總有某種熱切的東西……唉，不說了，中年油膩男這個詞您應該知道吧？至於林可可跟太太說了些什麼，太太又為什麼那樣對你我可就不清楚了。不過你在裡面的時候，她們應該是通過電話的，還大吵過幾次，似乎都是為了錢，林可可還威脅過太太。我猜太太不回來應該跟林可可的威脅有關。」

剛與小桃紅通完電話，林可可的電話就進來了。

「挺忙呀，董事長，在跟小桃紅通電話吧，您心裡不安，想求證些什麼直接問我不好嗎？」

豪愣了一下，竟答不上話來。

「您吃飯了嗎？吃飽了就覺得自己元氣滿滿了是吧，您呀，別對誰都意淫好嗎？小桃紅算什麼？傻不拉嘰的，能幫您什麼呀？」

「聽說您已經和毅總攤牌了？哎喲喂，我的老baby，您是真糊塗還是假糊塗？和毅總攤牌！撇開三十年的兄弟情分，您覺得您現在和他對等嗎？人家是大央企的的董事長，管理著好幾千億的資產；您成天疑神疑鬼，懷疑這個，懷疑那個，說句不中聽的話，就您那點資產夠毅總塞牙縫的嗎？還非法侵占，您值得他對您非法侵占嗎？說白一點，如果不是老朋友，您現在夠得著和他通電話嗎？還大呼小叫，你是傻了還是瘋了？」

停了一會兒，林可可接著又說：「好啦，親愛的，我也是有話直說，沒壞心，無外乎想勸勸你清醒一點，務實一點，去做自己該做和能做的事情好吧，別糊裡糊塗，東想西想了。聽說你還要追索國家賠償，真是的，我先幫您分析分析好嗎？您剛出來，身體還很虛弱，既沒錢又沒人對吧；你可以找慶先生聊聊詩歌和小說，可談到做事，您試試看，看還有人理你不？一個刑滿釋放犯，大家都唯恐避之不及吧。哦，我也糾正一下，我知道您很介意人家說您坐了三年牢，您堅持說您只是在看守所待了三年，並沒有坐過牢；那好，不說您刑滿釋放，不用這個難聽的詞，就說您剛從裡面出來好吧？您不妨現在就給過去的老朋友打打電話，看有沒有人願意跟一個剛從裡面出來的人聚一聚？您那麼在意您的名聲，連坐了三年牢這樣的事實都不敢面對，您還能做什麼？免予刑事訴訟，這個詞好像可以洗去您的罪行似的，那麼好，今天我也把話說透了吧，您知道這個詞是誰送給您的嗎？是毅總！是他動用了關係才給了您這份禮物。要是沒有他，您想免予刑事訴訟？做夢去吧！您人一進去，老婆就跑了是吧？您不妨問問這三年她為您做過些什麼？別說給案子改性了，她為您弄進去過一杯咖啡、一張白紙嗎？醒醒吧，您現在沒錢了，您的錢去哪兒了？錢在哪兒就趕緊去哪兒呀，在這兒較什麼勁？這裡是您的戰場嗎？我和毅總是您的敵人嗎？再這樣好壞不分，恐怕連那些要債的也不會給您好果子吃，他們會把您弄到一個鬼都不知道的地方，讓您生不如死。真到了那個時候，您想想誰還會幫您？我和毅總肯定不會了，寒心了；您老婆會嗎？您現在給她打個電話問問她敢回來嗎？您們剛才在電話裡吵架了吧，吵吧，吵急了她也給您玩一次失聯，您就該哭都沒地兒哭了……」

「喂，董事長，您還在嗎？在聽嗎？」

「好吧，您愛聽不聽，該說的不該說的我都說了，也當您聽見了。您自個兒好好想想吧。」

話筒在浴缸邊的小桌子上嘟嘟直響。整個通話過程豪都讓電話處於免提狀態。林可可的每句話他都聽見了，聽得很真切。他還錄了音，預備這些話也許會成為某種證據。可整個電話聽下來，反倒像是一個老朋友在勸說和開導。

林可可的話很刺耳，可也說得很實在。他的處境的確如此，甚至可能更糟。也許他的確應該盡快離開這個是非之地，去和姍見面，兩人重修舊好，開始新生活。問題是他辛苦經營這麼多年的公司真就這樣說沒就沒了嗎？公理和正義也就這樣說放棄就放棄了？這一生他從未認過輸，即使在看守所也沒有放棄，他可以孤獨痛苦，也可以絕望憤怒，但絕不會自暴自棄，顧影自憐，因為這涉及到尊嚴，人的尊嚴，生命的尊嚴！

林可可的話讓豪進一步確認是毅侵占了他的公司，而且一切都是預謀好了的。他做得那麼狠毒又那麼周密，就算他出來了，也依然在他的掌控之中。林可可的話分明是在逼他離開，她甚至暗藏威脅。豪突然想他們會不會安了盜聽器？他們可能還買通了穎子。對，他們買通了穎子，也買通了周律師和小彩妮，就像三年前買通了那些總監一樣。再瞧瞧門外的車吧，包括下午來砸窗戶的那幾個混混，應該也是他們雇來的，那些所謂的債務應該也是做出來的。目的只有一個——威脅他、逼他，讓他離開，只有這樣，才能不留下任何隱患……

林可可的電話讓豪胸中淤積了一股巨大的悶氣，現在這股悶氣壓迫著他，讓他頭痛欲裂。窗外雷電交加，他那顆分裂的心變得煩躁不安。他甚至於連爬出浴缸的力氣都沒有，歪著頭，就在浴缸裡睡著了。

睡眠其實早就碎了，到處都是洞，是蟲眼，是各種各樣想掙脫出去的夢。三年來天天如此，他在夢裡聽見了權的哀嚎。權在叫他，悲哀地叫他，那叫聲淒厲無比，穿過四周的牆壁，在他身邊停了下來。可憐的權給他帶來了冥府的消息，告訴他那裡有多冷，有多黑；他一直在往下掉，往下掉的時候他的肉被一塊一塊撕掉了，空氣中充滿了撕裂聲和疼痛聲。「你可千萬不能走我的老路啊！」權說，說這句話的時候他的一塊肉正好被撕掉——那是多麼恐怖的地獄景象啊。豪大叫了一聲，可他並沒有醒來。相反，他看見了林可可，妖媚的林可可全身赤裸，正在逗弄他。「你還行嗎？」她不斷地問，邊問邊舔他；他在她的舔吻中坐起來，欠了欠身子，無比嚴肅地說：「來吧，我來給你讀一段亨利・米勒元氣滿滿的妙文吧。」他以一個老男人蒼涼的聲音充滿自嘲與憤懣地讀道——「啊，塔尼亞，你那熱乎乎的窟窿眼如今在哪兒呢？你那副又寬又厚的吊襪帶，那兩條柔軟而又豐腴的大腿如今又在哪兒呢？我的胯下有一根六英寸長的骨頭。塔尼亞，我要撫平你充滿精液的窟窿眼裡的每一條皺紋。我要先叫你肚子疼、子宮翻個兒，我要狠狠地咬你的陰蒂，再吐出兩塊一法郎硬幣那麼大的肉……」豪讀著亨利・米勒充滿肉欲的文字，林可可媚眼如絲，淫蕩無比地在他身上蹭來蹭去。「那根六英寸長的骨頭在哪兒呢？快用它插我呀，插進來，插到底呀。」豪在她的淫聲浪語中一下子就硬了，他翻過身，把她壓在身下，朝著她濕乎乎的窟窿眼兒狠狠地了插進去。他在那灼熱的窟窿眼裡貪婪地抽插著，正當要噴射出來的時候，林可可的臉變成了莫尼卡的臉——新嫩的莫尼卡，朝氣蓬勃的莫尼卡，他在附近的人中加為好友的莫尼卡。僅僅一秒鐘，他就把積攢了三年的髒東西射進了她粉嫩而又激情澎湃的窟窿眼裡。他們幸福地相愛了，真他媽的該對著這個雷鳴電閃的夜晚大聲喊道：「愛情萬歲！愛情沒有死，愛情就在林可可和莫尼卡的窟窿眼裡……」

我是一塊疤、一棵樹、一片流雲

我叫莫尼卡，我是一塊疤、一棵樹、一片流雲，或者任何一樣你認為有意義的東西，或者什麼都不是，也無意義……都行，我無所謂，它只是一個網名而已。我有好幾個網名，莫尼卡是其中的一個；不過因為豪的緣故我最近用得比較多。我想他喜歡這個名字，如果叫歡歡、麗麗或者樂樂，我們一定不會發生任何事情。可我們發生什麼了嗎？什麼也沒有，我們甚至都沒見過面。不過，嘿嘿，我們每天都會在夜深人靜的時候聊天，訴說綿綿情話。有時候他會給我錢，用微信紅包。有一次是轉帳的，一萬五，已經超過紅包的額度，因此他問我要銀行帳號，給我轉帳。那次是因為我連續三天沒有理他，他都要瘋了，第四天他大發雷霆，說我自私，只在意自己的感受。我說：「手機壞了呀，在店裡修哦，沒辦法。」「修什麼修？馬上去買！」他說。得，三分鐘之後他轉來了一萬五……。你們都知道一個女孩子在網上跟人曖昧，聊著聊著突然就失蹤了意味著什麼吧？可豪真相信我是手機壞了，立即給我轉錢，讓我買手機。他可真是一個有意思的人，他得有多絕望、多瘋狂、多病態才會這樣神智不清呵！他喜歡一些特別的東西，喜歡女孩子不俗氣、有個性，當然了，他也要漂亮和風情。我根本不需要思考，就一次性滿足了他。我們在網上認識後，立即便向對方傳遞曖昧訊息，第二天我們就成了瘋狂的網上情侶。網戀，這是一件我多麼駕輕就熟的事情啊。

我習慣跟一些老男人在網上聊天，特別是那種一看就知道是知識分子、教授或者藝術家的老男人。無論從哪方面看我都像是一個既聽話又有個性的女學生，我瞭解知識分子，尤其是教授們。一個好網名特別重要，它是所有故事的前提。莫尼卡是我等火車時取的名字。那天火車晚點了將近五個小時，實在太無聊了，我買了六本雜誌，一本一本翻，藉此打發時間。在其中的一本雜誌上我讀了一位德國作家寫的小說，莫尼卡就是這篇小說的女主角。我們何其相像呀——都是孤兒，都寄養在姨媽家，都是二十三歲，也都被姨爹性侵和霸占……。哦，不對，應該略有不同，我和我姨爹……其實我是自願的，他沒有霸占我，我們只做過一次。那疼痛的一次是多麼急就章呵。「格格，你還是處女，真的還是處女？我真沒有想到……」厚道的的姨爹發了慌，我摸著他的禿頭無力地說道：「我才十九歲呀，你怎麼會想不到呢？」可是重要嗎？我曾經多次問自己——屁！不過是一條熱乎乎的東西插了進去，早晚都會有這麼一條東西插進去的。可沒想到真就見紅了，在姨媽家的沙發上，我的處女血差一點就讓姨爹跪在了我面前。不久我就離開了，去了一個三線城市，在那裡混文憑，我的專業是機械工程。人人都說那個偏僻的小城市與我不搭，我皮膚白皙、D罩杯、蜜桃臀、是跆拳道藍帶選手、參加過模特兒比賽……。我選擇到這個小城市來念書僅僅是因為它是我的故鄉，我在這裡出生，在這裡長到了六歲；因為父母出車禍死了，才被姨媽帶到了這個紙醉金迷的城市裡來……。是的呀，無論如何，我需要在一個地方忘記我寄人籬下的生活，這座小城市是我的最佳選擇；我的父母安葬在這裡，只有在這裡我才能感覺到我也是有爹生有娘養的。

我在那個無聊的夜晚讀那篇小說，同時想像莫尼卡孤獨的樣子。我不喜歡讀書，卻很喜歡讀二戰時期的小說，它們寫盡了人間的悲傷與絕望，它們總是提醒我我是一個多麼幸運的姑娘。波蘭少女應該很美也很憂傷吧，莫尼卡，你喜歡穿什麼樣的裙子？是白色長裙嗎？或者碎花小短裙？你紮頭巾吧，你紮著頭巾在山坡上跑來跑去，也紮著頭巾給姨媽一家人倒茶，然後在某個殘陽如血的傍晚，被禿頂姨爹壓在了身下……。當然了，我們所處的時代不同，你生活在上世紀四〇年代的波蘭，是一個正在遭受滅頂之災的猶太人；我呢，生活在繁榮而幸福的中國，正在一個豪華的火車站等火車，準備去一個令人砰然心跳的城市，人人都說那裡到處都是幸運者和成功者……

莫尼卡，請原諒我用你的名字做了我的新網名，我同時也用了那篇小說中的一句話做我的個性簽名：**「我是一塊疤、一棵樹、一片流雲。」**這兩樣將使我變得神祕而有品味。果然，當我抵達那座城市時，豪出現了，像一條魚一樣緊緊地咬住了我的鈎，一條又累又餓的大胖頭魚……

一個美麗的姑娘在夕陽下的小視頻當然是驚豔的，我一到那個城市就發布了這樣一個短視頻——我穿著一身質地講究的白色長裙，坐在一輛嶄新的賓士跑車上，臉上洋溢著幸福的笑容；天空飄滿了彩色氣球，鮮花從四面八方向我灑來……。這是一個女神級的女孩過生日的短視頻，我是短視頻製作高手，每天都在展示美、青春和夢想，也在向這個足夠美好的世界索愛和表達愛。很快就有無數條祝福進來，豪是其中的一個祝福者，也是最笨的一個。他請求加我為好友，給我發了一大捧玫瑰花和一條令人難以忍受的直男短信——

「今天真的是你生日嗎？」

「不然呢？」

「也是我的。」

「你在撩我嗎？」

「？」

「520」

「？」

「1314」

「？」

「……」

我不再理他。這人要麼是直的要麼便是蠢貨，可我也沒有刪他。我從不隨便刪人，沒必要呀，所以我的朋友圈有超過一萬個好友；絕大多數都是像今天這樣加的——我親愛的附近中的人。其中一些我們會時常說話，也會在某些孤獨時分不鹹不淡地調情，我很擅長說曖昧而無聊的傻話和蠢話。遇上情人節、六一兒童節、三八婦女節……，他們就是我小小紅包和多情禮物的來源，我總有辦法讓人覺得我是他唯一且單純的漂亮寶貝。沒想到，過了一小時，豪居然發來了一個520紅包。

「剛才百度了一下才知道520是什麼意思。」

「哦？你知道了？那你讀一下。」

「……」

「那我讀了。」我收下紅包，打出了三個字：「我—愛—你！」然後又問：「1314呢？你也明白是什麼意思了吧。」

「這個……我不敢！」

「哈哈哈，『我愛你』你敢，『一生一世』你不敢，你也太可愛了吧，小氣鬼！」

我們就這樣成了網上情侶，每天晚上都要在手機上纏綿，我們在一個虛擬的海濱城市安家，想像著會有自己的孩子，我給她取名叫子葯……。每次高潮來臨，豪都會發出夢幻般的嚎叫——「莫尼卡，我們去旅行！我們去旅行！」世上怎麼會有這樣的癡人和怪人？他整天神智不清，說著無邊的夢話。

在與豪網戀的日子裡，我差一點還真就動了真情。有一次他說：「因為有你，我再也不是人世間的棄兒；你也是，有了我你也不再是個孤兒。如果哪天我死了，我唯一的遺言便是『我愛你』，這是我唯一想刻在墓碑上的三個字。」我的眼淚一下子就流了出來。豪是精神戀愛的高手，也是意淫高手。他營造的虛擬空間是那麼美好，我們沉醉其中，不願意出來。某種意義上，他是一種真實的存在，他幾乎能解決我生活上的所有問題，包括某些淤積在我心裡的心結、我的手機和小小零用錢。我跟他幾乎無話不說。

「莫尼卡，現在可以告訴我你名字的來歷了吧，它似乎是某部小說的人物。」

「你讀過？」

「那你的個性簽名——**我是一塊疤、一棵樹、一片流雲**也出自這部小說？」

「是的。」

「可它們跟你有什麼關係嗎？」

「當然有了，它們是我的生活寫照，完全符合我的內心。」

我是一塊疤

於是我給他講了一個美麗而憂傷的少女的故事，講了我對我父母已經模糊的印象，也講了那年冬天罕見的暴雪——

「大年三十，他們開著車往老家趕，車箱裡裝滿了各種各樣的年貨，車身還貼了兩個大大的『福』字。百年未遇的大雪災，路太滑，都快到家了，他們摔向了山崖。沒有人下去救他們，幾天後當警察把他們抬回家時，甚至都沒有人能講清楚他們究竟是摔死的還是凍死的。總之人就這樣死了，死得硬梆梆的，手和腳都凍在了一起……」

「應該傷心吧，可我不記得當時我哭沒哭過了，畢竟歲數小。但是奶奶很快也不行了。奶奶死的時候我記得非常清楚，害怕呀，我真是害怕了。我一個親人都沒有了！可不久就來了一個姨媽，把我帶到了香港。」

「是親姨媽呀，媽媽的妹妹，跟我媽去東莞打工，認識了一個香港人，就嫁了過去。」

「當時應該是五六歲吧，我算是過寄給了姨媽了，所以小時候我也管她叫媽媽的；可是那個香港人，我姨爹，我從未叫過他爸爸。」

「他們也不強迫我，尤其姨媽，還總提醒我要記住自己的爸爸媽媽。『你媽可是我們那一帶的大美人，皮膚白得喲，腿又長，大眼睛。』姨媽總是說。我保留了一張爸爸媽媽的照片，現在看來，媽媽是挺好看的，可我爸那才叫英俊。有時候——我說的是偶爾——姨爹會把我抱在腿上，『叫爸爸！』他掏出個小禮物引誘我。我低著頭就是不叫。『別為難孩子，能叫你姨爹就不錯了。』姨媽在一旁說。『好吧好吧，這個格格，她低著頭不說話的樣子實在太好看了！』姨爹說。他總這麼說，說得多了，我便忍不住問：『我低著頭不說話的樣子有多好看呀，姨爹！』『有多好看？你低著頭不說話的樣子也在笑，你是不說話，可你的眼睛在說話！』……你該知道一個女人的天性有多愛美、多虛榮了吧，這兩樣哪怕一個六七歲的小女孩也不會缺的。」

「剛到香港的時候，姨爹姨媽的確很寵我。那個時候他們還沒有孩子。可不久姨媽就懷孕了，等他們的孩子生下來，也長到五六歲時，情況就發生了變化。那小人兒意識到我在分她的東西，性格便變得古怪起來。

『你瞧這個格格，她低著頭不說話的樣子多好看呀！』姨爹說。

『那我呢？爹地！』

『麗麗胖乎乎的樣子也可愛。』姨爹說。

『哼，就知道你嫌我胖！』說完便把滿桌子的東西摔在地上，一個人跑進房間，把自己關在裡面哭得死去活來。這之後三天兩頭便會發生戰爭，當然了每次都必定是我輸，我還得用盡渾身解數去哄她。她一次又一次地讓我明白——我住他們家、吃在他們家是他們給我恩惠。她隨時都用各種古怪的方式提醒我她才是家裡的獨女，而我只是寄養而已。還有更惡毒的——『麗麗，吃冰淇淋，給格格姐姐也拿一個。』『好呀！姐姐，吃冰淇淋。』我伸手去接，她狠狠地往冰淇淋裡吐了泡口水——『姐姐，我知道你愛吃草莓的，所以專門挑了草莓的給你，快吃吧，不然就化了哦。』……

類似的事情可多了。姨媽給我買了裙子，她甚至會偷偷剪一個洞，然後告我的狀，說我不小心，剛買的新裙子就劃破了……」

「別以為這樣我就受了多大的委屈，我機靈著呢，我多會看人的臉色呵，一個孤兒可不得看人臉色嗎？這是孤兒們的獨家本領。所以別擔心，我活得很好，很快就長到了十七八歲，我總有辦法讓姨爹姨媽疼我，他們會避著麗麗給我東西。尤其是姨爹，更是經常偷偷地塞給我各種好玩的小玩意；但凡我想要的，他總能及時買給我。我也總有辦法避開麗麗，獨自享受它們。我私藏的東西誰也找不到，我像一個賊一樣待在這個家裡，我會趁他們出門或者熟睡時吃我喜歡的東西、做我自己的夢。」

「不知不覺就長大了，我出落得那麼漂亮，除了成績一般，幾乎樣樣優秀。男孩子們開始用異樣的眼神盯著我看；走在路上我的回頭率幾乎是百分之一百。初中的時候我就已經給人家拍廣告了……，姨媽最好的朋友林阿姨的兩個雙胞胎兒子小武兄弟更是成了我的護花使者——他們每天都會早早地到我家樓下，接我一起上學；下雨的時候他們會各撐一把傘為我擋雨。在去往學校的那條路上，我們——兩個美少年和一個美少女可真成了一道風景。林阿姨對我姨媽說：『你們家格格怕真是一碗毒藥哦，這兩兄弟到底誰先喝、誰先死啊？』她並非不喜歡我，她是怕她兩個兒子死在我手上。後來小武兄弟去了加拿大，小武哥哥不久就真的自殺了。死之前他希望見我一面，可我是一個高中生，怎麼可能說走就走呢？我們通了他人生中最後一個電話，他告訴我他弟弟有多愛我，又說他必須死，他希望他的死能成全弟弟……」

「不可思議的是弟弟。他恨我冷血，說他哥哥為我自殺，臨終時想見我一面我都不出現。從此他再也沒有跟我聯繫過。讓人想不到的是小武哥哥臨終前居然留下了遺書，他懇求他母親善待我，並把他名下的財產全都送給了我。一個剛滿十八歲的中學生會有什麼財產呢？你一定想不到的，居然有一千多萬，他是一份保單和一處房產的合法受益人。」

「當然了，這份遺囑並沒有執行，我也不可能接受這樣的饋贈。可即便這樣，你也可以想像林阿姨有多恨我。麗麗，我那胖乎乎的小表妹趁機證言，說她早就知道我的事情，我先和小武哥哥上床，然後又移情弟弟。『你們可以去醫院查檔案的呀，她都墮過胎了，只是不知道是小武哥哥的還是小武弟弟的。』她對姨爹姨媽說，也對林阿姨說。『還需要查嗎？我兒子都死了，沒有點事他怎麼會自殺呢？』林阿姨說。『也是呵，要沒點事小武哥哥會把那麼一大筆遺產給她？』連姨媽也這樣說。姨爹呢，先是搖頭，接著又嘆了一口氣，算是認同了大家的觀點……」

「親愛的，人世間的那點事你該明白了吧？我就這樣成了一個淫婦，我豈止是淫蕩，還極有心機，是個心機婊。你自然可以想像我當時的處境了。麗麗早就對我恨之入骨，姨媽也恨不得我馬上離開。只有姨爹冷靜點，他勸姨媽——『無論如何也要等考完大學吧，也就幾個月了。』多虧姨爹我才沒有被掃地出門，可是他再也不敢偷偷地給我買東西了。麗麗，甚至姨媽也許都已經在一旁警惕著——我會不會把我忠厚的姨爹也給睡了？好吧，該來的早晚都得來，所以某一天，當姨爹偷偷地把一部蘋果手機塞給我時，我眉目傳情，望著他的禿頭問：『你一直想睡我是吧？』他迅速脫掉褲子，把我放倒在了沙發上；我的血在他哆裡哆嗦的身體下流了出來……。可憐的姨爹嚇破了膽，慌張得差一點就在我面前跪下——『你真的還是處女？我沒想到，真的沒有想到……』他語無倫次地說。

這就是我給豪講的**我是**一**塊疤**的故事，那可真是一道又長又深的疤。我知道這道疤會喚起他的同情，也知道他身上的疤，他一定遇上了更大的事情。可他從來不和我談他的事情，我們歸屬於一個非現實的世界，只有在虛幻的時空中才得以相愛。隨後我又給他講了我是一棵樹和我是一片雲的故事。他喃喃自語：「人人都是，每個人都是一塊疤、一棵樹、一片流雲……」

我對你們唯有愛

父親被捕的時候我正在加拿大生寶寶。我的學業終止了。美麗的校園生活從空中「啪」的一聲掉在跟前，我看都沒看它一眼。發生在我身上的事像夢一樣難以名狀。上帝會給所有的人和所有的事畫上句號，每一個句號都是一種裁決，每一種裁決都是一種律令，每一種律令又都像是一個玩笑。父親被捕和兒子出生是我那年同時收到的兩份裁決書，我二十二歲的生命被一雙無形而怪異的手給生生地掰斷了。我沒有別的女人從女兒到母親的必要過渡，我必須接受上帝在同一時間給我的這兩份裁決書，它們沒有附帶任何注解與說明，更沒有任何指南。很多人在冬天來臨時都沒有準備好過冬的衣物，我也是。但我知道我得靠自已度過寒冬，也知道未來還會有很多這樣的嚴寒。生活並不會像季節那樣循環有序，生活經常都是碎的、顛倒的、無助的，但也存在著各種各樣的可能性，這使我依然充滿了信念。父親在的時候我不會想這些事情，我也無法假設沒有父親我的生活是什麼樣子的；我對另一件神聖的事情同樣不甚了了——突然之間我已經做了母親，我必須承擔一個母親的責任。生活會給每個人安排道路，世上並沒有真正的絕路與死路。不知不覺我的兒子也快三歲了，三年之間我無數次想像過與父親的重逢。他受了多少罪？人變成什麼樣了？他經常使我從夢中驚醒，可憐的父親讓我暗自流淚。他出來的那天我應該去接他的，可兒子病了，住進了醫院，我只能在視頻中迎接他、祝他重獲自由。他的狀態比我想像的好多了，姑姑說：「快來接你爸爸呀，他度假回來了。」我哽咽著說道：「爸，您受苦了！」「沒有啊，你看我像受苦了嗎？你仔細看看，不都挺好的嗎？」他不斷變換視頻的角度，讓我從上到下仔仔細細看了個遍。還真沒什麼太大的變化，他剛理了髮，顯得很精神。可我對他所謂的「都挺好的」是懷疑的，我不相信他真有我在視頻中看到的那樣好。從小到大我都覺得他在表演，我出國後他就一直覺得虧欠了我，也想讓我記住他最好的一面。可我們就像是命運緊密相連的兩個端頭，他的任何痛苦我都能在第一時間感受到。我很早就看出了隱伏在我們這個家族的某種端倪，那是某種病症與不祥的混和氣息。雖然我不瞭解背後的原因，但我十分肯定——孤獨與不祥就像是這個家族的胎痣。出國那年我曾跟他說我是個女孩子，家族的血脈不能在我這裡斷了，我希望他再生一個弟弟。我似乎比他還有家族榮耀感。他看著我，茫然說道：「不，有你就夠了，沒有什麼可傳承的，我能給你的也只是一個又一個教訓。」他甚至希望我長大後嫁給一個白人。我上了大學，便看得更明白，我們其實是有家族遺傳病的，它也許不是生理上的頑疾而是某種性格、心理與精神上的缺陷。從這個家族出來的人天性譫妄、行事荒唐、一代又一代沉溺於白日夢中。他們全都激情滿懷，個性彆扭，缺乏處理實際事務的能力。他們雄心萬丈卻與社會脫節。他們是受潛意識支配的奇異物種，完全不會測度後果，也不懂得計較利害。他們是詩歌之神的後裔，依然處於人類的童年。遺憾的是我們這個民族諸神皆有卻從來沒有過詩歌之神，「詩，可以怨」——詩歌是這個民族在人生不得意時憂憤的產物而不是任何形式的狂歡與禮讚，詩人也從未以神的樣式得到過世人的供奉。這個民族老於世故，鮮有童年的天真與快樂。因此不諳世故便使得這個家族一直處於社會邊緣，無處不在的疏離感又使他們一個比一個孤立和冷漠。我很小的時候就感覺到父親想扯掉家族纏在他身上的臍帶，但無論怎樣努力都沒有用。遺傳的力量太神祕了，個性在血脈中如此羸弱；我雖然從小就遠離故土，恐怕也劫數難逃。父親幾年前曾出資重修家譜，因而也多次給我講過他爺爺的故事。我那位傳奇的太爺爺生前是一位英俊的外科大夫，他辦了一所私立醫院，生了八個孩子，過著八面來風的優渥生活。他是家族中唯一一個深諳世事並能在複雜的人際關係中左右逢源的人。可是時運不濟，日本人來了，他的醫院被夷為了平地。他帶著一家老小在兵荒馬亂中流離失所，最後得以在一個僻遠的小鎮安定下來。在多年的顛沛流離中，太爺爺堅持做了一件令人稱奇的事情，那就是不管環境多麼險惡，生計多麼困難，他都咬緊牙關堅持讓孩子們念書，以至於八個孩子個個都上了大學。這在殘酷的戰爭年代，在一個偏遠的小鎮幾近於奇蹟。「你太爺爺這樣做，一定是因為他有某種信念，他堅信讀書是好的，讀書可以改變命運。可事實上你的那些學了物理、化學、文學和醫學的叔爺爺和姑奶奶們，一個不落地全成了右派。他們的生活都十分荒唐。這並不完全是時代的原因，事實上哪怕右派也有過得相對好一些的。尤其是撥亂反正後，右派們成了最吃香的人，成了這個國家恢復元氣和重新建設的中堅力量。可你的叔爺爺和姑奶奶們依然潦倒不堪。知識、學養以及專業上的一技之長並沒有使他們的人生發生改變，他們全都沉淪在家族的魔咒之中，可究竟是什麼在施以魔法又無從知道。」父親談到太爺爺時曾這樣跟我說。我說：「你不就是一個例外嗎？我也會是的。」那個時候我還真以父親為豪，對自己也充滿了信心。可父親說：「不！我充其量不過是一個覺醒者，也許有過反省與抗爭，但終究逃脫不了厄運。」他這次的遭遇的確讓我產生了某種宿命的想法。我熱切地想見到父親，我想知道是否真存在來自血緣的魔咒，如果存在，那麼藏在我身上的遺傳密碼又是什麼？因此兒子一出院，我就帶他登上了飛機。老天爺似乎總也不安好心，我的心情愈是急切它就愈要捉弄我。飛機先是晚點，之後又遇上雷陣雨，到家時已經是大半夜了。穎子給我們開門，她「噓」了一聲，讓我們輕一點腳步。我急切地跑上樓，輕聲呼喚著——「爸！」我以為他會跑出房間來擁抱我。我跑上樓，跑進書房，跑進臥室，最後在浴室門口呆呆地站住了，我怎麼也沒想到父親居然會在浴缸裡睡著了。他歪著頭，無力地躺在浴缸裡；他的樣子使我立刻便想起了賈克—路易・大衛（Jacques-Louis David）那幅令人悲傷的油畫——《馬拉之死》（La Mort de Mara）！

「婕，你回來了！」父親睜開眼睛，無比憐愛地看著我。

「爸，您怎麼這麼著就睡著了？外面下好大的雨，您這樣會生病的。」我替他披上浴袍，扶著他走出了浴缸。

「不知不覺就睡著了。孩子呢？」

「睡了，我去給您熱點東西吧。」

「不了，不餓，你們去吃點吧，穎子準備了一大桌菜。」

「我們在飛機上吃了。要不您也早點休息吧，明天再說，明天我們一起吃早餐。」

所有的人都入睡了，整幢房子瑟縮在雷雨之後空乏的夜色之中。我守著我的親人——正在變老的父親和一天一天長大的兒子，充滿了無力的幸福與憂傷。我睡不著，房子裡似乎有無數個影子在跟我說話。我挨個房間進去，每個房間都站了一小會兒。奶奶生前的房間是我最熟悉也最心悸的。她去世前的那段時間我正好在國內，我陪她走完了她人生最後的旅程。那也是我第一次近距離地觀察死亡。透過奶奶晦明不定的眼神，我多次看見過死神。最後幾天癌細胞讓奶奶疼痛難忍，姍給她打了嗎啡，希望她少受一點罪；每天晚上都只有我坐在床沿握著她的手，她才能安靜地睡一會兒。我握著她的手，好幾次都聽見她說：「來，跟我走，我帶你去……。」第一次聽見那飄忽的聲音時我可真是害怕，之後我想奶奶一定是因為要去一個更好的地方了，才想著帶上她心愛的孫女。從小到大，奶奶總會把她認為最好的東西留給我，這次也是，她要去最亮、最光明的地方了，心裡想著孫女，所以才這樣說。這個想法使我對死亡產生了親近感，我相信奶奶要去的地方就是天堂，那裡十分安寧，遍布著鮮花和美好的事物。奶奶去世後的第三天，爸爸開了一個追思會，他說：「媽媽走了，我們今天給她送行……。」他不許任何人哭，他說哭聲會讓奶奶回頭，她會走得不安寧。「走吧，向著最亮的地方走去。」最後他對奶奶說……，可葬禮結束後的某個夜晚，我還是聽見了父親的哭聲，他一個人坐在奶奶的房間裡，對著奶奶的遺像哭得悲痛欲絕。此後他再也沒有進過奶奶的房間，他不敢也不願意再進去。現在他在樓上睡著了，我獨自一人在奶奶的房間裡，感受著奶奶的存在。我在心裡默唸——如果奶奶真去了天國，但願她不要再回來。她要是回來，看見父親的樣子，知道他坐了牢，該會多傷心啊！可是我分明感覺到奶奶就在這幢房子裡；她一直都在，一天都沒有離開過。我的腦海中情不自禁地浮現出父親寫給奶奶的一首詩：

沒有你我再也不敢走夜路
森林也不再有回聲
鴿子全是灰的
藍天沒了，全世界都在下雨……

雨後的清晨清新宜人，大地就像被沖洗過了似的，乾淨而清爽。我一夜沒睡，天一亮就洗漱化妝了，我想讓父親看到我的另一面，我已經不再是他嬌柔的小女兒了，這三年我經歷了很多，已經變得很勇敢。使女人迅速成熟的兩樣東西——家庭突遭變故和結婚生子我都經歷過了，我沒有頹喪而是吸收了營養。我很想跟父親說：「爸爸別怕，有我。」我也想說：「一切剛剛開始，爸爸，您可別變老呀！」

姑姑和穎子也起床了，我們一起在廚房做早餐，她們說了父親這幾天的情況，講了她們的擔心，希望我能勸父親盡快離開。一大早又有兩輛車守在了家門口，我相信父親已經不能隨便出門了，他正在以另一種方式喪失自由。

早餐，父親的穿著很正式，我看得出他心裡有事，像是吃完飯就要出門去。他的氣色比昨晚好多了，但面色凝重，早餐吃得也很沉悶。他沒跟我老公說話，只是點了點頭，算是打了個招呼。他抱了抱我兒子，可他嘗試著想親他的時候兒子哭了。父親很尷尬，也很無措。早餐快吃完時他突然很嚴肅地說：「都先別走，我想說幾句話。」他先衝著我老公說：「你，我之前不認識，我們從未見過面，你這個女婿是這個人（用手指了指我）強加給我的，這個孫子也是。但沒辦法，你們已經進了我的家門，不管我情不情願，進了家門我就得認。剛才我抱了抱孩子，試著親他時他哭了。我這個爺爺也是你（再一次用手指了指我）強加給他的。我們一老一少都很無辜。之前因為你們的事這個女兒跟我好幾個月都不說話；之後又與姍勢同水火。可是都過去了！寶寶也都三歲了。我受了難，你們也是；你們知道一個受了難的人心裡最渴望什麼嗎？最渴望愛。所以我告訴你們，在這個家，在未來的日子裡，一切都不重要，我對你們唯有愛。」他停了一會兒，像是陷於了沉思，接著又說：「對姍也是，前面的話也是對她說的。只要我和她還是夫妻，你們就得無條件地接受她，她也是，同樣要接受你們。」

這可真是父親的風格——直接、充滿感情可是也霸道，就像之前在公司會議上講話；他講完，給你批覆——同意，即辦！

吃完早餐，老公帶兒子去遊樂場了，姑姑和穎子在收拾廚房。我上樓，想和父親單獨待一會兒。父親還真準備出門去，我搶過他的包，撒著嬌：「爸，我想和您單獨待一會兒。」我們在他書房的沙發上坐下，我將頭靠在他的肩上。「來點音樂吧。」我說。他打開音響，房間裡縈繞著巴哈的〈馬太受難曲〉。「能換一支曲子嗎？」我說，於是換成了莫札特的安魂彌撒曲〈落淚之日〉。「再換一支，貝多芬的〈月光奏鳴曲〉吧。」我雖然一直喜歡巴哈與莫札特，但只要心裡有鬱積之氣就還是喜歡貝多芬，只有他最能給我力量。〈月光奏鳴曲〉有一種絕世的溫柔，那是孤獨至深的人才會有的溫柔與愛戀，我和父親在月光的清輝中靜靜地坐著。

「說起來也真是夠沒長進的，四歲您就給我買了鋼琴，到現在我也彈不好一支完整的曲子。」

「就沒指望你成為鋼琴家，那鋼琴就當給你買了個玩具。」

「一萬多塊錢買個玩具，您很寵我嗎？」

「不然呢？不過現在不用了，你有人寵了。」

「您在吃醋嗎？這可不像您。您剛才的話說得可真好，只是我們是在家裡，別搞得像是在做報告似的好不好？」

父親笑了笑，這憨憨的一笑讓氣氛一下子就變輕鬆了。於是我們談到了愛這個主題，也談到了愛與孤獨、愛與憐憫及寬容、愛的方式及愛是一門藝術。我們當然也不可避免地談到了姍，她不在，這幢房子就像是沒有生氣似的。

「您剛才說『我對你們唯有愛，對姍也是』是真心話嗎？」

父親十分明確地點了點頭。

「三年了，她一直不露面，按說您出來了，事情也過去了，她應該回來的。如果她回來，捧著鮮花去看守所接您，我們也不必再說什麼了。」我說。

「這三年你們有聯繫嗎？你們之間都發生了什麼？」父親問。

「吵得很厲害。您剛進去的時候我要求她回去處理您的案子，我質問她——你老公被抓了，你卻拿著錢跑掉，還滿世界旅遊是啥意思呵，你還有良心嗎？開始她還解釋，後來乾脆就不接電話了。然後就是你出事後的各種費用，我想盡辦法找她，好不容易找到了，她卻拒絕承擔。她的行為可真令人匪夷所思！」

「錢她出了，她放了一筆錢在姑姑那裡。外面都說律師費是公司籌的，其實都是姑姑出的。這一點我出來後姑姑講得很清楚。」

「那她幹嘛呀？出錢給自己老公請律師是正大光明的事情，幹嘛要遮遮掩掩的？」

「有些事情也許要見了面才能搞清楚。昨天公司的人還說我之所以能出來完全是他們運作的結果，可他們明明侵占了我的公司，該阻止我出來才是。」

「現在可以通電話了，這些事情一個電話就可以弄清楚，你們為什麼不能好好溝通？穎子說您一看見她的電話就掐掉，她有事得通過姑姑和穎子轉，您真那麼恨她，以至於連電話都不願意接嗎？」

「我還做不到心平氣和地和她通電話，信任這種東西很難重新建立。不說這些事情了吧，你們怎麼安排？帶孩子好好去玩玩吧。」

我告訴他我得盡快回去，我要回學校完成我的學業。他的眼睛亮了一下，隨即又長嘆了一聲。

「這是正事，可你會很難的，不過你已經長大了，照顧好自己吧。」他說。顯然他對我不跟他商量就中斷學業、結婚生子並沒有釋懷，這是另一個我們不願意觸碰的話題。我勸他盡快離開這個城市，去和姍見面，他避開了。他連姍的電話都不願意接，又怎麼可能去和她見面呢？我們也談到了他在看守所寫的詩和小說。「我是最好的，你信嗎？」他說，可並沒有興趣和我深談下去。隨後的幾天他總是把自己關在書房裡，他似乎有很多文件要處理。我們一起吃飯，我還展示了廚藝，可並沒有得到他的讚賞。

每頓飯都吃得很沉悶，吃完他就把自己關在書房裡。我們也一起散過兩次步，可再也沒有交流過什麼看法，只是談到我小時候的事情時他才多說了幾句。有一次我提到雪兔子，他茫然地看著我，顯然已經不記得有雪兔子那麼一回事了。他一直沒有跟我老公說什麼話，也沒有再抱過孩子，我們甚至都沒有談起過奶奶……。五天後我走了，我沒有讓他去機場送我們；上車後我聽見兒子隔著玻璃叫了一聲「姥爺」，我愣了一下，眼睛一下子就濕了。

回加拿大不久我給便接到了姑姑和穎子的電話，父親再一次失聯了，被那些追債的人關在了某個地方，我是一個多麼無力的女兒啊……

姍，一個夢

我不是一個愛做夢的人，從來都不是。生活對我而言更像是一扇一扇窗戶，打開一扇窗我就能看見一道風景，我安於我所看見的。生命無聲無息地流逝著，我不需要什麼宏大的計畫。結婚前我跟豪說我想要豬一樣的生活，他笑了笑說：「這個容易。」可他並沒有真正理解我的意思。豬意味著順從與滿足，可順從與滿足談何容易！他一直都在折騰，經常都有新的想法與計畫。起初我對他奇奇怪怪的想法還抱有好奇心，時間久了，我便置身事外。也許男人都這樣吧，男人這種動物總是不甘心，那就讓他玩吧，自古以來都是這樣，有人嗜賭，有人嗜血，有人花天酒地，也有人雞零狗碎。豪沉迷於思想與想像，他的世界存在於他的頭腦之中；而我喜歡看得見的東西，它們讓我心安。

這麼多年我們各得其所，我的生活是由運動、旅行、閨蜜們的下午茶及各種各樣的日常屑小構成的。我當然也做夢，我做過一些很長的夢，它們由若干碎夢組成，但夢與夢之間並沒有什麼聯繫。我的夢通常都很安靜，夢見的事物與我平時所看見的幾乎沒有什麼出入。它們沒有什麼表情，也從不喧譁和吵鬧。

有一次我夢見豪帶我去了一個地方，我被固定在高空中，某個不明確的點上。在那裡我看見城市正在發洪水，洪水席捲而至，發出轟然巨響。眼看著洪水洗劫了一切，城市在一場浩劫之後變得無比空寂。但樹木很快就從樓房的殘肢中長了出來，它們都很高大，樹枝在交錯中長滿了眼睛，眼睛裡有各種各樣的顏色，它們既空洞又茫然。洪水退去後魚不再游來遊去，而是像果子一樣結在樹上。人在樹上睡覺、走路，也在混沌中說話。他們似乎都在喊口號，其中一些口號聽上去十分耳熟……。這樣的夢我不大懂，它們可能根本就沒有意義。在夢裡，沒有房子，也沒有我們曾經熟悉的街道。人們似乎也不需要吃飯、購物和開會，但他們卻時不時地喊口號。我想，在這樣一座淹沒的城市裡我和豪會是什麼關係呢？壓根兒就沒有關係。我們從水裡冒出來，像兩個互不熟悉的氣泡，連招呼都不必打。可我很清楚是豪把我帶到這個被洪水淹沒的城市來的。

後來我又夢見過那座城市，也許我之前夢見的只是它的表象。但只要我願意我就能看到更多的東西。我看見了表象背後的很多隻手和很多條腿，也看見了一顆顆心。那些手在空中揮舞，像是有許多人在吶喊。我還夢見了標語，也認出了憤怒，憤怒的人群從街上走過，像一條長龍盤在路上。豪本來走在憤怒的長龍中，可隨後就不見了，我試圖找他……，在某個地方，泥濘遍地，有很多腿在使勁蹬，其中一些正在下沉……

不知怎麼我就夢見了琴聲。我翻過一道柵欄，進入一幢破舊的老房子，琴聲從黯淡的房間裡傳出來。透過虛掩的房門，我看見一個老人側傾在鋼琴上的身影，象牙色的琴鍵在幽暗的光線中閃閃發光，音符在琴鍵上跳蕩、奔跑，不知為何又突然停了下來，就像一個人蹲在地上低聲啜泣。我離開那間屋子時，琴聲突然追了出來，它激昂地向天空飛去，與天色交融；它穿越雲層，像風和閃電一樣充滿了力量。

我不知道這些夢喻示著什麼。也許它們只是告訴我某個地方塌陷了。洪水意味著欲望與災難，手、窗戶、腿意味著掙扎。我還夢見我病了，我的心臟在淤泥中淤滯著，我需要把它捧出來，在清水中洗乾淨……

天殺的豪再一次失蹤了！這其實是預料之中的事情，正如三年前我預感到他有牢獄之災一樣。這個人對形勢向來缺乏判斷，而且那麼固執，是聽不進勸的。作為一個女人，連自己的丈夫都管不了，我也真是很失敗，我一次又一次敗在了他的固執上。但無論如何我總得救他。當我費盡九牛二虎之力把他弄到我身邊時，我看見了他殘疾的左手。他被那些所謂的債權人關了整整十天，折磨得沒有了人樣，最後他們殘忍地剁掉了他的兩根手指！我的心疼得滴血。也許多年之後他都會想起我去機場接他的情景，他一直在怪我沒有手捧鮮花去接他，也沒有給他安排一個正式一點的接風晚宴。一個從鬼門關出來的人還在乎這些虛幻的東西，我可真是沒有想到。我承認我去機場接他時是一副喪魂落魄的樣子。我看著他出來，他的面色幾近於猙獰。我們坐出租車回家，我試圖握他的手，他神經質地躲開了……

斷指

上次聚會後豪曾打電話說：「慶，我們再見一面吧。」我知道他一定會再和我見面的，他至少會和我聊聊他的詩。他出獄了，我也該請他吃頓飯。可我安排好了時間，他的手機卻一直關機，他像是又失聯了似的。我覺得蹊蹺，他說：「慶，我們再見一面吧。」——聽上去似乎也有某種特別的含義。過了幾天，我忍不住給毅打電話，我問他，究竟出了什麼事情？豪聯繫不上了。他說：「被人帶走了，還不知道關在什麼地方，我們也在找。」

「被人帶走？什麼叫帶走？他的事不是已經了結了嗎？」我問。

「是被另外一夥人帶走的，那些追債的人。」他的聲音顯得很疲倦。我立即想起豪曾經說如果他最近失蹤，就一定跟毅有關；他叮囑我知道消息後給姍打電話，說姍會救他的。我當時覺得他神神叨叨的，沒想到他還真的失蹤了。我的腦子閃現出某些警匪片中的情節，我冷冰冰地問：

「說實話是不是你安排人幹的？」

毅愣了一下，反問道：「你什麼意思？」

「什麼意思？豪出事之前沒有債務吧，這些債務是你託管他的公司後產生的吧？那追債的人應該找你而不是找他，失蹤的也應該是你而不是他對吧？現在他失蹤了，你卻坐在辦公室安安穩穩地等消息，你敢說這事跟你無關？」

我一股腦兒地說了一大堆話，並期待他大發雷霆。可他十分平靜，只是很輕地說了一句：「你是一個教授，還是一個得了失憶症的人，生意上的事你不懂，少說話，別摻和，這樣比較好。」就掛了電話。

生意上的事我的確不懂，我也不想捲進他們的爛事中去，可豪失蹤的消息與毅說話的語氣讓我情不自禁地質問了他。他掛了電話，沒做任何解釋，也許他壓根兒就不屑於對我解釋。

事實證明我質問毅的那些話毫無意義，我的憤怒既空洞又無用。毅說「少說話，別摻和」是對的，他的話帶有明顯的不耐煩。他看似在勸我，實則在恫嚇我——狗娘養的，他甚至提醒我我是一個失憶的人，他在暗示並要我繼續失憶！可是失憶的人會異乎尋常地記住某些事情。我記住了豪的斷指，它們在我眼前跳動，將疼——鑽心的疼傳染給了我，也將恐懼和憤怒帶給了我，那是至深的恐懼和無力的憤怒。隨後我給姍打了電話，告訴她豪失蹤的事情。她也很平靜，只是說：「知道了，謝謝你。」

我相信多年之後我都會對這件事表達我的憤慨，毅無論如何都不該做這種下三爛的事情。對，是下三爛！是無恥！我沒有興趣評論他們的生意，我知道豪進去後他們的關係就已經變得很微妙。毅曾跟我提到過他與豪的合作，他覺得挺委屈的。我也曾委婉地勸過豪，我說：「不至於吧，他一個國企的董事長，侵占你的公司自己可得不到半毛錢好處。」豪笑了笑說：「誰知道呢？誰知道究竟是怎麼回事呢？」沒過多久豪就失蹤了。這件事讓我進一步相信豪遭到了構陷，毅指使手下人把他帶走了。當然事情也許真沒有那麼簡單，它的背後一定還另有文章。

我不斷想像一個人突然失蹤所遭遇到的事情——他們將如何折磨他？會給他吃的嗎？會打他嗎？會給他吃什麼？怎樣打他？蒙田寫過一篇論害怕的文章，他援引了許多實例來描述人因恐懼而失去理性的情狀。可我依然沒法切實體驗豪的恐懼。當那些人剁掉他的手指時，他一定會驚恐萬狀。他會求饒嗎？會在萬般恐懼中大小便失禁嗎？他看著自己血乎乎的斷指在地上痙攣、跳動，會不會嘔吐？晚報的社會新聞把他描述成了一個不良商人，他因失信而遭遇不幸，雖值得同情卻更應該引以為戒。

最令我震驚的是毅不久也失蹤了，他在一個幾近焦糊的傍晚被雙規了，官方稱他長期充當兩面人，生活腐敗，涉嫌巨額貪汙與受賄。

我一生中交往時間最長、關係最密切的兩位好朋友就這樣從我的生活中消失了。我想起和毅的最後一次通話，他甚至無比冷酷地說：「有什麼可大驚小怪的？不就是失蹤嗎？這樣的事又不是沒有過，反右、文革，哪次運動沒有上百萬人失蹤？」——這個人渣！他居然提到了文革，語氣中還認為沒什麼，反而是我——一個失憶的人在大驚小怪！得，這回輪到他失蹤了，我想像他試圖掙脫手銬並且大叫：

「憑什麼抓我？」他真會大叫、掙扎和反抗嗎？未必！他灰頭土臉，全身無力，很快就進入了沉痛的檢討之中。「我辜負了黨多年的教育與培養，我錯了……。」他將痛定思痛，一把鼻涕一把眼淚，開始漫長的牢獄生活。失蹤是他所在權力系統的基本邏輯，除了反省與檢討，就是交代罪行和等待判決。除此之外，他已經沒有機會再說別的了，更不可能有任何反抗。

不久豪到了姍的身邊；姍救了他，他理應到她身邊去。我們沒有再見面。我收到過他的一條短信——「我出走了！」他說。這是他和姍團聚後發出來的，他和姍大約也發生了什麼事情，他們一定會吵，甚至於天天吵，他們是太不一樣的人了。可我真的很累了，山長水遠的也沒有閒心再去關心他們。我很簡單地回覆了他——「保重！」，而沒有多說一句。出走！他用了這麼一個詞，心裡一定充滿了無奈與恨意。我望著窗外灰濛濛的天空，心裡五味雜陳。我不知道毅被雙規是否與豪有關，情況似乎是——毅構陷了豪，侵吞了他的資產，豪的存在對毅構成了威脅，因而必須把他除掉或者逼走；豪絕地反擊，舉報了毅並以斷指的代價讓毅受到了應有的懲罰——真是一地雞毛，多麼庸俗、無趣的劇情！可我們偏偏就生活在這樣的劇情中。

我幾乎是在下意識地推演他們的劇情，他們的恩怨足可以拍一部俗不可耐的三流電影。作為他們共同的朋友，我也試圖分析他們的心路歷程，可我真沒什麼可說的。我相信行屍走肉的一定是毅，豪不僅不會心死，還會走火如魔，愈活愈有滋味。他的天性中始終都有一種昂揚的力量，他總是在向上，總在追求光，他從來都沒有真正頹廢和放棄過。不過豪不和我見面是對的，見了面我們能說什麼呢？我不會對他們的事情再抱以關切，不會發表任何評論，也沒有什麼要問他的；我們也不可能再聊文學。我倒是很想知道那些人是怎樣對他下手的？可顯然不方便問，他也不會在我面前暴露他的斷指的。我可以假裝不知道這件事情嗎？

豪的離開和毅的消失加劇了我的孤獨感與荒誕感。我向來不願意面對殘酷的事情。他們的仇怨和結局對我這樣一個每天讀古詩詞的人來說實在太殘酷了。我寧願繼續在網上和「附近中的人」談情說愛。昨天安娜——那位可愛的中學退休老師又對我舔屏了，她邊舔邊發出迷亂般的呻吟——「我就要高潮了，我真的好喜歡做愛！」我知道她喜歡做愛，我也喜歡；我們都喜歡假做，她是真心喜歡，我是部分喜歡。我配合她發出迷亂的狂叫：「啊，啊，我射了，射你嘴裡了，你吃了它！」其實我經常想的卻是——玩一次真的吧，該玩一次真的了，我多麼渴望真實地射一次，最好是對一位少女，真的，我多麼渴望對一位少女真實地射一次啊！

我也想過要是豪走之前和我見面我們會談些什麼？應該還是文學吧，想來想去也只有談文學了。對，只有文學可談，只有它無毒無害。文學中即便涉及到最大的惡也可以輕鬆裝入林林總總的概念中去。人類，多大的一個詞！多麼空洞，多麼抽象！無論有多痛、多髒、多令人沮喪和絕望，這個詞都可以將萬般罪惡與我們的生活隔開，人類的惡與我們無關，作為個體我們是無辜的，所有的問題都只出在人類身上。我們只在文學中談論墮落與痛苦，我們一直都是這樣做的，我們是罪惡的旁觀者。所以，好吧，我們談文學吧，他將那麼多稿子給了我，我還重開了詩歌講座，也正想和他談一談。我曾就他的詩與小說擬出十幾個問題，見了面正好可以提出來。我們或許將因此度過一個舊夢般的下午。我假設那個下午陽光和煦，在一間藏書豐富的書房裡，有茶，也有音樂，華格納的音樂……

我問了他如下問題。

1. 關於失眠
2. 關於羞辱
3. 關於疼痛與恐懼
4. 關於寫作是否可能成為一種救贖
5. 關於是否存在一種全新的寫作方式
6. 關於逃亡
7. 關於死
8. 關於文學是否可以對抗庸俗及邪惡的人生
9. 關於語言
10. 關於是否還存在一種可能的詩意人生

……

我擬定了這些問題，很願意跟老朋友交流。他的觀點與我長期混跡校園的學究的觀點肯定不同。可我真是一個學究嗎？我那顆躁動、猙獰的心還是一個學究的心嗎？我和豪沒有再見面，這些問題自然也就成了虛擬的問題。這些問題其實並無新意，它們反反覆覆、不斷在文學史中出現過，彷彿從老古玩店中搬出來的鏡子，我也只是想看豪照一次鏡子而已。我虛擬了我們的對話，正如我虛擬了和安娜在午夜時分做愛一樣，我和豪的對話不過是另一灘排泄物。生而為人，我們需要各種排泄——這是一個會背誦數千首古詩詞的大學教授的正常想法嗎？話又說回來，你又能指望一所三流大學的歪教授有什麼好想法呢？

所有這些問題，我真正關心的其實只有恐懼！**恐懼不是排泄物，恐懼是排泄不掉的。我想知道的是——這麼多年過去了，為什麼人們還在恐懼？**

真正值得慶祝並令我好些天都眉飛色舞的事情終於以我預想不到的方式出現了，因為太想真實地做一次，我下載了一個軟件，找到了一個寶貝。一個自稱還是處女的大學生急需一筆錢，而我急切地想真做一次。事情進行得很順利，我學會了一項古老的交易，真實地射了出來，是那種我無數次想像過的射，強有力的射，噴射！我沒想到的是那位讓我欲生欲死的大學生居然是一位女神級的尤物，她的名字十分洋氣，她不落俗套地叫——莫尼卡……

完事之後，我無意中知道了她和豪的事情，豪虛擬了她，正如我虛擬了安娜一樣。豪當然也意淫了她，把她當作一劑止痛散抹在了他的傷口上，而我卻萬分真實地把她壓在了我虛胖的身體下。我的兄弟，你聽見我的喘息聲了嗎？我們居然共用了一個女人，我享受了她的身體，你享受了她的靈魂，這可真是一件奇幻的事情！

下部

小婷和小莉

小莉從八樓的窗子望出去，希望看見小明藍色的校服從人群中跳躍著向她跑來，她也驚叫著向他飛奔而去。她無數次想像過這樣的的情景——她和小明飛奔，她尖叫，小明緊緊地擁抱她，急切地尋找她的嘴唇……，可這可能嗎？當然不可能。小莉花癡似地這樣想，還在心裡傻樂。愈是不可能她便愈是發癡。她明白自己傻，但她希望傻人有傻福。她這樣想著小明，說不定小明也這樣想著她呢；儘管小明的夢中人一定不是她，她卻自作主張把小明放進了自己的夢中。「李東明，我愛你！」每天入睡前她都要在心裡說好幾遍，她這樣說的時候笑容是那麼甜，以至於她對自己也有了信心。這會兒，她正在窗前想像小明出現。廉價的窗簾遮住了她大半張臉。她恨這窗簾已經很久了；如果是在一扇如夢似幻的窗簾背後這樣想，小明就一定會出現，就像電影裡的慢鏡頭那樣。那幅窗簾如果是紗的該多好，跟前天她待過的計時酒店的紗簾一樣——粉紅色的紗。那是她第一次和男人約會，網約，可什麼也沒做成。對，沒做成，他們什麼都做了可就是沒做成。可是現在這扇窗簾是布的，普通的布。它的花色那麼難看，幾乎與母親內褲的花色沒有什麼區別。小莉一看見它就會情不自禁地想起母親彆扭的內褲，父親後來居然也穿了這樣一條內褲。母親對父親說：「在家裡穿，有什麼？省錢！」母親也要給小莉做一條，小莉堅決不幹，她說：「你做了我就扔掉！」……

小莉就生活在這樣一個家庭。她母親在街市賣魚，回到家便穿一條這樣的花褲子，身上散發出爛魚爛蝦的氣味。父親在街市開肉鋪，賣豬肉、豬大腸和豬心、豬肝。小莉經常想，就算小明肯吻她，也一定受不了她身上的味道。她一直覺得自己腥，從小學開始就沒人願意和她同桌。後來上了初中，哭著喊著要轉學；等她終於轉到這所學校，在班會上怯生生地自我介紹：「我叫小莉，茉莉花的莉。」立即就有人大笑：「還茉莉花，不就是蝦妹嗎？」新學校中有她之前的同學，她原形畢露，又被叫回了蝦妹。小莉明白了，氣味這種東西是很難去掉的，它會跟你一輩子。有段時間小莉不信邪，每天都使勁刷牙，還狠力搓頭髮，用肥皂甚至用鹼洗澡，可大家還是叫她蝦妹。小莉絕望了，放棄了，慢慢也習慣了。但一年前發生了一些變化——她來例假了，突然就胖了許多，五呎二吋的她居然長到了一百五十磅。好在她結實，也算是有了一種很man、很講義氣的感覺。「你終於有點用了，以後可以當我的打手！」同學小婷半開玩笑地跟她說。不久她還真幫小婷擺平了兩個新移民過來的女生。當小莉叉著腰，將她們堵在衛生間時，小婷一口氣摑了那兩個女生好幾個耳光。小莉像一尊鐵塔一樣站在一邊，冷冷地看著小婷踢一個女生，還將另一個女生的內褲扒下來塞進她嘴裡。那兩個女生原本也是跋扈慣了的，第二天便約人把她們堵在了同一個衛生間裡。「出來混總是要還的，你在哪裡打了她們，今天就在哪裡打還你。」對方一個看上去滿像大姐大的人揪著小婷的頭髮說，結果卻被小莉打得落荒而逃。群毆在這座城市極為少見，女生群毆更是聞所未聞；這件事讓整個城市一片譁然，媒體更是添油加醋。學校壓力很大，校長被迫辭職；小婷和小莉當天便被警察帶走了，但很快被保釋；接下來她們應該會面臨被學校除名的後果，甚至還可能獲刑。但教育局稱可能有更複雜的原因需要進一步調查，而且新校長尚未到任……。總之，事情拖了下來，家長之間似乎也在溝通和調解。開始對方的家長並不願意接受調解，後來居然撤了訴。一件大事就這樣慢慢地平息下去了；小婷被送去了感化院，小莉繼續留在了學校，但她們都因此出了名。據說是小婷有意製造了小莉的名聲，她在外面講小莉如何一腳就將一個女生踢進便池裡，又如何坐在另一女生身上，讓她「嘎」的一聲就斷了兩根肋骨。這些話顯然太過誇張，事實上小莉當時只是死死抱住一個女生而已，也許她的力氣太大，只是抱著就造成了對方扭傷。那些誇張的描述其實也不一定是小婷說的，小婷不是一個誇大其詞的人。但這些描述的確使小莉一夜之間便成了一個傳奇人物，偏偏她在運動會上又得了舉重和跆拳道兩項冠軍。於是同學中有了紛爭，只要小莉出面便會平息。男同學彼此開玩笑，也總會有人說：「要不要把你送給小莉，讓她夾死你！」「夾死你！」——這樣的說法隱約之中含有性暗示。小莉懵裡懵懂地出了名，也懵裡懵懂地與鐵塔、打手、保鏢、悍婦這些字眼聯繫在了一起；她似乎還滿滿足這樣的名聲的。出名總歸是好事，現在再也沒有人敢看不起她了——至少她這樣認為。

一大早，小莉便幫父親從屠宰場進了半頭豬；父親堅持賣剛從屠宰場下來的、還冒著熱氣的新鮮豬肉，這會讓他耗費比一般的肉鋪更多的時間與精力。偏偏他又體弱，逢著陰雨天全身的關節都痠痛不已。這是老毛病了，是那一年在海裡漂了幾天，愣生生給泡出來的老毛病。父親跟小莉講過他像一具浮屍一樣漂到這座城市來的故事。當時他不過十六七歲，爺爺在他身上綁了一個舊輪胎，把他推進了漆黑的海裡。「游過去，就算死都不要回來。」父親的老家年年都有人偷渡過來。偷渡客通常都是在最漆黑的夜裡把自己投入不可測度的大海。剛開始父親還覺得爺爺在他身邊，他們各綁了一個輪胎，但很快父親就沒力氣了。他驚恐地叫著爺爺的名字，海浪打過來，凶惡地吞沒了他的呼叫聲。「之後便昏昏沉沉地漂到了一片海灘上。醒來的時候，見不到你爺爺，嚇得又哭。過了好多年，大陸也開放了，回老家才知道你爺爺根本就沒過來，我們同時在海裡漂，他卻被海浪捲了回去。巡邏的民兵發現了他，他被當作叛逃分子關了三年，同樣留下了一身的毛病。」小莉好幾次問父親，為什麼在同一片海裡，他漂過來了，爺爺卻漂了回去？父親答不上來，只說算是命吧，老天爺定下來的命。小莉覺得父親的一生既神奇又詭異，也許上一輩的事根本就無法理解。至於父親後來是怎樣站穩腳跟，結了婚又離婚，若干年後又娶了她母親，生下了她就更不能理解了。父親話少，偶爾講一些舊事，似乎也只是為了讓她學會感恩。「香港人對大陸人有恩，對我們丁家有恩。」父親經常這樣說。「那我是香港人嗎？」她問父親。「當然是了。」父親說。可她經常覺得自己並不是真正的香港人，她和小婷她們是不同的，差別不僅僅在家世上，說話的方式和語氣也不同，連名字都是。她的名字很直接就叫做了小莉，丁小莉，土嗎？可小婷不同，小婷的名字叫陳婉婷，她還有一個英文名字叫Anya。這個「婉」字小莉的父母是不會用的，他們可能都不知道世上還有這麼一個好聽的字。「婉」這個字，在小莉看來就已經讓小婷比她多了一點氣質，小婷其實也這麼覺得。小莉也有一個英文名字叫Kyle，只是她父母不習慣叫，她周圍的人也不習慣叫，他們只叫她蝦妹；正如小婷身邊的人通常都叫她Anya而很少叫她婉婷一樣。

這些年來了不少新移民，這些新移民的孩子也在她們學校上學。小婷總覺得自己與這些孩子格格不入，她嫌她們說話太大聲，行事太張揚；她冷冷地看著她們，流露出內心的不屑。「這些人就是狼，闖入羊群裡了。」小婷這樣說。「還好吧。」小莉回應她。與小婷相比，小莉的性格要寬厚一些，她並不覺得自己比那些新移民的孩子優越，說到底她父母也是從大陸過來的，而且這些新移民哪家不是家底深厚、有權有勢呀？小婷家其實也是大陸過來的，不過早了幾十年。小婷家好像是爺爺那一輩就過來了。她父親是在英國念的書，後來去東莞辦工廠，居然跟一個工廠妹有了孩子。小婷兩歲的時候，父母離了婚。她母親是原住民，娘家是開餅屋的，持BNO護照，所以中學就去了英國。小婷的父系家世很顯赫，她父母是大學同學，在英國上學時戀愛了，之後又一起回來做事。小婷的媽媽個性很強，也很能幹，四十出頭了才生小婷，之後就沒有再在寫字樓上班，她回家做了全職太太，全身心都用在了小婷身上，怎麼也沒想到她的家居然會毀在一個大陸的工廠妹手上！她自然是氣不過的，而且似乎很自然就把自己對大陸人的成見帶給了小婷。這成見包括警惕與不屑，也有些微的恨，但更多的是不信任。小婷的爺爺對大陸成見更深，他認為大陸當局愚昧而邪惡，雖然他一直在大陸做生意，與不少高層人士都有交往，獲利頗豐、受惠良多。爺爺對大陸的成見——不，不如說是恨，源自於小婷的奶奶。奶奶在大陸坐了三十年牢，最後死在了一個偏僻的監獄裡。坐牢的原因僅僅是因為她是一個基督徒，因為太虔誠或者在對方看來太頑固。起初大家不過想讓她放棄信仰，說那是資產階級腐朽沒落的東西。可她不僅不從，反過來還向更多的人傳教，以至於進了監獄，在各種嚴刑拷打中也不思悔改。因為她，信奉基督的人愈來愈多，信徒中不僅有獄友，還有獄警、獄醫。她從一個監獄換到另一個監獄，每個監獄都成了她布道的地方。這樣一個囚徒當然會受到嚴厲的制裁，她的身體澈底垮了，燈乾油盡，死在了監獄裡。令爺爺不能釋懷的是奶奶死之前喉管已被割斷，手筋和腳筋也被人殘忍地挑斷了。小婷長到十五六歲，其實連大陸都沒去過，她對大陸的印象幾乎都來自奶奶和那位破壞了她的家庭的大陸妹，並讓她產生了對大陸人的敵視與排斥。小莉偶爾會談到自己回大陸的見聞，也給小婷看過她拍的照片——鄉下的魚塘、竹林和油菜花，可小婷毫無興趣。她年紀雖小卻很固執，認為大陸就算再有錢，也不會讓人尊重。小莉說其實也不是那麼有錢，她爺爺在鄉下就還很苦，都八十歲了還在做農活。小婷不說話，小莉說的事情也與她無關。

在學校，小婷和許多本港同學一樣，都滿抵制升國旗和唱國歌的；她們用WhatsApp和Facebook，不用WeChat；她甚至不允許小莉用普通話和她說話——「你始終都要記得自己係香港人！」「香港人？我都唔知自己係唔係香港人？香港人係咩人？」這個問題其實小婷也說不清楚。「總之，我和媽咪去旅行，無論係邊個國家，永遠都只會說自己係香港人。」小婷說。其實小莉的爸爸媽媽也這樣，她們帶小莉去國外旅行，也只說自己是香港人。的確，在任何一個國家香港人都是一種確認，而不必說自己是中國人。

說起來小莉的家境真不那麼好，她們住在政府的公屋裡，很小的一室一廳；爸爸媽媽睡在臥室，小莉睡在客廳。如果爺爺從大陸過來，媽媽就得在客廳拉一道布簾，小莉睡在布簾靠近爸媽房間的一側；

爺爺睡在布簾靠近廁所和廚房的一側。這座城市有大約三分之一的人住在這樣的公屋裡，能住上公屋是滿幸運的，有了公屋人就會很踏實。爺爺第一次和小莉睡客廳時對小莉媽媽說：「小莉還是跟你們睡裡屋好啦，我打呼很厲害，不要嚇著女仔。」小莉媽媽笑了：「只怕她的呼聲還大過你。」自打來例假那天起，小莉媽媽就認為小莉已不再是個小孩子了。她沒想到的是，來例假後小莉居然會變得那麼胖，呼嚕聲會打得那麼大。第二天小莉媽媽問爺爺睡飽了沒有，爺爺愣了一下便哈哈大笑，說：「這個女仔以後不會是個普通人。」

雖然只是一個賣魚的，雖然連好看一點的窗簾都不捨得買，但小莉媽媽有兩件事很堅持。一件事是存錢給自己和小莉爸爸各買了一塊勞力士錶，還花了將近三萬多塊給自己買了一個坤包、給小莉爸爸買了一套好西服。另一件是一家人每年至少要出一次國。勞力士錶平時是不戴的，但朋友聚會就一定會戴。這些年她們也帶小莉去過十幾個國家了。小莉媽媽原本也是大陸人，她是嫁過來的，嫁給了本港的一位貨車司機。可是她前夫命薄，結婚兩年就出車禍死了。前夫死後，她沒了依靠，又不願意回大陸娘家去；便在前夫朋友的魚檔當幫手，不久便認識了小莉爸爸。兩人都是無根之人，有著相同的背景與境遇，很自然便住在了一起，之後又結了婚，生了小莉。小莉媽媽總是跟小莉爸爸說：「我跟你住一起只是為了省房租。」她前夫是沒房的，她跟著前夫和公公婆婆住，那套房也是公屋，不過是公公婆婆從政府申請的；前夫的姐姐一直沒有結婚，也和他們住一起。前夫死了之後，婆婆話裡話外總含著要她搬出去的意思。小莉媽媽自尊心強，不久便搬到了一間不足六十平呎的合租屋去住。小莉爸爸有公屋，一間有臥室、客廳和獨立衛生間的房子對小莉媽媽來講真算得上是天堂。不過小莉媽媽其實也是看中了小莉爸爸的人品；他是個老實人，話不多，但靠得住。說起來小莉媽媽比小莉爸爸要小十幾歲，既沒有孩子和拖累，長得也不錯，條件應該好過小莉爸爸。結婚後小莉爸爸說：「別再幫人賣魚了，我也缺幫手，我們開夫妻檔一起賣肉吧。」可小莉媽媽不同意，她說：「我還賣魚，你出錢，我們再開一間魚檔；哪天遇上豬瘟，不能賣肉了，還可以靠魚檔活下去。」兩夫妻就這樣有了兩間檔鋪。檔鋪做的是街坊生意，往來都是老主顧。小莉媽媽的一個老主顧，正是小莉轉學後的同學小婷的媽媽。因為經常來她的魚檔買石斑魚，再加上女兒的這層關係，時間長了，有時也會約她喝茶聊天。就是她告訴小莉媽媽，說香港人哪怕做護士的，也一定要有一塊好錶、一個好包包；再忙也會擠出時間去做做義工；再窮一年也會捐一次款，出一次國。小莉媽媽就真給自己和小莉爸爸各買了一塊勞力士錶；她也有了一個LV的坤包，每個月都會去養老院做兩次義工；她也做到了每年至少捐一次款，年年都帶一家人出一次國。雖然壓力大，錢要省著花，但過得很有尊嚴。在他們看來香港這地方只要不惜力就一定有機會；重要的是無人欺侮，大家各忙各的生計，你有錢那是你辛苦掙來的、你有那個命；你窮是你做得還不夠，怨不得別人更怨不得命。但是無論生活怎樣，都無人飛長流短。你有事嗎？我能幫你什麼？沒有，或者，對不起幫不了，就忙自己的事去了。所謂人情冷暖，大家都忙，也習慣了彼此間有分寸和界限；總之生活是自己的，做好自己的事，不要去打擾別人。所有這些，小莉他們一家早就習慣了，他們日復一日開自己的檔鋪，一分一釐地賺良心錢，在他們看來勤力、心安、有尊嚴才最重要。

與小莉一家不同，小婷和媽媽住在一套九百多平呎的公寓裡；她打小就有自己的房間。那是一個喜歡做夢的小女孩所擁有的小天地，她可以盡情盡性地布置它。房間裡擺滿了各種娃娃，也會不斷更換新的貼畫；她有自己的小祕密，也展露出自己的個性、情感與願望。九百多平呎在香港算是小豪宅了，兩間臥室之外，客廳還連著一個天臺。媽媽在天臺上種了許多花；小婷很小便跟媽媽學插花，每年都會得到社區或學校的花藝比賽大獎，因此有了鮮花公主的名聲。鮮花公主這個名字其實也是她自己取的，她第一次得花藝比賽冠軍時，學校給她的譽名是花仙子，同學們也都這樣叫她。「太俗了，為什麼要與別人同名？我不要，我是鮮花公主。」她不願意與人同名，哪怕與動畫片中的人同名也不行。她在Facebook、WhatsApp和Instagram上的名字也都是Anya鮮花公主。就是這樣一個愛花、懂花、把自己叫做鮮花公主的小姑娘，在社交平臺上卻很活躍，小小年紀便有了不少粉絲。除了花藝，小婷還會拉提琴、滑旱冰和游泳；她還算得上是游泳能手。小婷每週都會在Facebook和Instagram上更新照片——拉琴的鮮花公主、插花的鮮花公主、滑旱冰的鮮花公主、游泳的鮮花公主、海灘金黃的夕陽下奔跑跳躍的鮮花公主、晨曦中玩滑翔傘的鮮花公主……。媽媽花很多心思來培養她，希望她成為一個獨立、優雅、勇敢的女生，應該說她都做到了；但這只是她的一面，她的另一面是媽媽看不到的，她其實已經是一個很性感也很懂風情的女人了。她早就已經通過社交平臺開展了自己熱烈的戀愛。她的第一次——她曾經想像自己抑制不住地跟小莉說：

「你知道我的第一次給了誰嗎？」

「給了誰？」小莉問。

「一個明星，香港人都知道的。」至於這明星的名字，她當然不會說出來。

「什麼時候發生的？」

「我十五歲生日那天。」

「My God! 十五歲，是犯法的，香港要十六歲才行！」

「我當然知道，可身體是自己的，我自己的身體自己做主。」

「可是他知道嗎？他要是知道又怎麼敢？」

「我騙了他，告訴他那天是我十六歲生日，法律許可了。」

「騙了他？難道他看不出你還不到十六歲嗎？」

「也許他根本就是假裝信了我，他想要我，我也想要他；他根本就是想要一個未成年的少女，而我呢想要一個大叔。」

小莉驚呆了，忍不住問：「那你們……怎麼做？」

「我叫他爸爸，從戀愛那天起直到他進入我的身體。我說——『爸爸，進來……』我愈來愈大聲地叫道：『用力，爸爸，用大力，我愛你，好愛你！』」

這場對話當然是小婷想像出來的，她不可能跟任何人說這樣的隱私；她想像這樣的對話是因為她太想有一個人分享她的祕密了。她認為小莉是一個嘴很嚴的人，如果非要把發生在自己身上的事告訴一個人，那小莉就是唯一的對象。可真跟小莉講，她卻未必能懂，她不過是一個胸大無腦的蝦妹而已，她不可能理解她的大膽與不羈，更不可能理解她的欲望。她的欲望強烈到可以忽視一切的程度，那麼強烈的欲望幾近於邪惡。對，她是邪惡的，任何欲望強烈到不管不顧的程度就會是邪惡的。她心裡很清楚，事實上是她引誘了那個男人，一開始就是。她以一種懵懂、曖昧卻耀眼的方式出場，她引誘他，雖然這引誘並不自覺。他在Instagram上和她打招呼，稱讚她的照片，小心地問：「可以認識你嗎？」他一次又一次稱讚她，也給她發照片，他耐心、執著、善解人意、無限關心和體貼。她微微一笑，應允了。她的微微一笑含著她的矜持，卻是得意與開心的。「夜色多美呵，我是屬於夜晚的。你呢？上床了嗎？做夢了嗎？」她選擇了一個微醺的夜晚和他私信，同時聽見了他的心跳。之後他們便開始用時而曖昧時而直露的方式訴說衷腸，他們每天都道早安、吻晚安；他叫她寶貝，她叫他——爸爸。她知道對方很帥，是個藝術家，大她很多歲，可究竟大多少她從沒有問過，這不是她關心的重點。反正她想要的是一個老男人，有著無限的纏綿和寬厚的肩膀，也有著美妙的詩意與十分的體貼；他會縱容她、寵愛她、讚美她，事實上他也一直是這樣做的。這就夠了，他符合她對男人的需要與想像，她的初夜早就準備好了要獻給這樣一個夢幻般的男人。很快他們便通過文字擁抱了對方；可正當他想進一步時，她幽幽地說：「不行，犯法的。」他愣住了，他不明白他分明已經迷亂了的鮮花公主的意思。「法律規定要十六歲，爸爸。」她接著說。那男人澈底傻了，他以垂死般的訝異問道：

「你，未成年？」

「下個月，下個月十三號是我十六歲的生日，我們可以見面的，爸爸。」

「好，你的成人禮……你想要什麼禮物？」

「想要爸爸，有你就夠了。」

……

任何事情只要一出圈就一定會有魔鬼在一旁冷眼看著。這次也是，魔鬼看著他們如癲似夢地作祟，又給了十幾天催熟情欲的好天氣，讓他萬分焦灼地等待。十三號終於到了，鮮花公主的成人禮以熱烈的醉姿來到了。當小婷進入那個房間，當她真實地見到那個她在Instagram上無數次叫過爸爸的男人時，她砰砰亂跳的小心臟，不，是整個人都在一瞬間爆烈了，她完全不知所措，她再狂野也想不到和她約會的竟是這樣一個名人。她幾乎看過他所有電影，聽過他所有的歌，收藏過他所有的海報，可她從沒想過會和他上床！這個男人現在就在她面前，那個在Instagram上天天叫她寶貝、吻她、以文愛的方式多次進入她的身體的男人居然是一位天王巨星！這實在讓她太難以承受了，她想逃，可他已經擁她入懷。她渾身發軟，任由他吻她；他的吻像空氣一樣空蕩蕩的，她的身體更像是飄浮在月亮之上了。他抱起她，把她輕輕放在床上。當他俯身再次吻她時，她恢復了一點意識，飄渺而無力地說道：「你，騙了我。」他溫柔地微笑著，將一根白皙的手指輕輕地放在她的嘴唇上，示意她不要說話；接著便啟開了她的嘴唇——「吸我，舔我……」他好聽的聲音彷彿來自外太空，那情意綿綿的聲音在祈求她、撩撥她，也在引領她、命令她。整個房間和她虛構出來的成人禮都在旋轉，很快她便感覺到了體內奔湧的欲望；她開始回應他，以一種既生澀又熟稔、既緊張又自如的方式和他緊緊地纏繞在一起；他吻遍了她每一寸肌膚，包括她的手指和腳趾，他無比深情地舔吻她的腳趾，他在Instagram上說過他戀足，他已經在貪婪無比地滿足自己的癖好了。她萬分激動地流下了眼淚，同時聽見一個急促的聲音從幽深處沖決而出——「爸爸，進來……」酒店寬大的床上撒滿了他提前準備的玫瑰花瓣，她的血流在了玫瑰花上，她的處女之夢綻放了；來自身體最神祕、最幽深之處的聲音變得愈來愈強大——「爸爸用力，用大力……」這近乎淫蕩的聲音一經出來便迅速扎下了根，之後它隨時都會響起，直至半年後她被無邊的大海殘忍地吞沒……

豪，囈語

如果需要寫一篇談論失眠的文章，我也許會是恰當的人選。最近幾年，它是我最熟悉的對手與朋友。它一直在折磨我，最後竟讓我覺得無比親近。它不只是一片夜色，也不只是夜色中懸疑的天花板；它不再是一面牆或隱藏在角落裡的怪物與聲音，它人格化了，成了我的同謀。我們商量著要造一造反，把白天和夜晚倒個個兒，讓夢在大街上大踏步行走，讓忍受白天的人轉入溫柔夜色。那些刺眼的白天多麼暴虐呀！失眠讓我們在黑中看到了白，也在白中看見了黑；失眠讓黑榨乾人心，而白在一旁冷笑。失眠讓我們重構了好些事情，讓我們彷彿可以將一張爛牌翻過來。我沉湎於冗長的翻牌遊戲中，在失眠的谷底喊：「姍，你出來。」也在失眠的斷崖喊：「毅，你出來。」我也喊過另外一些空洞洞的名字：老天爺、上帝、某隻貓和某條狗。我的一生變得如此癡妄，失眠使它一片混沌。

當我再次談起失眠，便有人從水缸裡出來，一聲不吭，坐在我對面。水從他身上滴下，讓他身下的那一小片夜色濕漉漉的，我不禁想起了某個人們一直在議論的逃犯。我和他說話，問他叫什麼，他怯懦地迴避我，最後他說他叫毅。啊，毅！我們處於同一個失眠地帶，那裡寸草不長，寒風凜冽。我們看著對方，誰都沒有說話。

在漫長的失眠之夜，我也見過姍。我總是選擇在深夜給她寫信，或等她的電話。她戴著一副假翅膀，在火塘上給我烤地瓜。我說要去集市上給她買花，順便給她帶一包冰糖。我知道這已經構成了某種懸疑——花在哪裡？集市在哪裡？冰糖又在哪裡？事實上我從沒給她寫過信，她也沒有來過電話。我等來的是一句詩，我等來那句詩時，她的翅膀便著了火。她戴的是一副假翅膀，而且已經很舊。

我跟毅說：「你其實一直處於被追殺的狀態，追殺你的人剛才來過了。他滿頭大汗地從水缸裡舀了一缸水，他一定是喝了太多的血才如此口渴的。」

關於失眠，我不能再說什麼了。它是一條歧路，偏偏我一直在這條路上等車，車一直沒有來。

失眠有時被理解成一種慣性。我盯著它看，把它拆開了讀——失……眠。我本想深呼吸卻倒抽了一口涼氣。我明白我一直處於這種狀態。理解失眠必須先理解睡眠，正如理解失戀必須先理解愛一樣。可我對睡眠和愛幾乎完全無知。失眠來自於對睡眠的無知及喪失控制，失戀來自於對愛的無知和喪失控制，死來自對生的無知和喪失控制。我們為什麼要依賴睡眠呢？在睡眠中生命似乎並不存在，我們也感覺不到它。我們又為什麼要依賴愛呢？同樣我們也依賴於活著。這個世界其實就這麼一點事兒——

我們總是依賴我們不瞭解和難以控制的東西。我們依賴睡眠所以失眠，依賴愛所以孤獨，依賴生命所以苟活。

在我看來，與失眠緊密相關的兩個詞一個是「癢」，另一個便是「疼痛」。我的上半夜是癢，下半夜是疼，貫穿整個夜晚的是失眠。它讓我備受煎熬！我承認我全身都碎了，碎得撿都撿不起。

這些都是病症，並使我的一生變得蹊蹺和怪異，以至於我只能以最極端和最邪惡的方式來觀察這個世界，它們被稱之為文學、詩歌或精神病患者的方式。我分不清所發生的事情究竟是我們有意為之還是的確存在某種奇異的造化之力？我們的星球始終都在運動，身邊的事物也是。我們像塵埃一樣不斷地跳呀跳，在運動中碰到一起又在運動中分開。我和姍碰到一起時的狀態人們稱之為愛情，我們因愛情而生活在一起的狀態人們稱之為婚姻。我們總是不由自主地跳呀跳，我們跳開時的狀態被描述成婚姻破滅。我們跳呀跳——這個世界上只有運動是永恆的、不以人的意志為轉移的。永恆的運動帶來不斷的變化，產生了各種結果。以上便是我對一些事情極為膚淺的看法。我的孩子，我的親人，我的朋友和敵人，你們聽見了嗎？如果聽見了，那對發生在我身上的事，對我血乎乎的斷指又有什麼可大驚小怪的呢？

我的確不大分得清夢與現實的關係。這是我的造化，也是我人生混亂的根源。我固執地認為我們的身體不過是一部將世界導入夢境（那裡多歧路）的感應器，現實中的任何事情，比如一碗水倒了，一個花瓶碎了，一隻貓掉進了深井……都有可能使我們在夢中幻化出另一種意義。我經常藉由夢中的景象去規劃我的生活，這或許使我具有某種超驗的能力卻也使我不斷地偏離常識。日常生活的邏輯關係及因果關係在我看來是不真實的，它們頂多具有某種臨時的意義與價值。這一點使我與姍在許多事情上產生了分歧。我在看守所的生活完全是一個夢，它由無數碎夢構成，就像無數光斑構成了一條河流一樣。我們對那些光斑有多少瞭解呢？我們不瞭解，而寧願稱之為閃亮的一刻或者晦暗的一刻。我們對那條由無數光斑構成的河流更是一無所知。河流的價值與意義僅僅在於它存在並讓我們不斷產生困惑。人的一生就是一場試圖破解困惑的遊戲，如果單純是一項智力活動，這場遊戲可就太迷人了。可它同時還是心靈活動，與人性糾纏在一起，反覆無常、不可測度。我的朋友張小波在他那部荒唐卻才華橫溢的小說中說：「死亡把百無一用的生命獻給了虛無，不但獻給了一個空洞的虛無，而且還獻給了一個怒吼的虛無。」僅憑這句話，他就當得上是一個卓越的人。虛無和怒吼本不會同時存在，可妙就妙在——你看，我既是一個虛無的人，又是一個怒吼的人！張小波坐過牢，他小說中的那位醫生也坐過牢；那位與他何其相像的醫生把坐牢這件事喋喋不休地稱之為意外，這可真是一個天才的意象。這個意象當然也有邏輯——他沒完沒了地解釋道：「一個具有自我意識的人，終生都處於與自己的意外相持不下的過程中，意外有多大，制裁就有多嚴厲。然而這並不能使人避免繼續製造意外。當然接下來又是新的造反、新的褻瀆，無休無止。」他說得可真拗口。我和他不同，我不認為這個世界有什麼意外，相反它全是常態，意外就是常態，就是偏離軌道與邏輯。我也不認為有什麼新的造反，我一直都在造反。當然了，褻瀆是無休無止的。

換一個詞來說一說我的看法吧。我難以言說的一生始終貫穿著兩種相反的力量——**出走和帶走**。我權且將出走當作反抗，是自由意志的決絕與發揮，具有嘲諷之效。帶走則是命運的陰謀與強暴，具有欺侮之效，是野蠻的也是黑暗的。但事實上出走與帶走常常互相勾結，正如硬幣的兩面，任何一面殘缺了都只能是殘幣。表面的對立在某種時機中一定會成為黑暗的合謀。我這一生凡出走不能達成的，帶走總能幫我達成；凡帶走不能達成的，出走也總能幫我實現。可這一生最終竟被這相互對立的兩面合力給毀了，這是多麼滑稽的結局！那些令我出走的，正在將我帶走；將我帶走的也將令我出走。「**你的潛意識指引著你的人生，而你稱其為命運。**」——榮格老先生如是說。

我知道慶對我在看守所的經歷一直抱有好奇心，正如我對權的死抱有抑制不住的好奇心一樣。我遲早會寫盡那段骯髒的生活，那才是真正的褻瀆，無休無止。簡而言之，我是×××年×月×日被捕的，之後我的生活很長一段時間都漆黑一片。那是一種類似於死亡的生活，它將你定義為嫌疑人，讓你在不斷加深的懸疑中飽受煎熬，而你唯一能做的便是等待判決。我曾與權反覆交談，我猜想一個死刑犯臨刑前的每一天都是奇特的，我近乎貪婪地想獲取他頭腦中正在形成的死亡圖像，包括他不斷出現的幻聽與幻覺，我想知道一個瀕臨死亡的人是如何去拜見死神的？他如何與死神爭吵與爭辯，又如何與死神竊竊私語、握手言歡？他將懷著怎樣的心情與他的過去清算？又將如何與他的肉身告別？以及他一生之中業已形成的觀念與意志在瀕臨死亡時是否還會起作用？我幾乎要把他當作是正在走向神壇的人了。是的，在終結生命這件事情上，地獄與天堂都具有不可置疑的力量。魔鬼與上帝同出一轍，都擁有對生命的裁決權。生與死之間有一段很不簡單的路程，死刑犯權應該是最貼近終點的那個人。但究其黑暗的程度，權未見得比我陷得更深。死刑犯應該處於最接近光明的那片黑暗中，他應該已經能夠聽見悅耳的鳥叫聲了。而我聽見的卻只是「噢噢噢」的咕嚕音，它相當奇怪，沉悶而含混。那是一種類似於發情的原始的聲音，也是一種行話。光明世界裡的人發不出這樣的聲音來，或者他至少要拉上窗簾，才能害羞地接近這種聲音。是的，他最多只是接近，這與我身處核心地帶所聽見和感受到的完全不同。光明世界裡的人總是害羞的，他們當然也害怕。「噢噢噢」有時更像是動物被吞食時發出的聲音，它在掙扎，既可憐又陰森。當然了，在黑暗世界裡也會聽到別的聲音，比如「噓～」，比如「砰，砰」。有一次我還聽見了轟然巨響，就像海浪席捲而至，狠狠地摔在了荒涼心靈之上。我那次太大膽了，居然夢見了光，它傾瀉而下。光的聲音居然和海浪的聲音一樣，白浪滔天——這是我之前讀一位偉人的詩詞時所留下的記憶，我無數次背誦過那首詞，我得承認我曾經是一位豪情萬丈的人。

張曉波說：「詩人應當學習死亡。」我稍稍改了一下——嫌疑人應該學習黑暗。學習黑暗的第一步當然是聽，瞎子擁有卓越的聽力就是因為他生活在黑暗世界裡。張曉波是一位詩人，比我至少早十年被捕，我一直在幸災樂禍地猜測他當年的恐懼。我們曾經討論過很多問題，對於看守所，對於法院，對於恐懼與自瀆，我們都有不一樣的看法。我猜我寫這段文字時他一定在發笑，因為他已經洗手不幹了。但是一想起有一個詩人朋友曾經和我一樣身陷囹圄，我就忍不住想和他乾一杯，我真想和他一起酩酊大醉！事實上這些年因為各種原因許多詩人都被捕過，比如貝嶺、萬夏、廖亦武、陳東東、俞心樵……。最不可思議的是陳東東，這個內向、謹慎、節制的人文質彬彬，居然因涉嫌提供賣淫嫖娼場所而被捕過；而混子俞心樵則是因為涉嫌強姦被捕的。所以我真想和他一起酩酊大醉應該改為我真想和他們一起酩酊大醉。我身陷囹圄，卻能看到一面面鏡子，詩人成渣，混子當道，這個邪惡的世界真他媽的魔幻，我情不自禁地在那張鐵椅上哈哈大笑起來。

總有一天我會寫盡那段令人厭惡的黑暗生活，我也想有機會和那份被捕者名單中的任何一位共同認證——是這樣的嗎？黑暗、被帶走、被捕、成為嫌疑人，是這樣的嗎？

當然了，我們所犯的罪不同。我還遭遇過另一種被帶走的方式——綁架，最後一天，他們凶殘地剁掉了我兩根手指。所有的人都在猜測這起綁架案的幕後主使，姍沒有報案，她用一種更為有效也更為隱祕的方式救了我。少數幾個人對這起綁架案的幕後人物心知肚明，但我從未予以回應；正如毅幾個月後被雙規了、隨即又被被捕了，不少人都認為那是我的傑作，我以一種更狠毒也更澈底的方式報了仇，我和毅兩不相欠了。我對這些議論不置可否。其中一位本可以成為證人的關鍵人物不見了，林可可，那位妙人，沒有人真正知道她所扮演的角色。她死了？失蹤了？或者僅僅是累了，厭倦了，去了另一個我們無法知道的地方？人們都無從知道，當然也不再好奇與關心。在我心裡，她是一個誘惑者，一個助手或幫凶，我在遭受綁架之辱的十天裡，幾乎天天夢見她。我在夢裡和她做愛，在各種情境下，以各種姿式和她瘋狂做愛；我們還通過角色扮演來滿足最隱祕的欲望。那些欲望是如此強烈，以至於當凶惡的刀齊著我的兩根手指切下去時，我聽見的卻是她處女之夜令人迷醉的疼痛聲。接著我便用血淋淋的斷掌近乎痙攣地撫弄她，繼而又撿起我掉在地上的斷指，將它們塞進她裂開的陰道。我想像她的呻吟與媚態，走出了那幢囚禁我的爛尾樓。

與毅見面是我在看守所反覆夢見過的事情，我也夢見過與慶見面。我記不大清我們是三個人見的還是單獨見的了，或許這並無差別，也不意味著什麼。請原諒我五十出頭說話就這樣顛三倒四，包括前幾天我在我們三兄弟的飯局中所說的那些話。我在大放厥詞嗎？或者我壓根兒就莫名其妙？我忘記跟慶說了，我當時應該說的——好幾次我都夢見他長了一張豬尿脬臉，那張臉沒有眼睛和鼻子，我靠聞它的氣味和它說話，可豬尿脬永遠都是騷味，和一股難聞的騷味說話讓我感到窒息。毅呢，在我的夢裡多數時候都是一條死魚，他用一雙死魚的眼睛看著我，顯得那麼無辜和無助。後來我們見面了，我和一張沒有五官的豬尿脬臉討論詩歌與文學，也有意無意地審問一條死魚。我問毅：「你是願意我把你油炸呢還是紅燒呢？」毅笑了笑說：「隨便。」這可真讓我為難。也許我應該把他製成魚乾，他是一條死魚，無論用哪種方式做都會不新鮮的……。我曾想弄清楚毅究竟是一條什麼魚，我甚至去維基百科查過，可沒有任何答案。我想邪惡已讓他變了形，也變了顏色，以至於我無法辨認他究竟是什麼品種，如果非要歸類大概也只能歸為死魚了。可在另一些夢裡，毅其實是一條體型巨大的、凶猛的活魚，牠一直馱著我在巨浪中游動；牠馱著我，一會兒潛入深海，一會兒又躍出海面。牠躍出海面時會朝天空噴射水柱，牠噴射水柱時會令大海產生一種昂揚的歡樂。是的，他那麼有力，似乎還有翅膀，他閃閃發亮的鱗片十分堅硬，在陽光下發出金色的光芒……

當然了，夢境之外我們最終總得見面。我們的淵源太深，不可能因為一點小事就把對方一筆勾銷。

奇怪的是我從未夢見過姍，我夢見自己一次又一次地和林可可做愛，次次都達到高潮，可我就是沒有夢見過自己的老婆。我和姍究竟是一種什麼關係？也是我想弄清楚的。

豪和姍

他們終於見面了，在豪被剁掉兩根手指之後的某個悶熱的下午。這是他們分別三年後的第一次見面。姍站在接機大廳的人流中，豪拖著沉重的行李箱走出來；行李箱裝著他從看守所想方設法帶出來的手稿，其中一篇正好就叫〈唯有舊日子帶給我們幸福〉。兩人見了面，都沒有說話，豪跟在姍的身後，去計程車等候區等車。車來了，他們上車，在後排的座位上，姍試著握一下豪的手，豪本能地躲開了。計程車開出機場，駛向跨海大橋，豪茫然地望著窗外的貨櫃碼頭，腦子裡充斥著飛機滑行時刺耳的聲音，這就是一個人獲得自由後回家的聲音嗎？他殘疾的左手神經質地動了一下，又繼續僵硬地放在腿上；那條腿變得十分陌生，似乎不是他自己的腿，而是某種不知所謂硬塞進車裡的東西。這座城市對豪來說是陌生的，雖然他曾多次來過；身邊的人也是陌生的，雖然是姍，是他老婆。剛被捕時，豪回答檢查官的訊問，說：「我太太……」「什麼亂七八糟的？是老婆！我們大陸人都叫老婆，我叫家裡的。」豪下意識地看了姍一眼，想起檢查官沒完沒了的訊問——他那麼討厭「太太」這個稱呼。姍沒有回應他的目光，從見面到現在，他們都在迴避對方的目光，似乎那目光有不可承受之重。與豪相比，姍更怕與豪四目相對，她怕自己厭惡，也怕哭出聲來。

一小時左右，到了姍的公寓，姍開門，豪跟著進去，他無力地坐在沙發上，低聲說：「有吃的嗎？」姍給了他一個麵包。豪又問：「有水嗎？」她給了他一瓶水。豪撕下一小塊麵包，塞進嘴裡，突然就發出憤怒的吼叫：「他媽的，都去死吧！給我滾！」姍木然地坐在餐桌前的一把椅子上，彷彿沒有聽見他的吼叫，過了一會才盯著他問：「你讓誰滾？這是我的房子，我剛把你救出來，你讓誰滾？」「我讓你滾，也讓自己滾，謝謝你救我出來，可這一切討厭極了，這不是我要的生活，滾，都他媽的給我滾！」豪憤而回答。「瘋了，真的瘋了！」姍站起來，走進臥室，「砰」的一聲關上了門。豪可憐地萎縮在那間小小的卻如深淵般的客廳裡。

接下來，豪沒有再發火；他克制自己，沒有去敲臥室的門，也沒有吃東西，而是不知不覺地在沙發上睡著了，可半夜又醒了過來。他瞥了一眼臥室的門，裡面沒有一點動靜。他吃了一小塊麵包，喝了一小口水，便盯著手機的螢幕發呆。他搖了搖手機，搖出了一個女人，女人在千里之外的某個城市和他打招呼，她似乎也在承受失眠的煎熬。豪沒有心情，對方也不強烈，兩人沒有交集，錯過了。可不久前，豪正是通過附近中的人認識了莫尼卡，那時他剛從看守所出來，對生活還充滿幻想。他把一個保存他手稿的U盤給了慶，期望得到回應。某個下午，他甚至還在電話裡給姍講了他在看守所的生活，告訴姍他沒有放棄和頹喪，一天都沒有；他每天都在寫，關了三年，寫了三年。他要姍相信他，說他一定會得諾貝爾文學獎的。「每年的十二月十日，他們都在斯德哥爾摩頒獎。」他想像那一天的盛況，將自己的後半生與一項偉大的榮耀緊緊地連在一起。他也給莫尼卡講過他的雄心與夢想，莫尼卡在網路的某個位置熱切地說：「我信，我信你，親愛的，你一定會的。」姍在電話中聽豪喋喋不休地說著他的囈語，她本來想說：「你真是瘋了！」可她忍住了，沒有打擊他，也沒有回應他。要命的就是沒有回應，這是冷暴力，是豪最在意的事情。他原本熱烈的心剎那間變得一片冰涼，他傾向於相信姍已經把他與自己的生活隔離開了，豪的雄心與夢囈，包括得諾貝爾文學獎的雄心與夢囈都與她無關。

在姍看來，真實的生活不是這樣的，真實的生活是：豪剛從看守所出來，一群人正在對他追債，他拒絕去姍所在的城市，要留下來把事情弄清楚——他正在盈利且即將上市的公司怎麼就在負債累累中垮掉了？可豪不這樣認為，相反，他認為姍過的是苟且的生活，她在逃避，而他在戰鬥。為什麼要這樣？他問姍；生活不是這樣的，生活必須直面。於是他直面，並再次失去了自由。姍在一份文件上簽了字，讓他在喪失兩根手指後得以保全。他算是得救了，像一條喪家之犬，從那幢廢棄多年的爛尾樓裡走出來，到了姍的身邊。

對於與姍見面，豪的想像是這樣的：在機場的到達大廳，姍捧著一束玫瑰花，在湧動的人流中看見了豪，豪走出來，她撲上前去，他們緊緊擁抱，熱烈互吻，時間在那個令人心酸的時刻疑固了；之後他們回家，姍一直握著他的手；到了家，打開房門，桌子上擺滿了他平時愛吃的東西，是姍事先精心準備好了的。豪坐下來，姍端起酒杯說：「老公你終於回來了，沒事的，一切都還在，這是我帶出來的錢，我們重新開始……」說完便將一張銀行卡給了他……

如水的溫柔與堅定的信心是豪想要的，他認為他出來了，應該得到柔情與溫暖，重要的是姍應該將那張卡給他，並堅信他可以重新開始。可事實是——姍疲憊地站在接機大廳，兩人見了面，沒有鮮花，沒有擁抱，冷冰冰的小公寓裡只有一個麵包、一瓶水和一股彷彿來自墓穴的氣味。是的，姍彷彿剛從墓穴中走出來，渾身上下一點熱乎氣都沒有。豪喊出「滾，都他媽的滾」的時候，姍回應的也只是「真的瘋了」……。一切都還在嗎？還可能重新開始嗎？似乎不可能了。

在隨後的一段日子裡，他們天天吵，為過去也為眼前的任何一件小事吵得天翻地覆。他們回憶往事，唇槍舌劍，刀刀見血。諸如某件事情對方處理得多麼愚蠢，某件事情證明對方的心靈有多髒、人格有多猥瑣，某件事情暴露出了對方人格的分裂……。他們龜縮在那間小公寓裡，十天半個月都不下一次樓；就算下了樓，去某個餐廳吃飯，去某個咖啡廳喝咖啡，吃豪曾經喜愛的食物，喝三年前兩人一起喝過的咖啡，回到小公寓就又是吵。偶爾他們也去海邊散步，去離島行山，可大自然綺麗的風光，海天交接處美麗的夕陽並沒有阻止他們吵個不休。那間小公寓彷彿密布著引線，任何一次觸碰，哪怕關一次燈、開一次空調都可能引起一起爆炸。兩人就像紅了眼的鬥雞，或有著深仇大恨的宿敵，你一刀我一刀地刺向對方致命的地方。他們都太瞭解對方了，每一次吵架都刀刀見血。那可真是一段瘋狂、病態、黑暗、分裂的日子，是綱紀混亂、轟然倒塌的地獄般的生活，其暴虐程度甚至不亞於看守所的黑暗生活。

接下來的問題是無論怎麼吵，怎麼恨，怎麼攻擊和唾棄對方，他們都得面對已經發生和正在發生的每一件事情。所幸他們對對方還都保留了基本的認同，即兩人都還承認對方是好人，這好人的概念包括善良、真誠、正直，也包括一些算得上是優秀的品質，比如不媚世、不媚俗……。問題是，兩個喪失了健全心智的人，既沒有能力擊敗壞人，也沒有能力與好人相處。於是他們達成協議——嘗試著改變自己，嘗試著建立共識，也嘗試著重新學習相處。他們都承認兩人在一起有過一段美好時光。問題是，那段美好時光因為什麼、從什麼時候開始就不在了？因為豪被捕嗎？是的，這是一個事件，或者如張小波所說是一個意外，可豪已經出獄了，再悲慘的事情也已經過去了。是因為錢不多了嗎？是的，就像一場大火把一切都燒光了，可他們剛認識的時候也沒有太多的錢，那個時候豪的公司剛剛破產，姍相信他沒事的，他可以從頭再來。然而，一個意外過去了，另一個意外又接踵而至，姍已經不相信還有什麼重頭再來的事情，沒有人能從終點回到起點，沒有這回事。她不僅不再相信豪，也不再相信自己；她不再相信人，不再相信世界，也不再相信那個貌似公正和強大的國家。

在那些算得上是惡性的日子裡，他們也釐清了一些事情——豪被捕之後，林可可接管了公司，上任後的第一天她就找到姍，要姍把帶走的錢退回去。她威脅姍說她是在犯罪，貪汙、挪用公款將獲十年以上徒刑。姍說：「什麼叫挪用？那是我們自己的公司，我提取的是自己公司的錢。」她斬釘截鐵地說：「不，那是公款，不是股東所得。就算是股東所得，請問您納稅了嗎？」她進一步說：「你不僅挪用了公款，還涉嫌洗錢及偷稅漏稅。」她在一封類似於最後通牒的信中說，如果不在規定的時間將帶走的錢退回去，她將報警，她會讓姍成為逃犯並被無限期追逃。

「這就是我不敢給你匯錢的原因，我只能製造不再管你的假象，而暗中讓姐姐給你寄錢、寄東西、支付律師費及法院的罰金。這一切換成林可可的說法便成了：『你最可靠的老婆，在你進去後管過你嗎？給你弄進去過一支筆、一杯咖啡嗎？』真無恥啊，他們恨不得你判以重刑，好澈底侵占公司而不承擔任何後果。我沒有辦法，我寧願滿世界都把我當作負心人，甚至於十惡不赦，否則我匯出去的每一筆錢就都有可能成為罪證。」姍拿出一份長長的帳單，證明豪在看守所用的每一張紙、喝的每一杯咖啡，都是她費盡心力弄進去的，她為此四處託人，其中一些人也趁機訛她。「為了讓你喝上咖啡，有紙有筆，有書可看，他們獅子大開口。沒辦法，一個關係不行，就託人再建立一個新的關係，好讓你在裡面少受點罪。」

「不久林可可便報了案，於是我被通緝了，再也回不去了，我不得不讓自己處於失蹤狀態，你能指望一個通緝犯怎樣關心你呢？你說我苟且，你說得太輕了；我不是苟且，我是在逃亡！你認為一個逃犯的日子比一個嫌疑人的日子要更好過是不是？你瞭解逃亡者的恐懼與孤獨嗎？我要保命，還要想盡一切辦法讓你少受點罪。好了，現在你出來了，你一進這間房子就讓我滾，說一切都那麼討厭，這不是你想要的生活。敢情這是我想要的生活？你讓我滾，你讓一個逃犯滾到哪裡去？」

姍嚎啕大哭！她終於哭出來了，那近乎撕裂的哭聲把豪也撕碎了。這是豪怎麼也沒有想到的事情，此前他得到的訊息是：姍帶著錢跑了，不要他了。律師這樣說，檢查官這樣說，看守所的管教這樣說，毅往看守所給他偷偷寫的紙條這樣說，連姐姐和婕似乎也這樣說——至少她們有這個擔心，三年了，姍行蹤不定，連唯一和她有聯繫的姐姐也不知道她在什麼地方。豪假設她已另有他人，他來和她見面，也只是想證實這件事情。如果真是這樣，那麼祝福她吧，好合好散吧，可是他會義正詞嚴地說：「人可以走，錢得留下。」這是他的底線，他絕不會讓自己人財兩空的。豪的想法讓姍寒透了心，顯然豪已經不信任她了；她也是，她對豪也澈底失望了。

按說之前一個在看守所，一個在逃亡中，信息不對稱，惡人從中作祟，導致了雙方的誤解，那麼現在好了，兩人見面了，該說的都說了，誤解也消除了，他們應該可以重新商量以後的日子怎麼過了。不，沒有，沒有那麼簡單，魔鬼不打算放過他們，他們也不放過自己。於是開始清算，魔鬼把他們帶到人性的深淵，讓他們看到彼此更多的惡。這就又有了吵，沒日沒夜；兩人都手執利刃，深挖靈魂，在每一件事情上緊緊揪住對方的小辮子不放，每個人都有把對方幹死的證據與手段，也有堅定的意志與決心。他們，七八歲的時候就是光榮的紅小兵，十四五的時候是堅定的紅衛兵，他們從小就受過系統訓練，具有鋼鐵般的意志和豐富的鬥爭經驗。沒錯，他們是鬥爭的一代，是誓將革命進行到底的一代，雖然後來他們也厭惡鬥爭，甚至於還是反革命的，但他們厭惡鬥爭的時候，身上奔流的卻依然是戰鬥者的血液。於是，雖然也有短暫的和解，有心平氣和回憶美好往事的時候，但和解歸和解，回憶歸回憶，睡醒之後，喝完咖啡，照舊會吵，吵架似乎成了他們對生活的控訴。他們控訴生活，也互相控訴，他們恨生活，也相互怨恨，任何一個都不退讓，也絕不容忍，兩人都不懂得妥協與和解。

為了達到目的，林可可還有意無意地製造了她和豪的曖昧關係。

「連男人都不要了是吧，那好，我會守著公司，等他出來，我們會重新開始。你就帶著那些錢客死他鄉吧。就沒見過這樣的賤人，把錢看得比人還重。」

這些話基本上算是給姍定了格了——即便豪出來，也不會再是她的男人，他和林可可會開始新的生活，他會重新來過，而她只能逃亡海外，孤老終身。啊，原來如此！三年前他死都不離開，寧願把公司託管給不相干的人，甚至寧願坐牢也不離開。什麼三十年的老兄弟，原來背後有這麼一個妙人。所以豪從出來那天起就不接她的電話，就算通過兩次電話也全是囈語。一個剛出獄的男人，帶著一身的傷痛在電話中瘋瘋癲癲，要她相信他一定會得諾貝爾文學獎的。「你知道嗎？每年的十二月十號，他們都會在斯得哥爾摩頒獎。」是的，每年的十二月十號，在斯得哥爾摩頒獎，可這跟一個在逃犯有半毛錢關係嗎？她差一點罵道——「你真的瘋了」，可她忍住了。當然豪也有說話清楚的時候，他說他一定要弄明白他即將上市的公司為什麼會在負債累累中垮了？他說他要處理點事情，要清算！清算？跟誰清算？跟三十年的老兄弟嗎？跟老兄弟背後的那個妙人林可可嗎？哈，天大的笑話！一個瘋子把笑話當真了。

她耐心等，等著豪露出真面目，不就是和林可可另有打算嗎？好，她等著那一天的到來。直到某一天，姐姐來電話說豪不見了，慶先生的電話也證實了這個消息。她這才相信豪並沒有胡言亂語，他的身邊的確有一股邪惡勢力。當綁架豪的人讓她在一份文件上簽字時，她毫不猶豫地簽了。隨後豪得救了，帶著殘疾的左手到了她的身邊。

……

這便是姍三年來的心路歷程，她逃出來，林可可威脅她，她陷入巨大的恐懼之中，自己將自己變成了逃犯。

「你怎麼知道你被通緝了？」豪問。

「那個狠毒的女人一定會舉報我的。」

「林可可舉報你，你就會被通緝？你把公安機關當什麼了？辦案得要證據，他們得調查，也得取證，沒有證據憑什麼通緝你？」

「你瘋了嗎？證據？他們抓你的時候有什麼證據？不也只是說調查嗎？於是你成了嫌疑人，在看守所待了三年。**你把公安機關當什麼了？**——你現在還這樣問我。你說我把它們當什麼了？三年前你這樣說，三年後你還這樣說，你到底是瘋了還是傻了？你的意思是我沒事，林可可沒有舉報我，或者舉報了也沒事，我是安全的，他們沒有證據，不會通緝我，我可以回去，我應該回去？」

「是，沒有任何東西證明你被通緝了，你應該是安全的，可以回去。」

「你他媽的安的什麼心？我，我是安全的，可以回去！你想害我就直說，我被抓了你就可以和心愛的女人在一起了是嗎？不必這麼狠毒，我們今天就離婚，我成全你。」

「都哪跟哪呀，我害你？我狠毒？你醒醒吧，三年了，通緝是你臆想出來的，你得了癔症，成了被迫害狂，陷入到了深深的恐懼之中。讓自己走出來吧，憑你的常識，讓自己堅強一點，跟我回去，還有的是機會，我們可以重新開始。」

「不！」姍異常驚恐地退了幾步，最後跌坐在沙發上瑟瑟發抖。「你他媽的太狠了，太邪惡了，你滾！滾出去，滾得遠遠的，再也不要讓我見到你！……莫尼卡，你不就是有個婊子叫莫尼卡嗎？你不就是要把『我愛你』這三個字刻在墓碑上嗎？我愛你，是我給這個世界唯一的遺言——說得多好，多深情啊，我都感動了，快去，去找你的婊子莫尼卡，去一往情深地給她留下你的遺言，快，快去——死！」

莫尼卡這個名字一經說出來，豪便愣住了，顯然姍已經看到了他和莫尼卡的聊天紀錄。

「你，登錄了我的微信？你太卑鄙了！是的，莫尼卡，是有這麼一個女孩，我每天都和她訴說心事，我愛虛幻的莫尼卡，愛一個遙遠的、像夢一樣溫柔的人，我愛自己的夢，我意淫，我顛狂，我整天都喃喃自語，靠虛幻的愛情好不容易活到了今天……」

「滾，趕緊滾，有多遠滾多遠，不要讓我再看到你。」

……

吵得最厲害的時候，他們甚至還動了手。豪喪魂落魄離開了那間公寓，帶著他的手稿住進了這部小說開篇時所描述過的那間酒店。

「我出走了。」他給慶和毅各發了一條微信，慶的回覆很簡單：「保重。」毅給他打了好幾個電話，他沒有接。他顯然已經預感到了什麼，不久便失蹤了。按照程序，他先是雙開，接著便會被捕。有人說豪以斷指的代價終於實施了他精心謀畫的報復。

他也給莫尼卡發了一條微信，他急切地說：「我下定決心，終於出走了！親愛的，我要去找你，收留我吧，讓我們在一起吧，我們終於可以真正地在一起了。」莫尼卡沒有回信，她像是突然消失了似的。此後的每一天，豪都往那個微信發出自己的乞求：「你回覆我呀！」可莫尼卡再也沒有回信，也沒有拉黑他，這說明她還在，真有一個人生活在他不知道的某個地方；她的朋友圈仍在更新，他依然可以看到她的照片和視頻——美麗的莫尼卡在吃冰淇淋，美麗的莫尼卡換上了新衣服，美麗的莫尼卡病了……。總之，她還在，只是不再回他的訊息了。

你也認識一下我的朋友吧

結婚十年姍都沒有給豪正式介紹過自己的朋友，這或許是因為她不想讓豪瞭解她過去的生活。豪時常都有某種困惑，彷彿他們的婚姻是茫茫人海中的漂浮物似的，它來歷不明。玲與姍算得上是至交了，她們是中學同學；玲曾在芝加哥的一所大學教書，是一個喜歡八卦的旅行達人，曾多次邀姍和她一起去EBC[1]，然後在朋友圈中議論——

「我已經三次邀請姍了，可是不行，人家要陪老公。」

立即就有人問：「老公？有人知道她老公是何方神聖嗎？」

「不知道，她把她老公弄得像是一個神祕的大人物似的，這麼多年了也不和大家見面。如果你問她一件事情，她一定會說——哦，那我先請示一下我老公。」

「這也許就是姍的聰明之處。」

「聰明？是故弄玄虛吧。」

[1] 作者注：EBC，為Everest Base Camp縮寫，指珠峰（聖母峰）大本營徒步之旅。

「是啊，誰還沒個老公呢？我們是普通人，嫁的也是普通人，大家知根知底，過平常日子，沒必要遮遮掩掩。」

「人家怎麼就遮遮掩掩了？人家的老公跟你們有半毛錢關係嗎？幹嘛非得讓你們認識？」另有一人這樣說。

「也是。」

「陪老公？你沒看她的朋友圈嗎？這些年她滿世界旅行，都孑然一身，她老公似乎永遠都是缺席者。」

「她老公不會出什麼事了吧？」

「很可能哦，神祕人物一個接一個地消失，她老公也難說，保不齊的。」

以上便是豪和姍作為夫妻在朋友們中的大致印象。姍的朋友大都認為豪是一個不可親近的人，但也有人認為這是姍刻意製造出來的假象，真實情況誰都講不清。豪要隨和些，「我太太……」他說，但立即就被檢查官制止了，而改口成「我老婆」。在大家的印象中，這位太太過著優游自在的有錢人的生活，後來老公出事了，她認錢不認人，躲在了某個無人知道的地方……

沒有人與他們有更多的交往，更沒有人知道他們正在沒日沒夜地吵，吵得吐血，吵得神經崩裂。

豪終於在激烈的爭吵中出走了。豪出走的那天，外面下著瀝瀝細雨，姍緊閉門窗，蜷縮在晦暗的沙發上，房間裡的空氣在惡劣的情緒中令人反胃……

出走後豪在那家細瘦的酒店過了幾天腐屍般的生活，酒店的房間很小，小得與看守所的禁閉室差不多，可房價卻很貴。他每天出去吃一頓飯，喝兩包廉價咖啡。他知道他的錢支撐不了太久，他得把一些事情想清楚，然後下定決心，找到一條出路。夜裡，一個接一個的鬼魂在他體內竄動，黎明時分又全都偃旗息鼓。他感覺自己已經進入人性最黑暗的核心，卻什麼也聽不見，什麼也看不到。他本是一個經驗豐富的失眠者，失眠者是能夠看到自己的過去與未來的，可現在他在挺屍，並使自己的肉體幽靈化。茫然失措的時候他也會讀幾頁書，他隨身帶著卡夫卡的小說集——「老光棍布魯菲爾德看到了他意想不到一幕，木質地板上有兩只賽璐璐小球在跳來跳去，兩只小球的底色都是白色，上面印有藍色的條紋，其中一個球落地時，另一個球正好高高地躍起，就像魔術一樣，上上下下，無休無止……」這裡的重點是「**意想不到**」和「**就像魔術一樣**」。「格里格爾・薩姆沙做了一連串的噩夢，等早上清醒過來的時候，他發覺自己已經變成了一隻巨大的蟲子……」這裡的重點是「**變成了一隻巨大的蟲子**」。

當然，他也會不可避免地思考與姍有關的事情：他們是怎麼認識的？他當時怎麼就說出了「我們結婚吧」這樣一句具有決定性意義的話來？現在他卻什麼也決定不了。

在回憶和思考這段關係時，有兩個詞頻繁地跳出來並總是打斷他的思維與邏輯：**多疑與恐懼**。對，他們的惡劣關係正源於此，這兩個詞壓倒性地粉碎了他們對幸福生活的回憶，也粗暴地撕碎了所有的邏輯。所幸他還發現了另外一個閃閃發光的詞：終身伴侶。在基督教的婚禮上，任何一對戀人都會有一段誓詞：我願意娶你／嫁你作為我的妻子／丈夫。從今時直到永遠，無論是順境或是逆境、富裕或貧窮、健康或疾病、快樂或憂愁，我將永遠愛著您、珍惜您，對您忠實，直到永永遠遠。這段誓詞讓豪突然間眼角濕潤。當初他們怎麼就沒有舉辦這樣一個婚禮，而只是和幾個老哥們吃了一頓飯，胡說八道了一番？沒有儀式，沒有親人的祝福，他們把婚禮變成了飯桌上的一個口頭招呼——我們領證了。如果當年他們說了類似的誓詞，現在或許會另有一種處理矛盾的方式，也會有另外一種對待彼此的態度。可是他們不是基督徒，他們沒有這樣的婚禮，更沒有這樣的誓詞（美好而堅定）。他們或許從來都沒有認真想過婚姻的本質是什麼，他們只是領了證了。

那麼究竟是什麼在決定「領證」這麼一種大事呢？無疑，信任是情感關係的前提。他們剛認識的時候豪問過姍：「**你是一個有道德水準的人嗎？**」姍說是的，她的語氣很輕卻很明確、肯定。於是他們結婚了，一結婚豪便將財務大權交給了姍；在姍看來，這是後來她願意為豪做任何事情的原因。「不是因為愛，不是因為你是天才，更不是因為你有錢，或者去他媽的諾貝爾文學獎，而是因為這份信任——你把錢都給了我。」姍說。可這恰恰是豪難以接受的，豪希望姍是因為某精神因素而嫁給他的，他想要一種既富有詩意又志同道合的關係，就像梅克夫人與柴可夫斯基一樣。可他沒有深究——他不是柴可夫斯基，姍也不是梅克夫人，而且梅克夫人也並沒有嫁給柴可夫斯基，她甚至不願意和柴可夫斯基見面。有時候姍會認為豪的腦子被某種東西燒壞掉了，他有某種非常固執的思維誤區。說到錢，剛認識的時候，豪並不是一個很有錢的人，也許正是因為這一點，豪誤以為姍是因為某種精神因素才嫁給他的——她是一個多麼超凡脫俗的女人啊！他們的婚姻基於共同的理想與追求，他們是真正的靈魂伴侶。可這次變故卻證明事實並不是這樣的，相反，一切都是因為錢，或是說得好聽一點，是因為信任，單向的信任——錢放在姍那裡就有信任，否則就沒有。姍說出了真相，豪認為自己被蒙騙了。這麼多年他們的良好關係全是因為錢！這是豪無論如何也接受不了的。他接受不了一個女人因為錢而嫁給他——「我要一個因為錢而嫁給我的女人幹什麼？如果女人的愛是因錢而生，那去買就好了，因錢而生的女人不是俯拾皆是嗎？」

於是豪開始以自己的方式在愛情發生學中進行複雜的反省與追問。範圍包括：他為什麼需要女人？女人意味著什麼？他將這些問題拆開了，逐個逐個去分析。一、是因為性嗎？是的，淺層次的原因是的，姍很漂亮，可豪認識姍的時候已經四十多歲，性已經不是主要的驅動力了，他不會僅僅因為漂亮而追求女人；更何況他一直認為在所有欲望中性處於最低層級，性正在或者已經成了消費品，它琳琅滿目地陳列在任何一個角落，可以用任何方式輕易取得。所以性絕不可能成為他需要女人的根本原因，他的想法沒那廉價，他另有高層次的需求。二、是因為錢嗎？當然更不是，前面已經講了，錢的本質是交易，他不可能和一個以交易為原則的女人共度一生。而且，如果女人的愛是因錢而生，那就同樣可以購買。一旦女人可以購買，愛情就只能是注腳，其目的只是為了自欺，或只是為了讓喜歡讀注腳的人有一絲安慰。在一段關係中，錢是正文，愛情是自以為是甚至於蹩腳的注腳，這個結論是多次爭吵後姍強加給他的。「我說的不是錢，是信任。」中途姍曾辯解道，可接著又說：「我所說的正是錢。」這就帶出了另外一個問題——錢是什麼？這個問題在豪看來都不具備思辨價值。「錢是什麼？是可以點著的紙。」他說。「真的嗎？也是，所以人死了，還要年年給他燒紙。」姍說。豪沒有接她的話，他認為他們說的壓根兒就不是一件事情。三、是因為孤獨，因而結成伴侶關係？是的，孤獨，這或許是最貼近本質的答案了，這或許正是他需要女人的原因。作為消費的性留不住心，不可能帶來陪伴，甚至會飲鴆止渴，帶來更大的孤獨。所以對女人的需要便只能是情感的需要，是陪伴，夫妻即伴侶。他再一次想起了基督教婚禮的誓詞，心裡湧出了一股暖流。然而回到現實中，他便發現所謂的伴侶其實正是建立在一系列現實原則基礎上的，包括金錢、健康、彼此的信任、共同的目標……，這些無一不是幸福家庭的前提。那麼他和姍還有什麼？哪些是可以修復的？哪些已經丟失了、找不到了？

豪在酒店裡住了五天，最後決定回老家的那個小鎮上去，他需要一種真正的安全感，回到一個幾近於沒有時間的世界，也許會得到安寧；他將在那裡寫一本新書，並通過回去暫時脫離險惡的現實；他將將殘疾當枯枝，點燃它，使它重新成為力量。他在某個夜晚寫下了這本新書的書名——《渣》，這個詞是這麼些年他和許多人生活的本質，是刻在墓碑上的字，是風中的斷裂聲，是紛亂的影子與世界的尖叫，是靈魂深處的怪力亂神……。他將繼續沿用具有宿命性質的毛文體，以斑剝牆壁上滿是漿糊味的大字報的文風，揭露黑暗世界的陰森與猥褻。你還有心嗎？那好，恭喜你，可你的心無處安放。他想明白這些事情後便回去找姍，他要與姍告別。

回到那間小公寓的時候，姍正在煮粽子。「不管怎樣，這個節還得過。」她說。他想起來了，今天是粽子節，是屈原的祭日。屈原之後，似乎就沒有哪個文人像他那樣披髮放歌，以決絕之心自殺了。這是唯一一個悼念自殺者的日子。他又想起了海子，也想起了他獻給希薇亞·普拉斯的詩——**天生的自殺者**……

姍看上去很平靜，平靜得像是他們從未吵過架、豪也沒有離家出走過似的。她應該也有了自己的決定了，因而既堅定又平和。豪告訴她說想回老家去住一段，回去祭祭祖，同時寫一本新書。姍沒有多問，只是說你也認識一下我的朋友吧，便打電話約莉莉出來喝咖啡。

莉莉

那個下午，幹練、優雅的莉莉和那對從大陸移居過來的夫婦達成了協議，她將支付一筆賠償金，對方也將撤銷對小婷和小莉的起訴。這件事她沒有同小婷講，也沒有跟小莉的爸爸媽媽商量，她以一個母親的隱忍無聲無息地處理著這件棘手的事情。對方明白她的用心，也答應一定保密。事情已經被炒作得不成樣子了，再鬧下去誰也控制不了局面。兩個中三的孩子所發生的口角居然引起了一場這麼大的風波，也正說明了人心險惡。各種組織和勢力都在利用這件事情，有人恨不得它像一枚早就預置好了的炸彈一樣，將這個危機重重的社會炸開。教育問題愈來愈敏感了，學校已經是各方勢力爭奪的戰場，這件小事正好可以讓人看出潛藏的矛盾與衝突。該爆發的遲早都會爆發。回歸已經二十二年了，按說也該磨合好了。可這些年所發生的事情卻讓人愈來愈擔憂。莉莉和多數香港人一樣並不熱衷於政治，可說到愛國，又有哪一次災害他們沒有踴躍捐款？一次地震，香港人捐的錢甚至超過了全世界所有國家的捐款總額。幾十年前香港人就唱出了〈我的中國心〉這樣熱烈的心聲；若再往前，香港人歷年為逃港者所做的善舉難道人們真的就忘記了嗎？莉莉依然記得當年往逃港者車上扔饅頭的情景，那時候她不過三四歲，跟著大人使勁往車上扔東西，只盼著他們能多帶幾個饅頭回去，多帶幾個饅頭就能多救幾條人命。

那對大陸夫婦也算滿通情達理的；當然了，莉莉出的價碼也不低。簽完諒解協議，莉莉準備起身離開，那位父親卻問了一個令她十分驚訝的問題——

「小婷媽媽，我一直想知道一件事情，今天也算是有機會向您請教——你們香港人就那麼看不起我們大陸人嗎？」

莉莉愣了一下，「沒有吧。」她說。

那人請她重新坐下，十分委屈地說：「您看，香港回歸二十二年，我們沒有收你們一分錢稅吧，你們遇上金融危機，是我們開放自由行幫你們吧。您知道大陸孩子上清華北大有多難嗎？可只要不是特別差，香港孩子想上就上。按說已經回歸了，香港應該是祖國的一部分了，可任何一國家的人來香港都可以住三個月，我們卻只能住十四天。這還是我們自己的領土嗎？香港經濟不景氣，我們來旅遊來消費，來一次哪個人不買幾萬塊的東西——包包哪，化妝品哪，手錶哪……。可是我們來花錢，你們卻要遊行抵制我們；香港人去大陸可以享受所有的國民待遇，有些地方還有特別優惠的政策，是超國民待遇；我們在香港買房卻要多交百分之三十的稅，這是為什麼？說到底，這次孩子們發生矛盾，不也是因為你家孩子罵我家孩子是蝗蟲嗎？小莉媽媽，別看不起人好不好？你們是比我們早有錢，可現在我們也有錢了，我們已經有很多錢了。沒錯，香港是東方明珠，可它也是祖國的一部分呀；沒有祖國，你們不是還在殖民嗎？你們愛遊行，動不動就上街遊行，你們要捍衛你們的民主自由，可誰剝奪你們的民主自由了？不是一國兩制嗎？說實話，和大陸相比，你們已經夠好的了。在大陸，上街遊行？你試試？反了你了！你們都已經在天上了，怎麼著？還不知足？你們還紀念六四，年年為紀念六四上街遊行，吃錯藥了吧，那可是中央早就定了性的事情，是鐵案！再說了，六四是北京人的事，關你們香港人什麼事？真的，小婷媽媽，不要看不起人，你看，才幾年工夫深圳的ＧＤＰ就超過你們了，現在海南也要搞自由島，全島免稅，香港還有多大的優勢呵，你不就七百萬人嗎？臺灣都不在話下，滅掉香港那不是分分鐘的事情嗎？……」

莉莉耐心地聽他講完，安靜地說：「趙先生，你們一家也是香港人了，別盡你們你們的。」

「沒錯，我是費了老大的勁才得到香港身分。可你以為我稀罕嗎？要不是為了孩子，我才不待在這個鬼地方呢。話聽不懂，去商場買東西，售貨員愛理不理的；要命的還是房子，你知道我在香港住多大房子嗎？七十平米，你知道我在長春住多大房子嗎？七百平米，還不算花園和泳池。」

「趙先生，既然您都願意讓孩子成為香港人，那就說明香港是真好，所以愛香港吧，房子小不要緊，再買一套大的。話聽不懂沒關係，白話很好學的，這些年來香港的大陸人愈來愈多，很多人都學會了白話；香港人也是，很多人都學會了講普通話。」莉莉再次起身，可那人又攔住了。

「等等，」他拿出剛簽好的文件，「這是我們剛簽好的文件對不？它叫諒解備忘錄對不？啥叫諒解？你錯了，向我道歉，我接受並且諒解了你，對不？那好，那錢我不要了，你把這份文件登到報紙上去，說清楚你錯了，向我道歉，我接受並且諒解你就得了。什麼錢不錢的，我能因為孩子的事要這幾個錢嗎？我缺這點錢嗎？我能為了這點錢讓香港人瞧不起大陸人嗎？我更不能為了這點錢讓大夥兒說我喪失原則，甚至為了這幾個破錢出賣女兒是吧。」

莉莉笑了笑，再一次起身。「我真得走了，趙先生，明天您會收到錢。我最後想說的是香港沒人看不起您，更不會因為錢看不起您。」

離開之後，趙先生的話一直在莉莉的腦子裡迴蕩。他說的都對，也符合邏輯；他說得那麼激昂，那麼情真意切；他愈說愈激動，說明他真有不平之氣。可莉莉又覺得他說的與事實不符，真不知道究竟是哪裡出了問題。這個世界可真有意思，有的時候對的東西並不符合事實，符合事實的又不一定符合邏輯。香港人沒那麼多大道理，他們講實利，可並不那麼勢利，他們不會因為錢而看不起什麼人，他們只是不想浪費時間而已。好多事情之所以會發生都是因為彼此不夠瞭解，可有時候一些人永遠也不會去瞭解另一些人。他們生活在看似相同卻又完全不一樣的世界中。雞怎麼去瞭解鴨子？正確的做法是讓雞和鴨子各得其所。否則就總會有人要求雞像鴨子一樣行事。那雞還是雞嗎？莉莉和多數港人一樣習慣了自己的生活，她們不想被迫成為一隻鴨子。沒錯，香港是回歸了，它的確已經是祖國的一部分，祖國幅員廣大，每個省都好比是祖國的一個兒子，可香港這個小兒子已經被人抱養了一百年了，怎麼可能還和其他的兒子一樣呢？不一樣就疑心它有異心，那它也只能不說話了，它能說些什麼呢？剛才那位趙先生發表宏論時，莉莉就處於這樣一個狀態，她不知道該說些什麼，她不習慣也沒有時間去和一個陌生人辯論。她起身離開，快速穿過一幢寫字樓，穿過那幢寫字樓時正好路過一家移民公司。移民公司的門口站滿了人，她下意識地停了一小會兒，一位小姐過來給了她一份資料，說明天正好有一個免費的移民講座，問她要不要報名。「臺灣？」她愣了一下，吃驚地問道，「香港人移民去臺灣？」「是。很便宜，也很快，現在移民臺灣很熱。」「很快？」她忍不住又問了一句。「是呵，快才最重要，難道你不想？你在等什麼？」「沒等什麼，謝謝你。」回到中環的店裡時，阿榮也過來問：「阿嬌，你真的要走？那生意怎麼辦？你辛辛苦苦這麼多年，不容易。」阿榮是她新界娘家的人，十年前就跟著她在中環開店，一直習慣叫她的小名。「走？去哪裡？」「阿明剛才說的，說在移民公司看到你了，你在打聽移民臺灣的事；移民公司也給了他一份資料。可就算要走，也是去英國呀，臺灣和香港比不就是鄉下嗎？」「去做事。」莉莉淡淡地說了一句，她不想和阿榮談這些子虛無有的事情，也懶得解釋，可腦子裡卻同時閃現出一個念頭——也許是該讓小婷去英國了；同時又在心裡問：「難道真到了非要離開的時候了嗎？」

這幾年的風氣的確在不斷變壞，街道愈來愈髒，大聲說話的人愈來愈多，以前幾乎不會有人隨手亂扔煙蒂、紙屑，現在卻司空見慣了。和這些習慣一起過來的還有一種可以說是肆無忌憚的東西，可究竟是什麼又講不清。是空氣？聲音？習慣？方式？似乎都是，可又不完全。說穿了，肆無忌憚就是侵略性，理直氣壯的侵略性！就像剛才那位趙先生的理直氣壯一樣。說到侵犯，他反而會說我侵犯你了嗎？是你看不起我好嗎？都跑到家門口來吐痰了，還不是侵犯嗎？家門口？搞錯了吧？香港回歸了，它已經是祖國的一部分，至少也該說是我們的家門口……。沒法再說下去了，可這個問題的確是根本性問題，繞不開的。大家心裡的感受和看問題的角度真的好不一樣，侵犯已無處不在，媒體、銀行、通訊公司……，連加油站都改庭換面了。這沒什麼，最可怕的是抓人，經常都有消息說某某因為什麼被抓了，可抓人的並不是香港警方，香港警方對這些事已經熟視無睹——這才是人們擔心的。

從辦公室的窗戶望出去，皇后大道擁擠的人流正緩慢地向前移動。人可真多，天天都這樣，市面一直都很繁榮，她的五間餅屋生意也都很好。源源不斷的人從口岸湧入，他們成批採購——藥、奶粉、化妝品，甚至豬肉和醬油。水客成群結隊，持單程證過來的權勢人物也愈來愈多了，他們一來就申請公屋，分享本來就緊張的醫療和教育資源。大陸真是愈來愈有錢了，窮了那麼多年之後突然有了錢當然得揚眉吐氣。可是這種揚眉吐氣的昂揚心態莉莉理解不了，那些深藏在其中的自卑——如剛才那位趙先生說的，莉莉也理解不了。和大多數香港人一樣，莉莉一直在勤勤懇懇地做自己的事情，也盡己所能去幫助別人，這種務實而又自足的生活讓她不卑不亢，她不會看不起人，也從未被人看不起過。

衝突已經無處不在，這是明顯的；衝突也是多方面的，價值觀的衝突就更大了。雞和鴨說話，就像剛才那位先生所說的——「不要看不起人好不好？」「哪有？」她想反駁。真的沒有嗎？似乎也不全是，有時候或許是有的。莉莉不會笑話別人，也不會與人爭執，她尊重每一個人的行為、習慣與想法，只要沒有打擾別人，你怎麼想都沒關係。可是現在已經不是打擾不打擾的問題了，這個城市正在發生不可逆轉的變化——大陸化！大陸化究竟是一種什麼東西？它來得很猛，又悄無聲息；它無處不在，卻又讓人說不出什麼來。年輕人更是變了，焦慮、迷惘、看不到希望，有的甚至非人非鬼。是人太多了？空間太擠了？壓力太大了？是，但又不全是……

事情發生之後，莉莉並沒有責問過小婷為什麼跟同學打架。小婷，陳婉婷——跟人打架？她接到學校的電話時完全反應不過來。「可是是真的，小婷真的把兩位大陸來的同學給打了，跟一位叫小莉的同學一起。」老師在電話裡說。「我馬上過來。」趕到學校時，小婷和小莉已經被警察帶走了；聽老師介紹完情況後她便趕去警署。辦完保釋手續，兩個孩子出來，她輕聲問道：「你就是小莉吧。」「是，阿姨，對吾住。」「快回去吧，別讓爸爸媽媽擔心。」隨後她和小莉的爸爸媽媽也見了面，她也不得不為這件事情請律師。晚上她問小婷：「你真動手了？」「嗯。」「我相信你有自己的理由，可任何時候媽媽都不主張暴力。」「是，可只是搧了她一耳光而已。」「只是……，好吧，明天你自己跟律師談吧。」說完，她便進了自己的臥室。

莉莉放滿水，在浴缸裡閉目養神。她突然產生了一個奇怪的念頭，她問自己，如果此時睡著了她會做夢嗎？如果做夢她會夢見什麼？她的腦子裡出現了小婷的身影。小婷在無邊的大海中游泳，像蝴蝶撲閃著美麗的翅膀一樣，她游得那麼輕鬆，姿勢那麼好看，海面很平靜，海水很純淨，海天交接處是無邊無際的蔚藍；幾隻海鷗在她身邊盤旋，她怎麼游海鷗便怎麼飛；彷彿海鷗是她的玩伴和守護天使似的。可是突然之間海嘯就來了，以席捲一切的氣勢將一切都捲走了，包括小婷，包括海鷗，包括沙灘上懶洋洋曬著太陽的人們。海面咆哮著直立起來，小婷在空中大聲呼叫：「媽媽，快跑，往山上跑！」巨大的海浪像怪獸一樣窮追而至，她剛跑上山坡，便所見一聲巨響，整個山坡都在劇烈搖晃，她驚魂未定，朝天空望去，小婷正騎在一隻海鷗上盤旋，可倏然之間便不見了……。她從似睡非睡、似夢非夢中醒來，全身都是冷汗。不知道為什麼，這些年只要做夢，她就會夢見小婷在海裡游泳，然後夢見海嘯呼嘯而至，將一切捲走。也許一切都與那年在印尼的經歷有關吧。那年她和小婷爸爸去印尼度假，聖誕節剛過完便遇上了海嘯，近三十萬人在那場災難中遇難了，她們是倖存者。說起來，小婷其實是她的第二個孩子，小婷的前面原本還有個姐姐的，可不到三歲便夭折了。女兒夭折後莉莉很多年都走不出來，她沒有勇氣再生第二個。可年紀愈來愈大就會愈來愈想生，好不容易下了決心，大著肚子來印尼度假卻遇上了海嘯。小婷在她的肚子裡一定已經聽見大海的咆哮了，那可是數十米高的海浪直立起來又摔向大地的咆哮！幾個月後小婷出生了，她天生就是大海的女兒，扔進水裡便會游泳。後來小婷能夠成為游泳能手，一定是大海的召喚，她的命應該是屬於大海的，她是大海的女兒。

手機響了，小莉媽媽倦慵地看了一眼來電顯示，是姍的電話，姍說他先生怪人豪就要離開香港了，問她有沒有時間一起喝杯咖啡。她愣了一下，結婚十年，姍從來沒有介紹他先生與自己認識，今天是怎麼了？這麼突然？平時聊天姍倒是會提到那位豪先生，她總是很親暱地叫他怪人豪。她說怪人豪做生意，也寫詩和小說，是一個滿特別也滿有趣的人。好吧，小說家豪似乎應該在一些緊要關頭出現，她答應了，可接著又說後天正好是駒爸爸的下午茶，豪先生有興趣一起去嗎？駒爸爸前段時間還提到過，說豪先生文筆好，小說寫得有深度。姍自然是高興的。

與姍通完話，駱的電話就打了進來，告訴她油麻地有人跳樓，他得過去看看，晚上怕是過不來了。

「又有人跳樓？」莉莉心裡咯噔了一下，不過她沒有多問，只是叮囑駱自己小心。和小婷爸爸離婚後，莉莉一直單身，直到去年認識駱，才算是有了男朋友。他們是在健身房認識的，駱是一個警察，這職業是她無論如何也沒想到的。怎麼會有一個警察做男朋友？是怎麼發生的呢？她常常這樣問自己。姍說職業不重要啦，再說人家已經是高級警司了，在香港有一位高級警司做男朋友還是滿體面的。「只是真的好特別，你找了一個警察做男朋友，我覺得連你也成了一個神祕的女人。」姍半認真半開玩笑說。

放下電話，莉莉瞥了一眼小婷的房間，燈關了，小婷應該是睡了。她給自己倒了小半杯紅酒，在天臺的躺椅上躺下。天臺上的紫荊與杜鵑被小婷打理得既有序又生機勃勃，流雲在藍紫色的夜空中那麼從容和舒緩，空氣純淨極了。香港可真是一塊福地呀，七百多萬人擁擠在寸土寸金的地方，無論有錢沒錢都過得很安寧——她情不自禁地在心裡感慨。是的，香港從來就不是一個愛折騰的地方，香港人勤力、務實、達觀、進取，不怨天尤人，也不做無謂的事情，這樣的人應該受到尊重與庇護，事實上香港人在任何一個地方也都滿受歡迎的。

駒爸爸的下午茶

「我們是做義工時認識的，都十幾年了。在香港大家都有做義工的習慣。我和莉莉每個月都去養老院做義工，也一起參加慈善機構的活動。大部分活動都是駒爸爸的基金會組織的，我們為災民及貧困地區的兒童募款，也做一些援助項目。莉莉的婆家與駒爸爸是世交，駒爸爸的基金會有文學和藝術方面的項目，我把你的小說給了她，她剛才說駒爸爸看了，評價還滿高的。」

去參加駒爸爸的下午茶前，姍跟豪講了她與莉莉認識及交往的情況。豪知道駒爸爸能讀他的小說是一件不容易的事情。幾年前他曾希望姍介紹他認識一些香港的企業家，駒爸爸正是他想拜訪的，他希望公司上市這件事情能夠得到駒爸爸的支持。姍沒有答應，她一向都很在意與莉莉的這層關係。

「我很信任她，她對我的影響也很大，她總是說我是她表妹，偶爾也帶我去駒爸爸家玩，大家打幾圈牌，都很講分寸。和這個層面的人交往需要一點機緣。」好吧，機緣，豪之後就沒有再提拜訪駒爸爸的事。沒想到現在落難了，也沒有公司上市那麼一檔子事了，他們又吵了那麼多架，眼看著他也要走了，姍卻打電話約了莉莉；莉莉呢，又提出一起去駒爸爸的會所。

到達駒爸爸的會所時，已經有十來個人在一間灑滿陽光的房間裡寒暄了。姍將豪介紹給莉莉，莉莉又將他介紹給駒爸爸，駒爸爸也介紹了其他客人。介紹豪的時候，駒爸爸特意說豪先生的小說他很喜歡。駒爸爸在金融、進出口和房地產領域都有投資，也執掌著香港最有影響的報紙、民間研究機構和出版社；每隔一段時間他都會就一些問題與香港的知識界人士聊聊天。在香港，駒爸爸的下午茶很有名；主持這次下午茶的是駒爸爸旗下出版社的總編輯何先生，駒爸爸將豪的座位安排在了何先生旁邊。豪之前曾讀過何先生一些時政方面的評論文章，也知道他是文革期間從福建逃過來的。起初何先生只是駒爸爸旗下報社的排字工，後來在報社的徵文活動中得了獎，又在報紙上開了時評專欄，也出版過小說和詩集。下午茶很豐富，可豪已經很久沒有出席過這樣的場合了，顯得很不自在。姍瞥了他一眼，像是在暗示他不要把盤子弄得那麼響。他本來只是回去和姍告別的，他累了，要走了，要回老家的那個小鎮上去了。

何先生開始講話，他從時下敏感的教育問題開始，談到香港人的身分認同。豪恍恍惚惚地坐在那裡，聽他們一個接一個地講話。一個人發言說主權回歸在中英聯合公報裡僅僅體現在駐軍與外交兩個方面，這就是所謂的一國，其他的便都是兩治，即港人治港，教育當然在自治範圍內。

旁邊一人接過他的話說：「問題是什麼是港人治港？是誰的港人？有可以抽離具體政治環境的港人的定義嗎？港人是一段歷史，也是一種現實，但絕不是一個抽象的概念。主權都回歸了，又如何界定邊界？千萬不要把港人治港給教條了，港人也是中國人，而且首先應該是中國人。」

有人接過他的話說：「相信沒有一個香港人會說自己不是中國人，但香港人不是大陸人，香港人有自己的生活方式，也有自己的原則、操守與底線。正如大陸人習慣了用微信和百度，你讓香港的年輕人不用Google、不用Facebook、不用Ins、不用Twitter、不用YouTube行嗎？」

旁邊人的開始追溯歷史，他說：「一九四九年前後，中國的精英都曾聚集在香港，之後有的去了海外，有的回了大陸，有的去了臺灣，也有的留在了香港。這就有了四種中國人。

幾十年過去了，這四種中國人有著完全不同的命運，也有著非常不同的生活方式與價值觀。幾十年後再來看，去臺灣的幾乎都得到了善終，回大陸的則有超過二百多位頂尖人物自殺了；留在香港的大都是工商界人士，他們有做實業和金融的底子，成了香港社會的精英，很快便使香港成為了璀璨的東方之珠。在臺北，人們可以看到莊嚴的傅斯年墓，可在北京連梁啟超這樣的人物也是荒塚難覓。隨後大陸便開始搞公私合營，搞三反五反、反右、大躍進、文革……，每次運動都有不少人冒著生命危險逃到香港來，成了香港人口中重要的組成部分。他們對大陸何其瞭解！再往後，改革開放了，臺灣人、香港人都回大陸去做生意，於是有了臺資企業和港資企業；四十年來，大陸的外資有超過百分之七十都是經香港進入的。轉眼間四十年過去了，無論港資企業還是臺資企業，都與大陸形成了不可分離的關係，他們多數已在大陸扎下了根，可是又有誰願意成為一個大陸的中國人呢？」

有人接過他的話說：「這段歷史正好說明香港與大陸密不可分，兩岸三地不應該對立與撕裂，而應該水乳交融、互惠互利。這些年大陸的進步何其巨大！香港應該搭上這艘巨輪，充分享受大陸發展的紅利。大陸已經形成自己獨特的發展模式，對世界產生了巨大的影響。現在歐洲停滯，美國的問題也很多，資本主義正在衰敗，全世界只有中國生機蓬勃，香港有什麼理由不與大陸融合發展呢？難道僅僅因為生活方式不同就相互對立嗎？香港是重實利的社會，年輕人不用Facebook又如何？相信大多數香港市民更看重收入、民生與發展吧。就經濟增長而言，與大陸相比香港已經太滯後了，我們已經錯過了很多機會，絕不能再錯過。」

有人接過他的話說：「我常常想，八九〇年代香港多有錢啊，香港的有識之士也看到了香港發展的瓶頸，不能只靠房地產、金融和貿易，於是辦了理工大學和科技大學，以全球教授平均工資三倍的年薪招賢納士，從而使這些大學迅速成了全世界的名校。如果那個時候能同時推動高新技術產業發展，把香港做成世界高新技術產業的孵化器和實驗室，以香港的金融創新能力及大陸的市場規模，今天的香港又何至於被後來者深圳超過呢？深圳原本只是香港製造業的轉移基地，是跟著香港發展起來的。四十年前香港也有過數碼港的構想，港府也曾與世界上最大的四十家高科技企業簽署過合作文件，可最後一家都沒有進來。以現在發展勁頭最強的電商為例，香港的電商其實比大陸更早，大陸最大的互聯網公司起初也是港資在控制。可是香港現在有一家像樣的互聯網公司嗎？互聯網不會只是為了滿足年輕人用Facebook吧。得承認我們的確已經落伍了，我們錯過了整整一個時代。以零售業為例，香港原本是全世界做得最好的，一直享有購物天堂的美譽。可前不久我去杭州拜訪一家互聯網零售企業，它的老闆說他們曾經認為香港人深諳零售之道，花大價錢從香港聘請了數十位資深人士，結果卻令人大失所望。『香港人，腦袋是方的。』他毫不客氣地說。坦白講我當時驚出了一身冷汗，香港向來以擁有傑出的商務人才而自豪，這也是我們最有競爭力的地方，可現在卻被人說香港人腦袋是方的！這句話難道還不足以讓我們反思嗎？香港社會固化得太厲害了，年輕人沒有上行通道，卻要承擔全世界最貴的房價和生活成本。我們那些曾經很輝煌的企業大都思維陳舊，卻壟斷著最重要的商業資源，包括土地、資金、市場和人才，新興企業幾乎完全沒有機會。這些年我們在香港看到過身價過百億的年輕人嗎？沒有，可大陸這樣的年輕人比比皆是。一個不能激勵年輕人的社會是一個不能造夢的社會，這樣的社會怎麼可能有未來呢？」

「李先生說得很好，算得上是針砭時弊的高論。」另有一人接過他的話說，「今年是大陸改革開放四十年，很多地方都舉辦了紀念活動。我們不妨也來回顧一下，看一看大陸四十年來財富暴增的根本原因究竟是什麼。普遍認為是全球化，全球化使中國成了全世界最大的製造業中心，因而積累了巨額財富。可全球化的背後是什麼？一是土地，二是勞動力；但人口紅利是比較表層的原因，根本原因還是土地。中國政府的財政通常被叫做土政財政，中國人的財富大都以房產為主；中國很多企業，做工廠、做貿易並不賺錢，賺錢只在房子或土地上。土地是全球化背景下中國財富暴增的根本原因。世界上只有中國的官員才有可能一夜之間就弄出一個十幾平方公里的開發區來。剛才李先生舉了電商的例子，其實中國電商的發展也是人口和土地驅動的結果，只有中國才可能畫一條線就修一條高速公路，從而在極短的時間裡便形成了最大最快捷的物流體系，也才使得電商有了快速發展的基礎。但接下來的問題似乎很少有人注意到——中國的行政官員憑什麼可以不費吹灰之力就徵用大量土地，是什麼讓他們擁有如此巨大的權力？很簡單，土地國有。荒謬的是人們卻把它當作了制度優勢。像任何一個國家一樣，土地在中國幾千年的歷史中原本也是私有的，是什麼將沿襲了幾千年的土地私有制變成了國有制，是革命！或者說是執政黨以革命的名義將土地私有變成了土地國有。打個不恰當的比方，就好比你爺爺當土匪搶了一大片土地，這土地的成本是零；可是他人蠢，不善經營，有這麼多土地卻餓死了那麼多人。爺爺死了之後，你父親以零成本的方式繼承了這些土地，他腦子活，吸取了父親的教訓，又趕上了全球化的好時代，於是大搞招商引資，成了全球的製造業中心並迅速積累了財富。這個過程你當然可以說是一個偉大的成就，可是也可以說只不過是你父親把你爺爺搶來的地給賣了，他人聰明，也趕上了好時候，價錢賣得不錯，因而賺了個盆滿缽滿。四十年改革開放的路徑清晰而簡單——爺爺以革命的名義零成本取得了土地，父親在零成本的基礎上招商引資，你在人口和土地紅利的基礎上建工廠，從而建立了全球最大的製造業體系，也形成了最大的消費市場，捎帶著也搞了一些所謂的高科技。這個路徑中，土地國有是最關鍵和最根本的，這就讓人不得不追溯原罪，且有理由認為這財富根本上是搶來的，除非還富於民，讓之前的土地擁有者公平享有這些財富。土地國有的本質是什麼？是對私人財產的侵占，人口紅利的本質是什麼？是對勞動力的盤剝。中國已然成了全世發展最快的國家，經濟總量已經位居全球第二，可同時也是貧富懸殊最大、基尼指數最高的國家。時至今日，中國仍有九億人月收入在二千元人民幣以下，其中近六億人的月收入只有一千元人民幣，二點二億人月收入在五百元左右。再來比較一下香港，香港的財富階層雖然已經固化，但香港的人均月收入卻是一點九萬港元，同時有三分之一的人住在政府的公屋，人人享有免費醫療，整個社會多年來都沒有乞丐和流浪者，人們不會因為不公而上訪，更不會因為上訪而坐牢，他們享有公民的平等權利，包括集會、遊行和言論自由。再來說說土地，香港之前是英國的殖民地，殖民當然意味著侵略與壓迫，是野蠻的也是罪惡的，可這個殖民地卻對原住民實行了丁屋制，任何一個男丁都可以蓋一幢三層小樓，這個樓是私有的，任何人都不可侵犯。大家都知道一幢三層小樓現在的市價，因此可以很容易算出香港原住民的人均財富。再看一下大陸，革命之初執政黨的口號是什麼？——『打土豪，分田地』，這是一個很有號召力的口號。於是在漫長的戰爭年代，你六個兄弟參加革命，五個兄弟犧牲了，得到了烈士稱號，你運氣好沒有死；革命成功後也真分到了土地，於是你喜氣洋洋，高呼萬歲。可沒過幾年，搞合作社了，分給你的土地還沒焐熱就收歸了國有；你要是在地裡種點辣椒，自有人去割你的資本主義尾巴……。這個路徑同樣很清晰，你追隨革命，打土豪，分田地，以生命的代價分到了土地，可分給你的土地很快就成了公社的土地、集體的土地、軍隊的土地，你會完全忘記甚至壓根兒不敢記住你是一個有土地的人，你絞盡腦子，想的只是如何讓自己從富農變成中農，從中農變成貧農。愈窮活下去的機會就愈大，有錢就愈會被鎮壓。然而若干年之後，你卻必須付出極高的代價去購買在原本是你的土地上蓋的房子，金錢借屍還魂，又成為了你能否活下去及是否有尊嚴的尺度。試問世界上有這麼邪惡和無恥的事情嗎？在這樣的歷史軌跡與現實邏輯基礎上積累的財富能稱之為偉大的成就嗎？」

「張先生的這番宏論真令人瞠目結舌！一個學者怎麼可以這樣罔顧事實呢？中國改革開放的成果舉世公認，怎麼可以有這樣主觀臆斷，甚至帶有明顯仇恨的立論呢？」有人聽不下去了，打斷了他的話。

可他繼續說：「我並非否定這四十年的成果，我只是想理一下這四十年經濟高速增長的根本原因，改革當然也是有的，但並非在體制上，而是在極大地調動十億人追求財富的欲望與夢想方面，這些欲望與夢想才是真正的動力。但是這也如同打開了潘朵拉的盒子，牛鬼蛇神全都跳了出來，使得整個社會禮壞樂崩，做人做事喪失底線。另外不得不說，作為世界上第二大經濟體，四十年所形成的財富都集中在了食利階層，這個國家至今仍有近十億人月收入在二千元以下，這是十分可恥的事情，在這樣的數字下談成就更是荒謬，這樣的國家再富餘也依然是一個窮國。」

張先生的話讓所有人陷於了沉默，不少人要反駁他，但又一時語塞。有人岔開話題，問：「聽說港府要推出逃犯條例，有人瞭解詳情嗎？」

「不會吧？董先生當年推二十三條，就導致了五十萬人大遊行，他自己也差不多到了引咎辭職的境地。現在的局勢可比當年複雜多了，這個時候搞什麼逃犯條例不是惹火燒身嗎？香港人所要堅守的唯有司法獨立，這是香港之為香港的根本，這一條守不住，香港的根基也就不在了。」

這個話題立即引起了熱議，連幾個有明顯大陸傾向的人也表示出擔憂。大家的言詞愈來愈激烈，有的甚至爆出了粗口……

何先生見豪一直不說話，便客氣地問：「豪先生有兩地的經驗與視角，又是見解獨到的大作家，對今天的話題有何高見？」可他的話聽上去卻彷彿是在藉他來結束一個令人不快的話題似的。

「香港有這麼多赤誠相向的朋友，又都那麼有見地、有立場，今天真是受教了。我只是一個寫小說的人，小說都是虛構的事，我只講故事，寫的也都是沒有實用的東西。」豪回答道。

「無用之用方為大用，不知豪先生正在創作什麼大作？」

「我要寫的這部新小說，名字叫《渣》。」

「渣？是個什麼故事？」

「是一些發生在身邊的事情，我們熟悉的人與事。渣就是碎了，東西一旦碎成了渣就撿不起來了。」

「但願不至於真碎掉，但願碎了還可以補。」問話的人沉吟了一小會兒，感慨道。

「可是在我看來渣更是一個動詞，渣不是一種狀態或結果，它是一種運動，相關的詞有很多，比如渣化、渣了他、渣到底！這些詞會流行起來的。」豪又說，他的聲音很低，像是在自言自語。

整個下午茶駒爸爸都沒有發表自己的意見。告別的時候他跟豪說何總編輯會和他聯繫出版的事情。姍說謝謝駒爸爸，也謝謝何總編輯和莉莉，豪先生的詩和小說就拜託了。大家寒暄了幾句，豪給何先生和莉莉分別留下了自己的聯絡方式。

離開駒爸爸的會所，豪和姍在無聲的夕陽下往回走。在那條美麗的海濱長廊，豪想起了不久前他對小桃紅說過的一句話，他對姍說：「我反省自己幾十年走過的路，真正缺的其實正是愛的能力，因為這個能力的缺失，我才會那麼急，那麼慌，才會一切都只從自己出發，我的行為也才會有那麼大的偏差。」

「你這是在示好嗎？」姍笑了笑，隨即又說：「很感謝你能這樣說，你說得很好，我很認同。不過你已經要回老家去了，就先回去好好住一段吧；我也有自己的事要做，我們就先分開一段時間。也許這段時間會讓我們更明白自己是什麼和要什麼。」

「你有什麼打算嗎？」

「當然有啦，不過你不必再關心我，一段時間也不要再聯繫我。安心回老家去吧，真有什麼事情，莉莉會聯繫你的。」豪愣了一下，過了好幾分鐘才又問：「這就是你介紹我和莉莉見面的原因嗎？」

「算是吧，不過你也該和外面的世界打打交道了，不要老是困在自己的陳知陋見中。」

時間

我是時間，豪在這部小說的開篇曾經質疑過我的存在，那時他深陷困境，頭腦昏沉。他當然可以置疑我的存在，可問題是沒有我他就活不下去，或者活得毫無意義。至於我，我無所謂，我可以存在也可以不存在。我本來就是觀念的產物。豪回到老家的小鎮上，他希望通過回去進入一種沒有時間的狀態；在那種狀態中他將不再有過去也不再有未來；他如同處於虛空之中，不再被記錄，也沒法被描述。

這部小說寫到現在，我也該說幾句話了。

我是一種像水一樣不斷流逝的東西，具有生命易逝的特性，也具有某種神祕的永恆性；我與人的關係有時是對抗的、彆扭的，有時則是契合的。豪在一首詩中曾將我稱為傻姑娘，這可真是好！我們對抗的時候太多了，終於有一天，他摸了摸我的頭，充滿憐愛地說道：「哎，你這個傻姑娘！」

我覺得這樣的時候表明我們和解了，甚至還有寬懷、憐愛與打情罵俏之意，我雖然已經很老了，他仍然把我當作傻姑娘。那個時候我真覺得我們親密無間，在彼此身上看見了自己，接受並喜歡上了自己。人的一生其實都在學習如何與時間相處，我挺願意與他們建立和諧友好的關係的，雖然我知道很難。

至少有三種平行存在的時間——過去、現在與未來，這就使得我像是一個迷宮，既乖張又複雜。偏偏人也很複雜，他們會在三種時態中加入自己的回憶與想像，也加入各種邏輯、分析與推理，從而將各種時間攪和在一起，使之變成一團亂麻。一個人既在未來的雲層中行走，也在過去的泥濘中掙扎，而現實的馬車又拉著他向懸崖斷壁飛奔……

這部小說中的小婷死之前曾說過一句話：「我心疼我的過去，厭倦我的現在，擔心我的未來……，在很多個瞬間我什麼都不想要，包括我的命。」這小人兒的內心早已歷經滄桑，她在被大海吞沒時，曾伸出雙臂憤怒地喊：「**看看我呀，我才十五歲半！**」

有一種時間具有超絕的氣度，可以將上述三種時間任意抹去，那是一種可以稱之為停止的時間，具有強大的定力——它便是死亡。有些人天生異稟，具有驚人的能力，他們被豪稱之為**天生的自殺者**。這種人洞察幽微，擁有十分決絕的力量。

昨晚豪又夢見姍了，自從回到老家他便時常夢見姍。在老家的天井裡，他穿著一件土布襯衫，他在練習呼吸與吐納；他那位曾經是醫生的爺爺以無形之身指導他。他的眼睛輕輕閉上，身體微微下蹲，像是在扎馬步；迷濛的細雨在一縷幽光下落在他的身上，一盆杜鵑花在天井裡靜靜地開放……，姍的聲音從他身體的某個部位傳來——「所有的人、事、物都是一小段時間而已，時間流逝，萬物消遁……。」婕也來了，她聽到這句話時格格地笑了，她笑著跑進了竹林，在竹林中和姍一起飛奔……。「那就沒有什麼好得意和也沒有什麼可悲傷的了。」她在竹林裡說。

帶著姍和婕一起回老家，一家人在堂屋裡喝茶是豪一直以來的心願，他總是出現這樣的幻覺——全家人心平氣和，做著各自喜歡的事情，每個人的心裡都充滿了愛與詩意；堂屋裡除了一盆杜鵑花，還有一隻慵懶的貓和一隻雪白的小兔子。他多少有點吃驚的是姍居然也喜歡貓了；貓是神祕與溫柔的象徵。「從貓眼裡可以看到時間的永恆性。」她說。婕甚至還將她三歲時養的那隻雪兔子帶回了老家。

……

我得承認我對人始終都有著致命的誘惑，人人都想擁有更多的時間，甚至想通過死亡獲得永生。有些人可能會同時生活在不同的時間中。有些人是因為對未來好奇而往前走的，有些人則是因為對過去好奇而往回走的。豪希望通過**回去**與自己平和相處，我想這也是好的，得成全他。**回去**對他而言當然不只是一個計畫，而是一種方式、一條路徑、一種生命狀態，也是一種時間屬性。

對過去充滿好奇的人通常都是失意的人，他不再對未來抱有憧憬；可朝向過去又會產生各種疑問，這些疑問同樣使他不得安寧。

賈西亞・馬奎斯在《百年孤寂》中寫過一位酋長，有一天他突然想看看世界的盡頭，他讓自己處於未來時態，對不可知的事物充滿了好奇。於是他帶著全族的人朝外走，他們見過各種奇怪的事物，經歷了各種艱難困苦。他們走啊走，若干年之後居然又回到了原點，那個出發的地方。酋長傷感地說：「哦，世界是圓的。」豪似乎也是，他走啊走，若干年之後也回到了原點，那個出發的地方。他們無意中將時間與空間混淆在一起了，這正是他們精神混亂的原因……

少年與老人

豪回到老家的那個小鎮後立即就覺得自己真的已經老了。傍晚他在池塘中看見自己的樣子，他的樣子是多麼疲倦和蒼老啊；可早晨在同樣的池塘中他卻看到了自己少年時的模樣。於是少年與老人在迷濛的月光下見了面，少年問：「今天是某年某月某日嗎？」

老人沉吟了一會兒說：「如果時間是靜止的，那就是某年某月某日；如果時間是流動的，那就是另一個某年某月某日。你更願意是哪一種情況呢？」

少年笑了笑說：「任何靜止都是流動，任何流動也都是靜止。所以不如將某年某月某日當作一張牌，我們隨便翻，翻到哪張就算哪張。」

老人點了點頭，讓少年先翻；少年翻了一張，亮出底牌時他哈哈地笑個不停。那張底牌的牌面寫道：「於某年某月某日，返老還童。」老人不動聲色地說：「這說的就是你了，你正在返老還童，你是由一顆衰老的心返回到某年某月某日的，所以你看上去是一個少年。」

「好吧，我先以一個少年的面容與你說話，然後通過回憶，進入另一個某年某月某日，當然了，我們得再翻一次牌。」老人表示同意，開始了與少年的交談。

少年說：「你好，我的名字叫返老還童。」老人眼神柔和，充滿了慈愛之心，他說：「啊，孩子，你看上去可真不幸，你是一個孤兒嗎？這些年你是怎麼過來的？你應該有十二三歲了吧。」少年說：「我是吃百家飯長大的，有時我住在張爺爺家裡，有時住在李爺爺家裡；有時住在村外的破窯洞裡，有時露宿在某個街頭；有時在河裡，有時又在山上的一棵大樹下，或是那個叫亂葬崗的山坡上。人們管我叫流浪狗，罵我野種、雜種，他們罵我的時候會同時踹我一腳——『呸，哪來的野種？』他們覺得遇到我是一件挺晦氣的事情，我身上太髒，臭烘烘的；大冬天我還光著腳，穿著一身滿是窟窿眼兒的破棉襖，腰上繫著一根麻繩。他們罵得對，我可能真是一個野種，可他們說『哪來的野種』時，我真的很頭疼，我回答不了，我怎麼知道我是從哪裡來的呢？我倒是能說清楚我身上的那根麻繩是從哪兒來的，那是張爺爺上吊的麻繩，我繫在身上，一方面是為了紀念張爺爺，另一方面也是為了讓自己記住：『人，其實都是爛命一條。』我該珍惜這爛泥一般的一生嗎？不過記住自己是爛命一條很重要，它會讓你不再害怕，也不再把自己當回事兒，一個人就像山上的野草似的，我很高興自己像野草一樣地活著。」

「你確定你不再害怕什麼？也不再把自己當回事嗎？」老人問。

「是呀，這正是少年可貴的地方，不像你，你老了，還怕生病，怕沒錢，怕兒子不孝順，又怕白髮人送黑髮人。你還怕孤獨，怕被人罵，說自己老不正經。我認識的張爺爺，甚至在夜裡怕風，起風的時候，外面的那棵老楓樹會發出令人恐怖的聲音，他就是在一個刮大風的夜晚上吊的。月黑天高，他總覺得第二天又要被人抓去遊街；人們總是在他的脖子上掛一塊牌子，上面寫著『打倒×××』，他的雙手被一根麻繩反捆在背後，後來他就用這根麻繩上吊了。」

「你小小年紀，心裡淨是些什麼亂七八糟的東西啊，少年應該風華正茂，充滿理想與激情。孩子，難道你就沒有自己的理想嗎？不想長大後有一個光明的前途嗎？」老人心痛而氣惱地說道。

「看來你也把我當作是一條野狗了。理想當然也有了，誰還沒有一點理想呢？我聽說書人說過不少故事，我知道少年最重要的事就是造反，一旦造反，命運就會改變。」

「哦，那你是想要造反了？」

「當然，否則我返老還童幹嘛？」

「敢情你返老還童就是為了造反？」

「不然呢？不然像你一樣？整天怕這怕哪？少年不就是有一身膽嗎？這是生命的元氣，人老了，元氣就沒了，元氣沒了，離死也就不遠了，那個詞就叫什麼來著？」

「行將就木。」

「對了，行將就木！我的名字叫返老還童，你呢？你的名字叫行將就木嗎？」

老人低下頭，不再說什麼，他不願意被人叫做行將就木，可事實上他正是，他的確是一個行將就木的人。

輪到老人摸牌了，他也摸了一張牌，翻開牌面時他哈哈哈地笑個不停，牌面上寫道：「於某年某月某日，少年輕狂。」少年說：「這會兒該輪到你了，你於某年某月某日少年輕狂。」於是老人就說了自己少年輕狂的往事。少年聽了，覺得十分無聊，一個行將就木的老人硬要扮演少年輕狂，實在太無聊了。正說著，就有人問：「你返老還童就是為了年少輕狂嗎？」「有這個意思，但那是閻王爺的事，人家要這樣判我，我也只有年少輕狂。」

老人剛說完，少年就不在了，整個大地只剩下老人和自己的影子。他揉了揉眼睛，在一旁自言自語地說道：「哪有什麼少年？不過是自己的影子，一個人老了老了還能和自己的影子說話倒也挺美的。」他仔細回憶剛才與影子的對話，覺得那些有關造反的話真是昏話，怎麼能老了老了還說這樣的昏話呢？然而這些昏話卻讓他突然之間變得鬥志昂揚。他這樣想著便覺得年少輕狂是多麼美好呀，誰的一生沒有輕狂過呢？它們還真算不上什麼事兒……

紅頭髮的夜孩子

有一天，在老家的小鎮上，豪想起他早年寫過的一組與鬼有關的詩——〈紅頭髮的夜孩子〉；他當年甚至還專門寫過一篇論文，其基本觀點是：西方人崇尚神，中國人敬畏鬼。神與鬼的區別如同天堂與地獄的區別，西方人相信有天堂，人雖然生而有罪，但無論惡人還是善人，死後都可以得見上帝，上帝愛善人也愛惡人；中國人相信世上有鬼，人死後都要過鬼門關，並受到善惡的拷問，惡人要去十八層地獄，好人才可以進入天堂。鬼故事遍布在中國的每一個鄉村小鎮，豪就是聽鬼故事長大的。這些故事具備強大的威懾力量，從而使人深陷在陰影之中並傾向於相信陰暗的東西。鬼總是害怕光明，天一亮便會遁形，可是到了夜裡，各種各樣的鬼又全都出來了，他們的哭聲淒厲，充滿了哀怨；他們面容陰森，卻具有某種法力，會在夢裡拉扯你，把你撕開，也會把你按在水裡，將你淹死⋯⋯

回到小鎮後豪隨手寫過一些斷句，他寫到了悶熱天氣中的淹死鬼，並在那些殘章斷句中把自己當作了淹死鬼中的一員。當他再一次想到那些紅頭髮的夜孩子時，便明白了自己何以鬼裡鬼氣地活到了五十多歲。他出生在這個厲鬼遍布的小鎮，恐懼心早已埋下，那是仇恨、叛逆及對光明世界充滿疑惑的種子。鬼是人的冤屈，是人世間的未了之事藉著夜色來糾纏人和恐嚇人的，是人死後的不甘心及進入夢中的報復與泣訴。他們時不時就在陰鬱的夜裡重返人間，表達哀怨，尋找公平，同時以恐怖的形象嚇唬人。於是人以鬼氣在世間行走，鬼以戾氣在夢中穿梭，這正是陰陽之道，是冥界與人世的合謀。所以他時不常就彷彿被厲鬼從冰冷的水中拎出，他回到老家，想藉天光看一看自己的出處，卻遇上了他多年前就寫過的紅頭髮的夜孩子，他試圖和那孩子說話，那孩子以愛倫・坡的詩回應他——

當時——當我還幼稚——在重重
磨難的人生的開端——我便從
善與惡的每一層攝取
一種祕密，至今風雨
半生，我仍然為它所控制……

我曾經是一個醫生

「我曾經是一個醫生，一個死了又死的人……」——我引用本書的開場白再一次介紹自己，我介紹自己的時候其實是很無力的。一個死了幾十年的人還需要身分嗎？死人最聰明的地方乃是退隱與沉默；這是一個一開口就會說錯話的時代。雖然我早就明白這個道理，可還是忍不住要說些什麼。活人也是如此，總忍不住要說些什麼，有時是因為淺薄，有時是因為無聊，有時是因為孤獨與寂寞，有時則是因為憤怒——以至於拍案而起，不得不說。我當然是因為豪，他是我的孫子，他回來了；那用心良苦的人曾在夢中說：「事情到了一個嚴重的節點，豪也到了生死攸關的時刻。」——他是在煞有介事嗎？

瘦弱的姐姐去火車站接豪，他拖著沉重的行李箱出來；姐姐迎上前去，他躲開了，就像姍去機場接他，在出租車裡握他的手他躲開了一樣。姐姐知道他不願意讓人看到他的斷指。回家的路上姐弟倆都沒怎麼說話；到了家，一向木訥的姐夫陪他喝酒，也只說了一句：「回來就好！」他似乎要安慰他，可很快便迷迷糊糊地睡著了。「他每天都這樣，喝小半斤酒，喝完之後就迷迷糊糊睡著。你要是有他一半的本事，每天喝點小酒，喝完就睡，也不至於變成這樣。」姐姐說。「我和姐夫不同。」他說。「我知道你們不同，你讀的書多，見的世面廣，本事也更大，所以才把自己搞成這副鬼樣子！」姐姐說。豪呆呆地看著姐姐，同時看見了牆上的一面鏡子，鏡子裡的人也呆呆地看著他。「去照照鏡子吧，看看自己都成什麼鬼樣子了！」姐姐又說。豪看著鏡子裡的自己，恨不得馬上消失。「**鏡子最大的妙處正在於交媾——自己與自己的影子交媾。**」他的腦子裡突然又冒出這句話。幾年前他跟小彩妮說這句話時，小彩妮的臉蹭地一下就紅了。她當時還說：「剛才您真是在和鏡子說話嗎？我一直以為您是一個虛幻的人，不然怎麼會這麼成功呢？你要真這麼虛幻，我，我一定會愛上您的，真的，我有這個勇氣。」他記得小彩妮說完這句話就跑了出去，她跑出去的樣子多麼慌亂啊！……不就是照了一下鏡子嗎？怎麼就扯出幾年前的事情來了？小彩妮不過是一個轉瞬即逝的名字，一個恍若陰謀的女孩，卻說出了他是一個虛幻的人這樣一個極為嚴重的真相。他的一生就是由這樣一些奇怪的孽緣構成的，一個又一個的孽緣。「沒想過讓你衣錦還鄉，可也不能這樣喪魂落魄！」姐姐又說，突然就把他的身體扳過來——「伸手！把你的手伸出來。」她大聲說道。豪的手伸出來了，姐姐握住他的手——「不就是少了兩根手指嗎？」她說，卻忍不住哭了起來——「那些人怎麼就下得了手啊？」接著又噙著眼淚說：「沒事，沒事，過去了，都過去了，不好的事不要老想著，原諒一個人比恨一個人更重要。」

我聽見他們姐弟倆說話，突然就懷疑起自己的身分來——我真是他爺爺嗎？如果是，此情此景下我又該說些什麼？我大致同意姐姐說的話，但我可能會說得更絕。「也只是吃了點虧，活人的那點事算得了什麼？」我說。可事實上我也只是一個正在轉世投胎的人而已，並不能確定我與豪的關係。豪寫過一篇關於我的文章，根據那篇文章所描述的事實我應該就是他爺爺，我有過七個孩子和一所醫院，醫院在戰火中燒毀了，我和孩子們進入了戰亂年代。在漫長的顛沛流離中，我做了一件在他看來意義重大的事情，那就是無論仗怎麼打，難怎麼逃，我都堅持讓孩子們念書，以至於他的父親、叔叔和姑姑最後都上了大學……。瞧，我又在叨叨生前的那點破事了，我沒完沒了地叨叨那點破事幹嘛呢？它們真的如豪所說是我一生的榮耀嗎？可是現在死正在抹去我的前身，使我變得模糊。

或許是被某些事情耽擱了，過了好些天，豪才到山上來和我見面。路很遠，他又總是心生疑慮。奔赴死亡的路並不容易。雖然近四十年沒見面，我還是一眼就認出了他。見面的那一瞬間，我就知道他對死亡的態度是不明確和不堅定的。他並無決死之心，因而頂多算得上是半死之人。老實講這種半死狀態我是陌生的。半死是一種什麼死？是既沒有活著也沒有死掉嗎？或者說他模糊了生與死的邊界，是一個將生與死攪和在一起的人。這一點或許他自己也並不清楚，卻讓我進一步看到了他的複雜性，他對自己充滿了疑問，對生活不滿意甚至是否定的，但他並沒有赴死之心。他也許只是在想像死亡或者想把死亡當作一種養料，目的還是為了進一步看清自己並繼續活下去。他被無數痛苦折磨著，自視很高卻又看不到活下去的意義。他一直沒法進入世俗生活，沒法同自己的欲望與失敗和解。因為他的到來，我也恢復了部分記憶；他呢，一旦決定來見我，便覺得我的形象十分飄浮。那個總是穿府綢襯衫的老人，喜歡躺在躺椅上抽水煙，那副精製的水煙槍是黃銅做的，每抽一口，都會發出好聽的咕嚕咕嚕的聲音。有一次他忍不住好奇，趁我午睡時偷偷地抽了一口，可抽進去的不是煙而是一股令人反胃的黃水，他被嗆住了。也許他回來見我只是因為那股嗆人的黃水。之前他和他姐姐曾提到說想見我，姐姐說當然要見，你都回來了；又說：「去年二叔回來，提都沒提去看一下爺爺。我心想那可是你親爹呀，離開家鄉四十多年，好不容易回來了，怎麼能不去看看老人家呢？他在網上認識了一個女人，兩人好上了，他回來只是為了見那個女人。」姐姐撇了撇嘴，又說：「二叔都七十好幾了吧，在網上認識了一個女人，天遠地遠地回來見面，卻沒想過去看看自己的親爹！我們一家淨出怪人，你就更怪了。」豪沒有接她的話，而是坐在一旁出神。「那你打算什麼時候去見爺爺？」姐姐又問。「再過幾天吧，可我不知道怎樣見，他應該認不得我了。」豪說。「他太老了，就算是死人也太老了；老死人，走不動了。」「只能靠緣分，他可能真的不認識你了，他死的時候你還小，人又不在身邊。不過這麼多年也許他一直在等你。」姐姐說。「一直在等我？為什麼？你和他老人家又是怎麼見面的？」「爺爺是很有遠見的人，他總能預見到什麼。他對你也許一直都很記掛。至於我，我經常都可以見到他呀，我是跟他長大的，只要做夢我們就會見面。可我也真沒有一個指引你去見他的法子。先去給他上墳吧，在他墳前跪下，把你經歷的事情一五一十講給他聽，也許他會認出你來。而且我前幾天已經託夢給他了，我說豪伢子回來了，遇到了難處，想去見見您……。和爺爺經歷的事情相比，你的那些事情實在算不了什麼。」豪聽姐姐這樣說，覺得十分詫異，但他沒有說什麼。他的性格似乎正在一點一點地改變，之前他太愛鑽牛角尖了，對誰都懷疑，什麼事情都要追根結底。「你這樣會跟所有人過不去的，也會跟自己過不去。一個人一定要糊塗一點，你讀了那麼多書，做了那麼多事，連這點道理都不懂嗎？」姐姐說。在她看來，他在處理與毅的事情上、在處理與姍的關係上都做得不夠好，不會說話，不懂分寸，總覺得自己是對的，別人都很壞。「世界上哪有真正的好人和澈底的壞人？你自己又有多好？能化敵為友才叫本事。這一點爺爺可比你強太多了，他一輩子都在和敵對勢力相處，最後與他作對的人都成了他的朋友。不管怎樣，你把自己的老婆、把幾十年的兄弟都變成敵人肯定是有問題的。你老婆我也算瞭解吧，你無外乎怪她不管你，人出了事她卻跑了，你在坐牢她卻滿世界去旅行。還有就是你總覺得她捲走了你的錢，你要追這些錢。她真的沒管你嗎？不管你你這次能這麼輕鬆就逃脫嗎？你懷疑她帶走了多少錢，她帶都帶走了，你去追又有什麼意義？倆口子過日子，不要這樣算帳，只要她沒提離婚，你們就還在一起過日子，一個鍋裡吃飯，爛掉的也都在鍋裡，你一個男人，非要分那麼清楚，能分得清嗎？分清了你們也到頭了。」姐姐說這些話的時候，豪一直低著頭。但是作為一個曾經的醫生，我很容易就看出他並不是因為斷了兩根手指才變成這個樣子的，也不是因為和姍吵架了才回來的。他的悲傷與絕望並不是因為某個事件，比如進看守所，比如毅侵占了他的公司並使他債務纏身，比如被人剁去了兩根手指……，這些事情固然傷害了他，使他心生仇恨，做了他認為該做的事情，可他也並沒有因為這些事情過去了便變得平靜。他當然也不是為了寫那部叫《渣》的小說才回來的（像他所說的那樣），更不是為了見我才回來。大致說來，他需要休息，回到一個他稱之為老家的地方也許可以更清楚地看到這一生的來路。我又想起那些從空中掉下來的鳥，也想起了前些天聞到的血腥氣。鳥紛紛墜落，一群接一群，四周充滿了砰然撞地的聲音……，這些可能只是幻覺，但它們的確讓我相信豪的那副鬼樣子恐怕隱藏著更大的事情。

剛回來的時候姐姐安排他和她住在一起，她想為可憐的弟弟調養一下身體。可豪堅持住在老屋裡。老屋連窗戶都沒有，水磚砌的牆像一張被雨水沖蝕的老臉（誰的老臉？），要靠一根杉木撐著才沒有倒下。老屋裡有一張吱吱響的舊床和一張同樣吱吱響的舊桌子，他在上面寫東西。他寫了很多個名字——柏拉圖、亞里斯多德、但丁、歌德、席勒、雨果、普希金、雪萊、李斯特、紀德、梵谷、蒙德里安、華格納、海德格、馬勒、杜斯妥也夫斯基、卡夫卡……，我不知道他們都是些什麼人？是他的債主？客戶？夥計還是仇人？有幾個名字我倒是認識——杜甫、蘇東坡和李賀……。豪為什麼要寫這麼些名字，他似乎一直在跟他們說話。另一些紙上寫了一些句子、一句話或者一長段話，比如：「驚霜寒夜，抱樹無溫。」又比如：「外面的進行的夜，無數的人們都和我有關。」[1]……另外一些很長，像是一篇文章，比如他一張紙上寫道：

> 我是一個有病的人，我是一個心懷歹毒的人。
>
> 那時我總共才二十四歲。
>
> 那時我的生活就落落寡歡，雜亂無章，孤寂得近乎孤僻。我跟誰也不交往，甚至避免同任何人說話，愈來愈龜縮進自己的棲身之所。
>
> 由於我的無限的虛榮心，因而對自己的要求十分嚴格，所以我對自己經常十分不滿，以致達到厭惡的程度。
>
> 因此，內心裡也就把自己的這一看法強加於每個人。

[1] 作者注：魯迅語。

我甚至懷疑在我的這副尊容上有某種下流無恥的表情。

因此我每次去上班，都痛苦地竭力裝出一副獨立不羈的樣子，以免別人懷疑我下流無恥，而臉上則表現出盡可能多的高貴。

無論蔑視也罷，把別人看得比自己高也罷，我幾乎在遇到的每個人面前都低下了眼睛。

我甚至做過這樣的試驗：我能不能經受住哪怕某某人看自己的目光，結果總是我頭一個低下眼睛。

這使我感到痛苦，痛苦得都要發瘋了。

我生怕被人恥笑，而且怕到了病態的程度，因此有關外表的一切，我都奴隸般地墨守成規。熱衷於隨大流，打心眼裡害怕奇裝異服，害怕有什麼異乎常態的地方。

我這人非常愛面子。

我就像個駝背或侏儒似的多疑而又愛發脾氣，但是，說真的，我常有這樣的時候，如果有人打我一記耳光，我甚至會引以為樂。

起碼，我一輩子不知怎麼都望著一邊，從來不敢正視別人的眼睛。

我曾經多次發生過這樣的事，比如說吧，擺出一副受委屈的樣子，並不是因為出了什麼事，而是存心要這樣。

因為，你自己也知道，常常，這氣生得毫無道理，可是卻故意擺出一副生氣的樣子，以致後來把自己弄得，真的，還當真生氣了。

我這輩子不知道為什麼還就愛玩這套把戲，以致到後來我自己都管不住自己了。

我永遠是個無辜的罪人，我之所以有罪，首先因為我比我周圍的人都聰明。

我常常認為我比我周圍的人都聰明，而有時候，你們信不信，我甚至對此感到慚愧。

有一回我還自作多情地愛上了一個人，甚至發生了兩次。諸位，告訴你們吧，我當時很痛苦。

我已經不能夠再愛了，我的所謂愛就意味著虐待和精神上的優勢。

我一輩子都無法想像還能有與此不同的愛，甚至有時候我想，所謂愛就是被愛的人自覺自願地把虐待他的權利拱手贈予愛他的人。

我在自己地下室的幻想中想像的所謂愛，也無非是一種搏鬥，由恨開始，以精神上的征服結束。

這是因為我自己都不尊重我自己。

難道一個洞察一切的人，能夠多多少少地尊重他自己嗎？

一個人甚至都敢在自己受屈辱的感情中尋找樂趣，難道這人能夠，難道這人能夠哪怕或多或少地尊重他自己嗎？

現在我說這話並不是出於一種令人作嘔的懺悔。

我也最討厭說什麼：「饒恕我，神父，我以後再不了。」

倒不是因為我不會說，而是相反，也許正因為我太擅長這樣說和這樣做了，而且還是此中高手。

在這種情況下，我而且會深受感動，追悔莫及，痛哭流涕，當然，我這是在欺騙自己，雖然我根本不是假裝。

你們可能會問，我這樣裝模作樣地糟蹋自己，折磨自己究竟是為了什麼呢？回答：為的是無所事事地坐著太無聊了，於是我就矯揉造作一番。沒錯，正是這樣。

常常，在某個極其惡劣的彼得堡之夜，我回到自己的棲身之地。強烈地意識到，瞧，我今天又幹了一件卑劣的事，而且既然做了，也就無法挽回了。

這時候我竟會感到一種隱蔽的、不正常的、卑鄙的、莫大的樂趣。

然而內心裡，祕密地，又會用牙齒為此而咬自己，拚命地咬，用鋸鋸，慢慢地折磨自己。以致這痛苦終於變成一種可恥而又可詛咒的甜蜜，最後又變成一種顯而易見的極大樂趣！

我尋花問柳總是獨來獨往。夜裡，偷偷地，又害怕，又覺得骯髒，又感到羞愧，這種羞恥感在這樣的時刻還發展成為一種詛咒。

我非常害怕，生怕被人看到，被人撞見，被人認出來，我常常出入各種極其可疑的地方。但是，在每次青樓覓宿之後，我就感到非常噁心，我很後悔，於是我就趕走這後悔：太讓人噁心了。

但是慢慢慢慢地我也就對此習慣了。

我對一切都會習慣起來，就是說，也談不上習慣，而是有點自覺自願地甘心同流合汙。

但是我有個解脫一切的辦法，那就是，當然是在幻想中遁入「一切美與崇高」之中。

我龜縮進我那角落裡想入非非，連續三個月不停地幻想。

我一定會利用任何一個機會，先是把眼淚滴進自己的酒杯，然後為一切「美與崇高」把它一乾而淨。

那時候，我一定會把世界上的一切都變成「美與崇高」，我一定會在極其齷齪，無疑是亂七八糟的廢物中找到「美與崇高」。

因為我愛一切「美與崇高」，為此我要求別人必須尊敬我，誰敢對我不尊敬，我就跟他沒完。

我說，一個人之所以要報復，是因為他認為這樣做是對的。

也就是說，他找到了始初的原因，找到了基石，具體說：就是這樣做的正義性。

可見，他各方面都十分心安理得，因此他報復起來也就十分從容，十分成功。

因為他堅信他正在做一件光明磊落而又十分正義的事。

活得心安理得，死得興高采烈這簡直太美了，美極了。

那時候，我一定會大腹便便，有三層下巴，還長了個酒糟鼻。

於是任何一個遇見我的人，看見我這副尊容都會說：「瞧這人活得多滋潤，這才是真的沒有白活。」

諸位，隨你們怎麼看，悉聽尊便，反正在我們這個否定一切的時代，聽到這樣的評論還是滿開心的。

沒有一個人像我，我也不像任何人，我只是一，而他們是全體。

因為我是個惡棍。因為我是世界上所有卑微的人中最醜惡、最可笑、最無聊、最愚蠢、最嫉妒成性的一個人。

……

他們這些宵小之徒根本不比我好，但是鬼知道為什麼他們就從來不覺得羞恥。[2]

剛回來的時候豪經常在小鎮上閒逛。他常去的地方包括他念過書的那所中學、淹死過他某個小夥伴的那條小河，還有那座叫座九獅嶺的小山。他經常坐在小河邊或山坡上發呆。每天早晨他都會在天井裡練習呼吸和吐納，這大約是他在看守所養成的習慣，這習慣當然是好的，但他的方法並不得當，因而並沒有真正掌握呼吸與吐納的要領。我曾以無形之身暗中教他，可他並沒有理會。也是，一個死人怎麼可能教活人練習呼吸與吐吶呢？可事實上活人還真沒有幾個是懂呼吸與吐吶的。

我可能真是老了，整天坐在那塊空地上，看上去就像是個夢人。到了這個年紀，會認為一切都是夢，整個一生都是。可最近就連夢也變得昏沉。這個年紀的夢不再是流動的，它們很粘稠。有時我會夢見一個人，但不具體，既沒有清晰的模樣，也看不出他的年紀；有時我會夢見一棵樹，一團陰森可怕的

2 引自杜斯妥也夫斯基文集。

濃霧；有時我會夢見某個聲音，空蕩蕩的，像是從深淵傳來。我最熟悉的就是深淵了，那裡很空，很深，深不見底。我死的那天曾有人對我大喊：「別回頭啊，朝最亮的地方走！」可我總忍不住想回頭。我一回頭，面前就一片漆黑；這麼多年了，我從沒有看到過亮光。死亡的世界是一片漆黑，這是我想告訴豪的。我想告訴他是因為我希望他瞭解一個人死後是不可能朝最亮的地方走的，光明只存在於活著的世界。

我的墳就在九獅嶺的一片松林裡。剛回來的時候豪來給我燒過一次紙錢，他來燒紙錢應該是出於風俗，他和其他人一樣擔心死人在陰間沒錢花。之後他就再也沒來過。他從沒有在我的墳前坐一下，更沒有像他姐姐說的那樣，跪在我的墳前將他的事一五一十地告訴我，也沒有夢見過我。他經常從我墳前經過，可他寧願一個人去山頂上坐著。他坐在山頂上，看著太陽落山，也看著月亮升起。有幾次他在山上坐著坐著就哭了，可他寧願一個人哭也不願意來和我說話。他那位他不怎麼看得起的父親和他不同。他父親生前每年都來看我。每次燒完紙錢，都會在我墳前的那塊花崗岩上坐下來和我說話。他總是先給我倒一杯酒，然後絮絮叨叨地跟我說他這一年幹了些什麼，豪伢子又如何如何了。他跟我囉哩囉索聊家常的時候，我心裡很溫暖；他說豪伢子如何如何的時候我也感覺到很欣慰。可豪從沒有跟我說過任何與他有關的事情，我是憑一個死人的愛和某種靈異的覺知瞭解到他所遭遇的事情的。我曾經假設過「如果他有問題要問我，情形就不至於太糟，至少他在尋找答案，我當然也會用心回答。」可自始自終他都沒有問過我問題。

有一天他突然把老屋裡的東西全都扔了出去，還叫人把他鎖了起來。從那天起他就不跟人說話了，也不再讀書和寫東西。老屋裡只放了一塊鋪著稻草的床板、一個馬桶和一盞小燈；他請人每天給他送一次吃的，也帶走他的屎尿。如此怪異的行為讓小鎮上的人議論紛紛。剛開始還有人來勸他，可無論怎麼勸他都不說話。「除非是瘋子，一個人怎麼能把自己關起來呢？這和坐牢差不多！」「坐牢？怕是連坐牢都不如吧，坐牢還有獄友和放風的時候！」「瘋子？瘋子會讓人把自己鎖在屋裡嗎？瘋子只會滿世界亂跑！」人們議論紛紛，他姐姐甚至都要給他跪下了。「造的什麼孽啊，難道你還沒有被關夠嗎？」她哭著說……

我情不自禁，又想起了那個用心良苦的人，他曾託夢給我說他知道人世間的那點事死人都看得十分清楚，因而希望我和豪見個面，開導開導他。唉，我們都太自以為是了，豪並沒有什麼需要我開導他的；而且他從未跟我說過話，他一直在自我囚禁。他是對死人無感嗎？不是的，他對那位自殺者權就有很多話說，也有很多問題要問，他一直在通過權瞭解死亡的祕密。這讓我百思不得其解——豪，居然會對他人生經驗何其豐富的爺爺無話可說，卻與一位不相干的外人有說不完的話，他甚至通過一件骯髒的囚衣把已經死了的權帶出了看守所。也許只是因為權是自殺的而我不是。豪只對自殺者感興趣！我忍不住倒抽了一口冷氣——豪會不會也要自殺？他回老家會不會只是為了找一個他認為最適於自殺的地方？

事實上豪並沒有自殺，也沒有任何自殺的跡象。不久他便走出了那間老屋。據說他是在接到一個電話後急匆匆走的，他著急忙慌的樣子驗證了我最初的感覺，我聞到的血腥氣意味著真有大事要發生了！可我無能為力，阻止不了他。讓人蹊蹺的是他明明把自己關在了老屋裡，又怎麼可能接到電話呢？什麼樣的電話能讓他走出老屋，著急忙慌地離開呢？發生在他身上的事情真是不可測度，就連我這個死了幾十年的人都看不明白。

連儂牆

起初，我並不瞭解連儂牆的含義。我大致知道約翰•連儂是披頭四樂隊的主唱，他的一些歌曲被反戰運動和反文化運動視為聖歌。一九八〇年代捷克民眾不滿胡薩克共產主義政權，在布拉格一間修道院的牆上畫滿了以連儂的頭像和歌詞為主要內容的塗鴉，連儂牆不脛而走，成為民主牆的象徵，亦成為民眾吶喊與抗議的標誌。

本質上我是一個溫和的人，是一個熱愛和平的素食主義者；和大多數香港人一樣，我的性格中沒有什麼浪漫與理想主義的成分；我做實事，重實利，討厭講空話的人，喜歡安靜的生活。這個城市是從什麼時候開始變得這樣喧譁和躁動的？年輕人愈來愈叛逆了，他們有那麼多不滿，行事也愈來愈激烈。小婷說：「激咩？NO啦，係憤怒！」

「總有一日會燒成一片大火，果陣的香港將唔再係香港而是臭港，係煙霧瀰漫、四處逃散的火海。」有時候和朋友聊天，年輕人也這樣說。

「生活習慣唔同啫。香港係一個高度融合的城市，好多西方人、日本人、印度人、菲律賓人、馬來西亞人、越南人都係呢度生活，大家也都相安無事。」我說。

「同呢啲人當然可以相安無事，佢地係少數，亦唔會要求我們改變D咩。」年輕朋友說。

「人多可能都係個問題，至於改變，唔通香港人就唔需要改變咩？」

「香港人最突出的優點就是學習和改變！英治期間香港人人人講英文，後來又人人學日文，依家又都學講普通話。我地點沒變啊？」

「來香港的大陸人，無論求學定係做嘢，咪都學講白話咩？呢啲就係融和，何況大家同文同祖，香港人根本上就係中國人。」

「係，係中國人，但未必係大陸人！」我愣了一下，竟不知如何回答。再細想又不禁要問——那香港人又是什麼人，香港人與大陸人到底有什麼不同？他們究竟排斥大陸人什麼？

通常，大陸人會認為香港人冷漠，連臺灣人和新加坡人也有這樣看的。可他們也承認香港人在扶危紓困方面從不缺乏熱心，不僅對大陸的天災人禍，連對世界各地的難民也會施以援手。可這些年變了，香港人對一些事情開始冷眼旁觀了。冷眼是因為什麼？當然是因為心涼。之前大陸經濟落後，香港人首先唱出〈我的中國心〉這樣熱烈的心聲；後來大陸有錢了，大陸人開始去世界各地買買買；香港更成了他們的購物天堂；化妝品成箱成箱地買，名牌包包和名錶一買就是好幾隻；剛開始還只是大城市的人來，很快三四線城市甚至落後地區的人也都蜂擁而至，到處都是大包小包買買的人，似乎不單是在炫富，也在揚眉吐氣宣告些什麼。這一方面帶來了香港市面的繁榮，可也帶來了不少惡習與衝突。一夜之間，隨地吐痰的、亂扔煙蒂和髒物的、大聲嚷嚷的、橫衝直撞過馬路的人隨處可見。人們很快便發現那些趾高氣揚買買買的人其實很多都是水客，他們利用香港免稅，也利用匯率的利差牟利，無形中也抬高了香港的物價。其間又有愈來愈多的人持單程證移居香港，他們並非真正在香港生活，也未見得會給香港社會帶來什麼貢獻，卻無端占用了香港本來就緊張的醫療資源與教育資源。於是愈來愈多的香港人覺得自己的生活被打攪了，生活了一輩子的城市正在一點一點搞亂。衝突變得無所不在，有時未必是因為某件具體的事情；有時卻正由一些小事引發出來。於是二〇一二年出現了反水客運動。反水客運動把港人與大陸忍隱未發的矛盾表面化了；一些極端的事情開始接二連三地出現。在大陸人看來，香港回歸了，香港已經是祖國的領土，任何一個中國人都應該享有往來通行的自由。可事實上一次簽證其他國家的人可以在香港住三個月，大陸人卻只能住十四天。但只住十四天就已經這樣，要是全面放開，讓大陸人完全擁有往來通行的自由，結果一定會更糟糕。小婷那位同學的家長趙先生就說：「您看，香港回歸二十二年，我們沒有收你們一分錢稅吧，你們遇上金融危機，是我們開放自由行幫你們吧。可是我們來花錢，你們卻要遊行抵制，究竟為什麼？」從一個中立的角度看，兩邊似乎都有自己的道理，也都有可理解的地方，可與很多事情一樣，兩個都有理的人擱在一起就是衝突。香港一直是自由港，英治期間英國對香港就是免稅的，所以沒有一個香港人會把免稅當作是一種恩賜，相反他們會認為這是大陸方面應該恪守的信諾。也就是說大陸與香港不僅僅是轄治關係也是契約關係。一國兩制的根本乃是契約，任何契約的基礎乃是平等與互信。於是矛盾與衝突就不僅僅表現在生活習慣與生活方式上，而是深刻地存在於價值觀與制度層面。應該說趙先生的觀點具有代表性，他說：「香港是東方明珠，可它也是祖國的一部分；沒有祖國，你們不是還在殖民嗎？」可對一個香港人來說，成為東方明珠是香港人自己努力的結果，是回歸之前就有的美譽，香港人只想繼續保持這樣的繁榮；他們會拚命維護自己的形象。其實回歸之前就有不少香港人移民去了別的國家，他們不相信回歸後的香港還能保持之前的祥和、安寧與繁榮；留下來的人不少也心存疑慮，擔心香港有一天會變亂。至於自由，當然是香港人拚死都要捍衛的，就像司法獨立一樣，那是他們的核心價值；自由乃是香港人的空氣，你能剝奪一個人呼吸空氣的權利嗎？這是長期生活在威權制度下的人很難理解的。因此香港人一定會紀念「六四」，他們要藉紀念「六四」給香港敲警鐘。於是當生活習慣與生活方式的矛盾表現出價值觀的衝突時，原本對政治冷感的香港人就一定會將自己的焦慮與恐懼轉化成政治訴求。因此反水客運動之後便有了雨傘運動，香港第一代連儂牆便在金鐘的政府總部大樓出現了，市民們將自己的訴求與口號寫在便利貼上，貼滿了政府大樓，香港人在表達憤怒了……

維基百科在連儂牆的詞條下特別增設了一個新的詞條——香港連儂牆，想必是因為香港連儂牆的規模與影響已遠遠超過了之前布拉格的連儂牆。該詞條經過不斷修訂以如下文字呈現：香港連儂牆指的是二〇一四年雨傘革命和二〇一九年反對逃犯條例修訂草案運動期間所產生的以便利貼粘貼標語訊息的民主拼接牆。二〇一四年雨傘革命期間，連儂牆首次出現於金鐘夏愨道香港政府總部。二〇一九年六月，香港政府總部再次出現連儂牆，以反映市民對反對逃犯條例修訂案的心聲及對示威者的支持。其後連儂牆不再局限於金鐘一帶，而成為覆蓋全港十八區的社區性民主牆。

香港兩代連儂牆，第一代的核心訴求是普選；第二代是「反送中」，但其五大訴求中最重要的一條仍然是普選。這是香港人對民主的渴望，其背後的訴求乃是港人治港——香港人希望保持之前的生活方式、價值觀與民主自由精神。時隔五年的反送中運動規模要大得多，持續時間也更長，衝突與犧牲也更為慘烈。五年前的矛盾不僅沒有得到解決，反而愈積愈厚，愈演愈烈，最終將香港拖到了萬劫不復的深淵，這是政治人物因一己之見所犯下的罪，也是制度設計的局限。交換逃犯，中港之間原本已有行之有效的做法，即大陸警方將逃犯押至羅湖橋，讓逃犯自己過橋，香港警方予以逮捕；大陸方面在香港以自己的方式抓捕逃犯，香港警方則予默認。這一做法並未影響司法執行的效果與效率，執政者卻以一己愚見，在疏忽民意及不遵守立法審讀程序的基礎上倉促修訂逃犯條例，又以行政手段粗暴干涉，才使自己陷於被動，也釀此大禍。維基百科曾將連儂牆定義為一件藝術作品，從某方面講它的確是一件由上百萬人共同創作的藝術品，可這件作品是由無數人以熱血與淚水、憤怒與掙扎鑄造而成的，也是由無數人以失望和絕望鑄造而成的。在那段不堪回首的日子裡，不少人曾試圖撕毀貼在政府總部大樓的連儂牆，可香港人以撕一貼百的不屈與韌性重建，亦使得連儂牆在各個社區遍地開花，成為人類歷史上最具規模的抗爭與吶喊。反送中運動到了中期，示威者提出了兩句響亮的口號——時代革命與香港光復，卻也導致了香港社會與大陸的澈底撕裂，從而使這場運動滑向了港獨的險境。這可真是因熱血與憤怒沖決而出的瘋話！在這樣一個時代靠幾把雨傘何至於發動革命？一個與大陸只有一橋之隔的小島，既沒有軍隊又沒有外交，又何以憑幾百萬肉身而鬧獨立？任何事情都可能因激烈而變性，正如火星會變成火海，我所痛惜的是年輕人的激烈，所痛恨的是利用這激烈而將火星變成火海的不良之人，這些人才是禍首，是罪惡的淵藪，也是災禍之源！

維基百科向來以自由、客觀的百科全書著稱；可就算到了今天，當我回望香港，極力克制內心的悲憤，腦子裡依然會閃現出連儂牆遍地開花的場景。因為強大的共情關係，它將分布在世界各地的香港人緊緊地聯繫在一起了。在那段難忘的日子裡，每一道連儂牆都是一個戰場，它們表達民眾的訴求，譴責政府忽視民意，也譴責警察過度使用暴力；它們提供被捕人數、揭示熱點事件、發布遊行資訊，最後每一張便利貼都會寫上香港加油的口號。我從一開始便知道連儂牆早晚會拆除，它的存在形式甚至禁不住任何風吹雨淋，它不過是一張張小小的便利貼而已。可是在香港人心裡它是永恆的，誰能抹去數以百萬人如此深刻的記憶呢？

姍的遺物中也有幾張悉心保存下來的便利貼，顯然是從連儂牆上撕下來的，姍把它們夾在了一個筆記本裡，那是幾個孩子寫給香港的遺書。運動一開始我們便以志工的名義參加了救援隊，姍是在救援中暈倒了才被送進醫院的，不久她就進了重症病房。原來她早就得了子宮癌，而且是晚期了！

從某種意義上講，那可真是一個迎接死亡的夏天，一群孩子在翻滾的熱浪中接而連三地奔向死亡。他們不想死，卻不知道如何活下去；因此與其在困苦中屈從地活著，不如自由奔放地奔向死亡。從來沒有哪個城市在那麼短的時間裡有那麼多人跳樓，這種奔赴死亡的行為被香港人稱之為被自殺。一件件令人恐懼不安的跳樓事件延續到人們的夢裡，使人們的睡眠像是要被探照燈照穿了一樣，那是一盞又一盞追捕的探照燈，也是靈魂審問的探照燈。「為什麼要讓我們受這樣的苦？」活著的人嘶聲問道。當局卻處之漠然，每一個被自殺的人都被警方倉促地下了一個結論：無可疑！小婷是最早出現的被自殺者，她都沒有來得及看到小莉她們成為勇武者。人們在海上發現了她的浮屍，從警方提供的錄像中，可以看到她在死前的幾小時曾參與過遊行，之後進入了一家酒店，隨後便消失了。警察很快便做出了「無可疑」的結論，但這個結論立即便遭到了市民的質疑；她之前所在的學校發出了公開信，要求召開死因裁判法庭以釐清她的死因。需要警方解釋的疑點包括：一、她死之前去過的那家酒店有完整的監控錄像，為什麼只有她進入的影像資料卻沒有離開的影像資料？她既是在酒店消失的，為什麼屍體卻出現在海上？二、小婷生前是一位游泳健將，一位游泳健將怎麼可能在海裡自殺？三、一位如花似玉的女孩的浮屍為何會全身赤裸？幾天後無線新聞播出了一個獨家採訪，一位自稱是小婷母親的女士表示女兒是自殺的，並請求公眾不要再揣測女兒的死因，以使女兒安息。小婷的母親！何女士！我是小婷的母親，我娘家姓陳，我從沒被人叫過何女士！令人同樣感到恐懼和荒謬的是這位自稱是小婷母親的何女士不久便墜樓身亡了！人們質疑小婷的死，也質疑何女士的身分；我的一些朋友在網上提供證據，說小婷的媽媽是短髮，聲音也不會這般沙啞。小莉的媽媽也在網上發布了我與小婷的照片，並指出小婷的媽媽已經消失，何女士是冒充的，她的證言全是謊言……

我沒有能力像我的朋友少傑一樣可以拍一部紀錄片來記錄那一年發生的事情。反送中伊始，駒爸爸便請少傑拍一部片子，好告訴世界香港所發生的事情。少傑在接受訪談時曾說：「我想知道那個蒙面人是怎樣的人。」他所做的正是要通過鏡頭告訴世界那個蒙面人是怎樣的人。從某方面講，任何一個抗議者都是蒙面人，任何一種抗議都只能蒙面，少傑的影片片名即罪名。所以對許多人來說選擇離開香港是基於恐懼，離開之後也只會恐懼。這幾乎是所有參與過運動的香港人的畫像，我和小婷也未能倖免。小婷是被自殺的，我則是被消失的。我在小婷的浮屍被發現後的第二天便消失了。身為母親我沒有能力處理小婷的喪事，甚至都不能像一個普通市民一樣在街頭為她點一支蠟燭，獻一束鮮花。她生前是那樣愛花，在所有社交媒體上都把自己叫做鮮花公主。我想問的是當一群人，當一個處於文明之巔的城市都只能以蒙面的方式來表達公義、追求自由的時候，我們到底還可以抱以什麼樣的希望？

少傑在深入各個遊行地點進行現場拍攝時便為片子定下了方向，即深入探討蒙面抗爭者的內心。他認為每一位蒙面者背後的經歷都值得被拍下來，以使更多的人聽到他們的聲音。他長時間追訪受訪者，多次中過胡椒噴霧和水炮車的藍水，頭盔也中過橡膠子彈。在理工大學最深沉的絕望中，在滿目瘡痍的大街上，他看到了香港人難以痊癒的創傷。然而這部影片卻沒有販賣悲情，甚至沒有偏袒示威者，也沒有醜化警察與政府。他以鏡頭客觀再現了那場運動，也再現了香港人是如何將一場運動演變成重建身分的革命的。從某方面講香港已經不重要，香港人才重要；因此愈到後面它便愈像是一場靈魂深處的革命。「我想知道那個蒙面人是怎樣的人。」——將來，人們始終都會追問：「香港人究竟是什麼人？」但這個追問將不再是地緣性的，也不再只是制度層面的追問，它將愈來愈是靈魂的追問——作為一個抗議者，你恐懼嗎？是的，無論選擇留下或離開我都恐懼。那你還有勇氣嗎？是的，無論多麼恐懼，我都希望人們看到的是勇氣而不是恐懼！

香港在不可避免地衰落，它已經難以重建世界對它的信任，愈來愈多的人在以自己的方式離開。一位和我一同離開的姐妹在過安檢時突然倒在地上大哭：「我愛香港，我不想離開！」她無助地望著機場的工作人員，似乎在乞求有人給她勇氣讓她留下來。我默默地扶她起來，幫她過了安檢，我們消失在了異域的天空之中……

兩年多來，我以隱形人的方式關注著世界的變化，當那位何女士在電視中說她是小婷的母親時，我作為小婷母親的身分便被人無端頂替了，我已經沒有機會在任何公開場合說自己是小婷的母親。小婷之死成了那一年最大的疑案，另外一些人則指責這是攬抄派對警察的抹黑；在攬抄派的帖子中我也消失了，網上甚至瘋傳過我跳樓身亡的視頻。所有這些對我而言都是傷害。這個世界如此荒謬，當何女士說小婷有知覺失調症並堅持說小婷是在精神混亂的情況下自殺的時，我卻沒有任何機會表達自己的憤怒！面對吞噬女兒的黑暗，我唯有隱身和沉默。但隱身的人早晚會現身，被消失的人未必真就死了。兩年後，世界在更大範圍內發生著令人驚悚的事情，人類在巨大的不確定性中愈來愈無力了……

少傑的片子後來得了金馬獎，且在臺灣公映了！臺灣人用「每個人一生必看的重要作品」來宣傳它。影片中劇組人員全匿名，製作人則冠以香港人的總稱，就跟影片中的蒙面人一樣。觀眾對影片抱以誠摯的熱情，每個觀影者都在影院中流下了熱淚，人們稱之為「客觀而又震撼人心的電影」。「該說的、能說的都在電影裡了，請你看完，也請你想想，若是這些發生在我們的家園，你該怎樣想，又會怎樣做？」臺灣的觀眾在觀影後留言。其實臺灣人民早就因抗議威權統治付出過慘痛的代價，但專制者的魔影一直在徘徊，任何時候都可能借屍還魂，給自由的人們重新帶上鎖鏈。少傑的片子以臺灣大選結尾，應該算是在表達他的希望。然而這是否能真正成為希望呢？相信許多人、許多事都需要進一步的觀察。「不是時代選中了我們，是我們選擇要改變時代！」少傑在電影海報上寫上了這句口號，誠如他在記者訪談時說：「將來或有一日會被監禁，卻希望自己的內心仍是自由的，也希望這一日來臨時，讓世人看到的是勇氣而非恐懼。」

豪，斷句

獨坐黑夜
你和夜色搏鬥
看見自己像一塊飄浮的石頭
像一顆心
你逼視它
不可能和解
這是心的宿命……

看看我呀，我才十五歲半

七月十二日，小婷在夜裡聽見一陣很細微、很瘮人的聲音，她迷迷糊糊地睡了，又迷迷糊糊醒來，一整夜都處於半睡半醒的狀態。那聲音一直糾纏著她，整個夜晚都這樣古裡古怪。早晨，那聲音突然變得很大，大得似乎有什麼東西倒下了，還砸傷了很多人；有人在叫痛，有人在喊救命，也有人在喊：「趕快跑啊！……」她起床，站在過道昏暗的燈光下，看著媽媽在廚房裡忙；媽媽的動靜很大，似乎在狠力砍什麼東西。「媽媽，你在砍什麼？」她輕聲問，聲音低到連自己彷彿都聽不到。媽媽站在廚房裡，穿戴得整整齊齊，就像平時出門上班的樣子。「寶貝，你醒了？要不要喝牛奶？」媽媽轉過身問她。媽媽的眼神讓小婷一陣哆嗦，那是一種既混亂又滿是焦慮的眼神，是與昨晚的聲音很相符的目光。小婷沒有接媽媽的話，而是輕聲說：「我知道了，媽媽，看見你我就知道了，那是蛇纏住青蛙的聲音。」媽媽問：「你說什麼？」小婷依然站在昏暗的燈光下，媽媽站在廚房裡，陽光從窗外照進來，媽媽和廚房都很明亮。「媽媽，你在砍什麼？那麼用力，砍斷了嗎？」「小婷，媽媽沒砍什麼，媽媽只是在煮咖啡。今天陽光真好，我要早點去公司，好多事情，你起來喝杯牛奶吧。」小婷疑惑地看著媽媽，再次確定媽媽的目光既混亂又焦慮。她再一次輕聲說：「就是蛇纏住青蛙的聲音，我小時候去動物園，看見過蛇纏青蛙，我對那種聲音很敏感也很熟悉，它一直跟著我。可是媽媽，你剛才到底在砍什麼？是在砍蛇嗎？你應該砍掉那隻手，黑手，它在砍很多人的腿。」媽媽看著她，抱著她說：「寶貝，沒事的，沒有蛇。媽媽得走了，你照顧好自己，記得吃早餐。」小婷點了點頭，媽媽走了之後，她又回到臥室；她拉開臥室的窗簾，強烈的陽光照得她頭暈目眩，她只好將窗簾拉上。隨後她上床，蒙上被子，那個聲音再次響起，倒下的聲音、砸東西的聲音也再次傳來，驚魂未定之中還夾雜著槍聲，隨後便是輾壓的聲音和成群結隊的人跑步的聲音……

小婷是一個多月前才被診斷出有幻聽症的。三個月前因為和同學打架她被送進了感化院，後來又因為襲警被送進了女童院。她對前去看望她的媽媽說有個聲音一直在騷擾她，她必須衝出去，把那個聲音趕走，或者砸碎它。她和同學打架是因為那個聲音，襲警也是。她覺得那個聲音是從那個警察身上發出來的，她必須衝出去趕走它、砸碎它。莉莉聽了小婷描述的情況，立即就理解了女兒的行為。她想起懷小婷的時候遇到的海嘯，那時小婷已經三個月了，她一定在她肚子裡便聽見了大海的咆哮，那可是數十米高的海浪直立起來又摔向大地的咆哮！莉莉近乎宿命地理解了小婷，幻聽症應該是她懷孕時就帶給她了，她的身體裡早就潛伏著大海的咆哮，她怎麼可能不幻聽呢？事實上小婷爸爸出軌的那段時間她也得過幻聽症，無論走到哪裡，她都會聽見小婷爸爸撞擊那個大陸妹的聲音，他那麼用力，撞擊她的聲音幾乎是巨響。她推門聽見的是撞擊聲，坐在車上、走在路上也是。那無處不在的撞擊聲有時還夾雜著桌子和椅子倒在地上的聲音，也夾雜著那個大陸妹滿頭大汗的呻吟；她趴在桌子上和椅子上，小婷爸爸從後面撞擊她，桌子和椅子全都倒在了地上……。所以，幻聽！她是多麼熟悉幻聽呵！她曾身陷其中不能自拔，以至於離婚那麼多年，她都聽不得有人提小婷婷爸爸的名字，也不允許小婷問。「爸爸」這個詞是她強行從小婷的意識中刪除的，小婷甚至從小到大都不會發「爸爸」這兩個字的音，但她會偷偷在夢裡叫。好幾次聽見小婷在夢裡叫爸爸，她都只能躲在衛生間裡哭。她知道那段時間她幾乎崩潰了，幻聽折磨著她，無論用手指挖還是用手捂住耳朵，都壓不住那令人嘔吐的聲音，那是一種讓她極度絕望甚至恨不得去死的疼痛。離婚之後她過了那個難關，她的幻聽症終於好了。可是小婷呢？小婷腦子裡的聲音是在娘胎裡就置入進去了的，而且是大海的咆哮。這比小婷爸爸在那個打工妹身上發出的撞擊聲可大多了，那是真正的轟然巨響。莉莉甚至相信小婷的幻聽症根本就無法治癒，咆哮是她的天命，幻聽也是！這讓莉莉無比憂慮與悲傷，她甚至認為小婷的命一定會是也只能是斷崖似的，她隨時都可能在幻聽中墜落、碎裂，直至消失……

作為一個幻聽者，小婷當然能聽到更多更遠的聲音；也能比常人感受和預知到更多的事情。她任憑聲音指引她的行為。那些聲音有時真是迷人啊，她就是在他令人迷醉的聲音中進入那個房間的，也是在他的耳語中任憑他脫去她的衣服的。他們在Instagram上先是用文字隨後又用聲音相愛。他的聲音是那麼親切、明淨，充滿誘感而又極具張力。他彷彿隨時隨地都在她的耳邊喃喃自語：「寶貝，我愛你！你充滿靈性，不同凡響！」這致命的耳語沿著小婷晶瑩耳輪的曲折走廊進入她黑暗的洞穴之中，進入她身體的迷宮深處，使得她的整個世界都彷彿在顫動。這迷人而熱烈的耳語也在催熟她，使她渴望成為一個真正的女人。是的，真正意義上的女人，他的女人！於是她不再羞怯而是熱切地渴望見到他。某一天他們終於見面了，她走進了那家酒店。當她進入房間，看到那張她熟得不能再熟的臉時，她幾乎要昏倒在地。然而從那張天王巨星的臉上傳來的聲音扶住了她，它依然那麼親切迷人，那麼清澈和真實。「叫爸爸！」那聲音指引她，令她全身發熱。「爸爸！」她夢囈般輕聲叫道。「再叫，大聲叫！」他吻她，含著她的耳垂鼓勵她。當她大叫出——「爸爸，進來，爸爸，用力……」時，他的身體和靈魂都彷彿支撐不住了。隨後小婷便聽到了他幾乎瀕死的聲音，他在她的愛液中發出尖叫，那正是蛇纏住青蛙時的叫聲。是的，蛇纏住青蛙！他一射如注的叫聲真的具有蛇纏住青蛙時的毀滅性力量。所以一段時間她深信他愛上了她，沒有她他會活不下去，他對她當然也是寵愛有加、言聽計從。所以那天她去找他，要他以他的影響對示威者給予聲援。「二百萬人遊行呵，充分說明這個政府不被認可。」——她義憤填膺地說，她的聲音幾同於尖叫。他看著她，叫她寶貝，又從身後抱著她，吻她的耳根。「這不是叫寶貝的時候，我沒有心情，今天我要的不是甜言蜜語，我要你到街上去，去聲援他們。」她說。可他根本不予理會，他覺得她的義憤很快就會轉化成令人銷魂的呻吟的。他舔吻她，突然就把她推倒在床上，用一條黑色的領帶將她的雙手綁在床頭，隨後便拿出事先準備好了的紅酒與蠟燭；他含著紅酒舔吻她，也往她的乳房和陰毛上滴蠟。「我知道你喜歡刺激，這樣你舒服嗎？很舒服吧。」他邊說邊猛力插入……。事後他坐在沙發上，對著床上一片狼籍的她說：「我早過了憤怒的年紀了。我不憤怒，我為什麼要憤怒？我的票房是他們給的，我的粉絲大都在那邊，他們對我不薄，我為什麼要憤怒？我不憤怒，更不會聲援你們。」小婷邊聽他說話，邊下意識拉過一條毛巾遮住自己的身體；可她一點力氣都沒有，她感覺到他骯髒的精液正從她的體內流出來。「我不僅不會上街聲援，也不許你再到街上去，從今天起不要再遊行，不要喊口號，不要發傳單，也不要在網上發布訊息。」「你太年輕，涉世太淺了，根本不知道厲害，全世界任何一個國家有哪次運動抗爭者贏過？至於民主和自由，你們懂什麼民主和自由？上街遊行就有民主和自由了？這個世界有許多詞是專門用來蠱惑人的，民主、自由，還有你們天天高喊的『公平與公義』就是這樣，它們除了用作口號就再也沒有任何價值。它們不存在！寶貝，你還小，你要做的是享受生活，盡情盡興地享受生活，我可不想看到一朵嬌嫩的花就這麼給毀了。沒有得到批准的遊行是非法的，很快就會有人被捕……」他似乎還要說下去，卻看到小婷眼裡的寒光直視著他。他起身，走到朝向大海的露臺上，卻聽見小婷鬼魅般的聲音從臥室裡傳來：「你想跳下去嗎？你想嗎？跳下去吧，我也想跳下去；只要跳下去就一了百了了，你剛才的話我也只當沒聽見。」他愣了一下，轉身說道：「寶寶，你一向最乖了，之前每一次你都那麼溫柔，溫柔得連我的心都要化掉了。」他說完就在床前跪下，將小婷玲瓏剔透的腳貼在了臉上。正待他心醉意迷要吻那雙腳時，小婷一腳踢了過來。「剛才已經算是強姦了，不可以再有第二次！」他倒在地上，還沒有反應過來，小婷已經下床；她無比迅速地穿好衣服，打開房門，跑了出去。這是她留給這個世界的最個一個身影，奇怪的是酒店的監控錄像沒有留下她任何影像，既沒有她跑出房間的影像，也沒有她走進電梯的紀錄，她就這樣像一隻受傷的鳥一樣神祕地消失了，直到數日後被兩個漁民打撈上來。她的屍體已經浮腫，警察說她身上沒有任何外傷，也沒有被強姦的痕跡；那位在電視中自稱是她母親的何女士進而證明，她的女兒小婷是在精神失常的情況下自殺的……

我不想做一個活死人

一旦以死人的身分說話，我的聲音就可能是哀怨的，它們一定很難聽，所以我絕不以死人的樣子示人。在通往死亡的列車上我遇見過不少人，其中就有小婷和她的朋友；她們之中有人被強姦過，也有遭慘過毒打的，她們發出厲鬼般的尖叫聲。我不同，我「嗯」的一聲就死了，死於虛無。都說人從哪裡來便會往哪裡去，我是從虛無中來又往虛無中去了嗎？這麼久以來我的影子一直都在與尖叫聲搏鬥，一大群影子與成片的尖叫聲構成了最初的死亡景象。「黑中更黑，我更赤裸；只有叛逆，我才是真。」一個小姑娘在留給香港人的遺書中引用了保羅・策蘭的詩，讓我既痛惜又羨慕。我羨慕那些以自己的方式終結生命的人，他們都那麼勇敢和決絕。我是病死的，我假借病魔的力量才走進了死亡的營地。豪的手稿中有一首詩我也很喜歡，他寫了一個撕紙的孩子：「撕紙的人坐在河邊／他已經撕了整整一天／他曾想把河水撕掉／卻只撕下了一小片天空／……多麼疼痛的天空／即使回到夢中，也能聽見撕紙的聲音！」這就是我死之前所看到的人間景象。

我是在豪被捕後的第三個月診斷出腫瘤來的。那天我躺在床上，突然發現身體裡多了一個什麼東西，它像是某種陰森怨毒的怪物，讓我感覺到很不舒服。之後它開始慢慢長大，就像一朵有毒的菌子一樣。醫生讓我切除它並盡快化療，我做了切除手術卻拒絕了化療。化療會使人頭髮掉光，手腳冰涼，就像活死人一樣；我可不想做一個活死人。從手術室出來時我堅持要看一眼那個怪物，當我在手術床上看到它黑紫色的怪模樣時，我的眼淚從眼角流了出來。我難以相信我的體內有這麼毒、這麼難看和這麼令人噁心的東西，它讓我聯想到罪惡與死亡。

就像之前我沒有把豪被捕的事情告訴任何人，我也沒有把我得腫瘤的事告訴家人與朋友。手術之後不久我便開始四處旅行。我在Instagram上的照片向外界傳達了一些完全不搭界的訊息，多數人會認為這是一個幸福的女人，過著有錢且優游自在的生活；一些人會詛咒我，說我薄情寡義——丈夫坐牢了，居然不管不顧，還滿世界去旅行。只有林可可知道我在逃亡，她威脅說要是不把錢退回去她就報警，她會讓我成為逃犯並被無限期追逃。這是她對我實施的詛咒與手段，我相信她已經這樣做了。啊，旅行！我自己知道我是在藉旅行躲避與逃亡，生活中有太多我不能面對的事情；我既不能面對牢獄中的豪，也不能面對林可可的恐嚇與逼迫，更不能面對身上的腫瘤。那個黑紫色的毒菌子是切除了，但癌細胞不可能去乾淨，它們還在我的體內，以我的孤獨、憂傷和恐懼為食；我的憂傷有多深、恐懼有多大，它們就會長得有多快。腫瘤是人身上的積毒，它的主要成分正是憂傷、絕望與恐懼。因此我的旅行是逃亡之旅，是對抗恐懼與死亡之旅，它同時也加深了我對生命的認知與體驗。

在泰國，有一種神祕的儀式，人們付錢在寺廟的棺材裡躺上幾分鐘，在模擬死亡之後又重新站起來。人們相信這種儀式會讓過去消逝、厄運消散……

因為這個儀式，我在清邁住了一段時間。我每天都去寺廟，每次都會在寺廟的棺材裡躺幾分鐘，這使我成了一個引人注目的人，也讓我有幸認識了著名的旁遮普—印度裔泰國藝術家納文・拉萬才庫（Navin Rawanchaikul）。拉萬才庫在他瀰漫著重生感的工作室創作了一系列想像自己葬禮的作品，其中一部作品展示了一個殯儀館；所有前來哀悼的人都是他的化身——他是一個蹣跚學步的孩子、一位小學生、一個藝術學校的畢業生和一個僧侶……，他虛構了各種各樣的「自我」去體驗自己的死亡。這件作品給了我極大的震撼，我從中發現死亡其實是一個可以以多個自我、多種角色與身分去參與的事情，因而不再只有一個維度、一種樣貌；雖然只有自己參加的葬禮免不了會有一種悲傷。從此我便將死亡看作是另一個可以反覆體驗的世界，甚至比活著的世界更值得體驗；我也不再對死亡感到恐懼與悲傷。是的，我不再恐懼與悲傷，因為死亡是另一種生命之旅，它將朝向另一個全新的世界。在隨後的旅行中，這一意識變得更加明晰與堅定，以至於我的心裡有了一個非常清晰的聲音——這一邊與那一邊——馬路的這一邊馬路的那一邊，牆壁的這一邊牆壁的那一邊，臥室的這一邊，臥室的那一邊……，這是彼岸世界在日常生活中的顯現與觀照。當我走在路上，站在斑馬線的一邊，便總能聽見馬路那邊的親切召喚；我過了一條路，又總能在路這邊看到路那邊在招手。我走呵走呵，從這條路走到另一條路，從這個城市走到另一個城市，從這個國家走到另一個國家，每走一步便離那一邊更近，可接著又會迎來一個新的那一邊……。這是一種多麼有趣的體驗與發現呵，生與死，這一邊與那一邊，此岸與彼岸似乎永遠在交替循環——死亡即重生，這可真是令人神往！

豪終於出獄了，我也結束了將近三年的旅行生活。我盼望他早日來到我的身邊，我將和他分享我的體驗與發現——死亡即重生，這一邊與那一邊……，我甚至猜想他在囚禁中也會有與我在旅行中相近的體驗——囚禁是另一種旅行。我知道這三年他一直在寫作，也相信思想者的天空是無界限的。他曾託人帶給我一部分手稿，我欣喜地讀到過其中一些從容而優美的文字——「時間被一個一個嫌疑人收藏起來了。奇怪的是，時間在被收藏後並沒有停止，反而走得更快了。泓在看守所轉眼就已經一個月了，他曾經以為是苦熬，結果卻是在不知不覺中過來的。當他慢慢適應看守所的生活，時間就不再是尖叫，而是在悄無聲息地流逝。泓從來沒有像現在這樣過著有規律的生活，這種有規律的生活讓他在恍若隔世中慢慢地平靜下來。時間在悄無聲息的流逝中滋養著他，就像菜湯和米粥滋養一個受過創傷與驚嚇的人一樣。……」

這些文字描述了他在囚禁中的生活也吐露了心聲，這樣的文字讓我感覺到欣慰。

可豪出來了，他的魂還在看守所的陰影中；他帶著死刑犯權自殺時穿的那身髒衣服走出看守所，不僅不願意來和我團聚，還拒絕和我通話。他說他必須搞清楚他一直在盈利且即將上市的公司為什麼就這麼垮了？他也懷疑我不經他同意便帶走那麼多錢是另有企圖。我的心碎成了渣，我是一個將死之人，所做的只是等他出來，和他一起度過隨時都可能終止的餘生；我冒著巨大風險帶出來的那點錢也只是為了讓他生活無憂，進而能夠安心寫作，實現他的抱負。然而這些話我都沒有機會說出來。癌細胞開始再一次攻擊我，我的悲傷與絕望餵養了它，使它變得異常活躍。癌細胞同時也使我神思昏濁，以至於每每與豪談論事情都禁不住怒火中燒。直到與毅展開他所謂一個人的戰鬥並再一次喪失自由，他才帶著殘疾的左手和滿身的憤怒來與我見面。可悲的是見了面不僅沒有消除疑團與誤解，還有了更激烈的爭吵，直到某一天他憤然出走，在一間細瘦的酒店裡折磨自己，又回來向我告別，說想回老家去住一段時間。他希望通過回去進一步看清自己的來路與去路，也寫完那本讓他無數次停筆又不得不寫下去的新書，他將《李爾王》的臺詞當作這本書的題記，我可以想像他是怎樣以一顆既傷痕累累又萬分可憐的心重複莎士比亞四百年前的主題的——

「我真慚愧，你有本事叫我丟卻男兒氣概，讓我禁不住熱淚滾滾……」

唉！這些真不該是一個癌症病患者要講的事情，一個死人更不應該再糾纏人世間的對錯與是非，也沒有任何一件往事值得死者重提。豪買了回老家的車票，他來向我告別。臨行前我將莉莉介紹給了他，也帶他去見了駒爸爸。我們約好一段時間都不要聯繫，給彼此一點時間想一想下一步該怎麼走。下一步？哪裡還有下一步？只有我知道我在安排後事了。我將他託付給了莉莉，希望莉莉在駒爸爸那裡關照他的書的出版，也讓莉莉成了我遺囑的執行人。不久我便離開了這個世界，如我之前所說的那樣，我「嗯」的一聲就死了。莉莉曾流著眼淚說：「你可真傻啊，病成這樣了都不跟豪先生說！」我說：「有用嗎？那個呆子，他不會照顧人，跟他說只能徒增悲傷與煩惱，我也不想他把我看作活死人。」這也許就是我與豪的緣分，在我這裡他永遠都是自由的，我們也不需要向對方交代什麼。

豪，斷句

不可能完成這首詩
它零星得像盜墓者送往古董商的瓷片；
在拍賣會上
一個人買下一隻花瓶
他們寧願買下一隻假的
也不要這些來歷不明的殘片。
可它恰恰像我的生命
被人盜走
不可復原
重要的是
它殘忍得像時間……

死刑犯權最後的願望

「我見到主席了！」——每當我說出這句話，我的心情就會無比激動。在某個時期，它是一句妄語，是一個人最大膽的瘋話。我的一位同學就因為在大庭廣眾之下一本正經地這樣說而被人當作了精神病人。後來他還真瘋了，他瘋得那麼厲害，以至於每天都要吃一大碗糞便。他抑制不住地從茅坑裡舀大糞，然後站在街頭的那棵老楓樹下大口大口地吃。他一邊香噴噴地吃著糞便，一邊幸福無比地說：「我見到主席了！」後來大家實在受不了了，書記便叫人把他抓了起來。真是的，人們怎麼能忍受一個精神病人天天站在那棵老楓樹下吃糞便呢？那棵老楓樹可是我們那個小鎮的神樹，是小鎮的中心與象徵。於是他和我一樣被判了死刑，他的罪名是現行反革命。「一個瘋子怎麼可能反革命呢？」大家私下議論。可他用那麼險惡的方式汙蔑主席，真是何其毒也！要是這樣的行為都不是反革命那什麼才是反革命？要是這樣的罪行都得不到懲治，豈不是人人都可以藉裝瘋賣傻來攻擊我們的領袖了嗎？我們這樣的國家又怎麼能容忍別有用心的人這樣做呢？這樣的人其心可誅，簡直就是陰謀家！所以那位同學的教訓是深刻的，我牢記了這個教訓，沒有試圖用裝瘋賣傻的方式去逃脫罪責。我坦白了罪行，可照樣被判處了死刑。現在我總可以以一個死人的身分來表達我見到主席了這麼一個美好的心願了吧。我就要死了，一個死人也沒有什麼可害怕的事情了。「啊，我見到主席了！」——這句話在不同時代經由不同的人說出來結果多麼不同！有那麼一些年，這句話是由一些先進分子在熱淚盈眶中喊出來的，它充滿了驕傲與自豪，代表了人們的共同心願。這句話一經說出，那人的地位便會改變，入黨、轉正、提幹，甚至可能成為中央委員。我這一生最大的夢想就是見到主席，最大的目標就是成為中央委員。可這兩樣活著的時候我都沒有實現，我的人生充滿了不可彌補的遺憾。現在就讓我以一個死人的方式去實現它吧。一個死人去見另一個死人總是容易的吧？一個犯人去見另一個犯人也不犯什麼忌吧？我讀過一些西方的書，也結交過一些歐美國家的朋友，在他們那裡人人都可得見上帝，而不必非要經過死亡。不管罪行有多大，也不管是否有罪，只要懺悔就行，甚至禱告也可以，也能得見上帝。「上帝與你同在！」「願主保佑你！」尤其在你虛弱之時、生病之時、孤獨絕望之時、臨死之時，人們就會這樣安慰你、為你祈禱。可我們這裡的習俗不同，絕不會有人在我即將奔赴刑場時說：「主席與你同在！」或「願主席保佑你！」雖然主席和上帝具有相同的屬性，我們稱主席為救星，他們稱上帝為救主，這兩樣在本質上是一樣的，都表明我們將因他而得救；哪怕我們罪孽深重，也能在死後去到他的身邊，得到他的保佑。我運氣不好，臨死之時沒有得到任何安慰，人們只是議論我，把我當作教訓。他們在把我當作教訓時又全都幸災樂禍，這使我死後的名譽更為不堪。出於人道，他們會讓我吃一頓飽飯。這也算是我們的風俗吧，哪怕是死罪也要讓你吃飽了再上路。這風俗真的很有人情味。我想也許是我們這裡的人對飢餓的感受太深了，人們才認為無論如何都不能讓一個人當餓死鬼，否則就太沒有人性了。他們問：「想吃點什麼？」我茫然發呆，說不出來。他們又問，最後我囁嚅著回答：「羊肉餡餃子。」他們真給了我兩盤羊肉餡餃子。可我他媽的吃得下去嗎？再過幾小時我就要被開膛破肚了，他們將在槍斃我之後的二十分鐘內熟練地取走我的腎，我那顆鮮紅欲滴的腎將以不菲的價格迅速賣給一個比我活著的時候更有權勢的人。當然了，這個人早晚也會死，或者也會像我一樣成為一個死刑犯。這可真是作弄人啊！所以主席，我終於在最後的關頭造了反，您那句「造反有理」的名言再一次給了我鼓勵，我選擇了自己去死，用一根繩子狠力抵制了他們強加給我的死法，而沒有被他們開膛破肚！在死這件大事情上我做了自己的主，這是一件讓我多麼寬慰的事情啊！

事實上，「我見到主席了！」這句話已經一是種黑色幽默。這一點在某些小範圍的聚會中我深有體會。「書記，又去北京啦？」大家坐下來，開始寒暄。「是，去北京了，我見到主席了！」我一本正經地說。「哈，書記，我發現您職務愈高人就愈幽默。」「我幽默嗎？我是認真的。現在國際國內的形勢多麼複雜，愈是複雜的形勢，我便總是情不自禁地想起主席，想起他老人家的膽識與智慧。」「書記，您還真是幽默，您這是冷幽默，黑色幽默！您還不如說您去北京了，把宋祖英給搞了呢。」我的臉色立刻便沉了下去。「這笑話太過了！……」有人輕聲說。「小兄弟，有些話小範圍可以說，但禍從口中出，你要小心了。」「那是那是，那誰誰誰，很著名的主持人是吧，不就是在酒桌上模仿主席的口音講了一個笑話嗎？所以笑話是不能隨便講的，像主席這樣的人，怎麼敢亂講笑話呢？」另有一人出來打圓場……

唉！他們太年輕，他們真是不明白，又怎麼能理解我們這個年紀的人的心呢？我是讀主席的著作長大的，我年年讀，月月讀，就是靠寫心得體會才引起了老書記的重視；最後我得到了組織的信任，又進一步得到了老書記的栽培，才一點一點地進步，一步一步地走到今天的。主席對我的影響何其大，比我父親對我的影響大多了。我那位從國民黨師長的槍口下死裡逃生的父親是給過我一些教誨，在我走向領導崗位之後還給過我一些具體指導，可那些都是技術層面的，是小技。比如他不斷提醒我要夾著尾巴做人，這句話其實已經老掉牙了，是屁話，甚至是有害的。主席會夾著尾巴做人嗎？當然不會了，他自己都說他是「和尚打傘，無法無天」。父親給我講過的另外一句很重要的話——「不說謊話辦不成大事」倒是有點用。但後來我也知道了，它其實是另一位大人物的一句讀書筆記而並非我父親的發明。那位大人物是在讀主席的著作時想到這句話的，並以一張紙條的方式夾在了主席的著作裡，所以它頂多也只能算是一個聰明人在讀主席的著作時的心得而已，談不上什麼大智慧，甚至上不了臺面。類似的話主席是怎麼說的？——「要陽謀，不要陰謀。」「要光明正大，不要搞修正主義。」——他說得多麼正義凜然啊！所以不一樣的，大多數人都只是學到了主席的一點皮毛而已，是所謂的術，是小聰明、小伎倆。只有主席才真正掌握了真理，他甚至於就是真理。世上任何人，包括我的父親，都未曾觸及過我的靈魂，只有主席才帶給了我靈魂深處的革命。所以，不要懷疑我說我見到主席了的真誠，它的確是我一生之中最大的願望。有時候，當我想說這句話時，我的腦子裡會同時出現另外一個聲音——「主席，我愛您，您的學生和戰士來看您了！」[1]我同樣不懷疑這句話的真誠，它的確是一個女人如釋重負後靈魂深處的心聲，是她奔赴死亡時幸福的淚光！

它當然也是我的心聲，只不過我層次不夠，頂多算上是主席學生中的學生。但我的心跟她的心一樣，是萬分純潔和赤誠的。我們還有一樣相同，那就是我們都是死刑犯，都只能以死人的方式去見主席。

不同的是我活著的時候從未見過主席。我怎麼可能見到主席呢？正因為這樣我才總是暗下決心——我死了之後一定要見到他。因為，說穿了，主席最後也只是一個死人，死人與死人應該是平等的。一個死人總可以見另一個死人了吧。的確，死，在我看來就等於把生前的一切都抹掉了，所以我相信一個死人去見另一個死人是容易的。可事實完全不是這樣。事實是死人見死人比活人見活人要更難，甚至不可能！我死了也整整三年了，可我連我最熟悉的父親都沒見著，更何況主席了。這首先是因為死人太多；根本上卻是因為死人把活著時的一切都抹掉了，單憑記憶根本就找不到任何一個死人。你能憑主席那顆著名的痣在死人堆裡找到他嗎？根本不可能。死人連身高和體重都沒有了，也沒有高矮胖瘦、膚白膚黑這樣俗不可耐的概念，沒有上下左右、東南西北這樣的陳知陋見，更沒有門牌號碼、辦公地址、郵政編碼和檔案編號這樣可笑的小玩鬧。我試著描述一下吧，死人就是一團氣，不，也不能說是團，壓根兒就沒有團、塊、股、根、片這樣的東西，死人就是氣，那麼多死人都在漂、在流動，可都沒有形狀，也沒

[1] 作者注：毛夫人江青的臨終遺言。

有視覺、觸覺、味覺等諸如此類的累贅。你非要較勁，想弄清楚死人到底是什麼，不妨簡單地說：死人是氣，時而這樣時而那樣，時而是團時而是塊，時而是片時而是股……。死人這種變化無常當然會影響到活人，使活人有白天有黑夜，有天晴有下雨，有高有低，有是有非，有貧有富，有長有短……，總之，有特徵，有區別。活人的各種區別使得他們孤獨、恐懼、惶惑不安，於是他們非得爭是非、論長短，結果活人的世界總是烏煙瘴氣，永不安寧。

既然沒有任何特徵，一個死人就根本不可能找到另一個死人，死人甚至於壓根兒就不找，沒有找這回事，死人只是流動與變化。所以活著的時候見不著主席，死了之後就更不可能見著他了。我曾經以為一個死人去見另一個死人是容易的，這其實是妄念，是胡思亂想，根本就不存在。那好吧，既然死人根本見不著死人，我也只好認了。那我就把「我見到主席了！」以及「主席，我愛您，您的學生和戰士來看您了！」這樣的蠢話全都抹掉吧。

可是我轉而又想，既然死人是氣，死人的世界是氣的世界，那氣是可以傳遞聲音的，所以雖然見不著主席，他卻一定能夠聽見我說話。聲音是可以傳播的，沒有什麼能一直擋住聲音，於是我對主席說了三句話。

其實活著的時候我就曾多次問自己：如果有一天真見著主席了，你會對主席說些什麼？這個問題在看守所的時候我曾經問過豪。他愣住了，低聲問道：「怎麼會有這麼奇怪的想法呢？」但隨即他就領會了我的意思，他在號房裡大聲嚷嚷：「權死了之後想去見主席，還想問主席幾個問題，大夥兒說說，看問哪幾個問題最合適？」他這麼一嚷嚷，大夥兒立即就哄堂大笑。我很生氣，這樣一個神聖而隱祕的問題怎麼能在那樣一個罪孽深重的地方說出來呢？真是太不嚴肅了。可這個問題對一個像我這樣即將脫胎換骨的人來說太重要了，所以有一次我甚至在夢裡問過我的女兒，因為她年齡雖小卻同樣懷著一顆想去見主席的紅心。女兒說她會給主席唱一首歌，接著她問我是不是也要給主席唱歌？唱支什麼歌？歌我當然不會唱了，我想藉這個難得的機會問主席幾個問題，可問題要問得有點水準也真不容易。我知道主席很擅長跟人談話，他跟很多人都談過話，比如著名的民主人士黃炎培和大右派的梁漱溟，他就很輕鬆、很幽默、很有智慧地跟他們談過話。他也跟很多普通人談過話，比如他的警衛、護士、韶山衝裡的鄉親們。可我總不能只跟主席聊家常吧，即便聊家常也得帶著問題聊吧。我這一生有多少大大小小的問題呵，可一想到要去見主席就什麼都忘了，可能是我太激動、太緊張了吧。也是，與去見主席這樣的大事相比，我所遇到的問題其實都沒有意義，它們要麼太小，要麼太庸俗，它們在我的激動和緊張之下全都跑走了，跑得無影無蹤。而且那些問題也只是我活著的時候遇到的，現在我都死了三年了，應該另有問題要問他。我說過我相信死人之間是平等的，即便不平等，也只是一個在十八層地獄，另一個在第三層或第四層地獄。大家都是死人，應該沒有什麼可緊張和激動的，所以我還是決定跟主席說三句話，這三句話是我對人生既樸素又真切的體會，我當然特別想知道主席的看法。

第一我想告訴主席，殺人是會做噩夢的。殺人不一定會償命但一定會做噩夢。我前面說了，我叔叔用大刀片砍死過兩個地主，之後就一直做噩夢；他養成了夢遊的壞習慣，最後居然掉到茅坑淹死了。我自己也是，我雖然沒有殺過人，但借刀殺人是有的。我也是因為這個才被判死刑的，我的司機殺了我的情婦，可幕後的黑手是我。我因自己的親身經歷得出了殺人是會做噩夢的這樣一個簡單卻重大的結論，也不知道主席會怎樣想？他老人家也經常做噩夢嗎？如果他同意我的觀點，能夠在某個場合說一句這樣的話，或者寫下來，哪怕寫進詩裡，寫一句類似於「不須放屁」那樣的大白話，一定會少死很多人。

第二女人可以搞，但搞多了會腎虛。這句話太直白了，可也是我用心體會到的。我死後才知道，人生的意義其實就在於使用欲望並得到滿足。在所有欲望中，搞女人最複雜也最難駕馭。一個人男女關係搞好了就會清清爽爽地過一輩子，否則就會麻煩不斷。所以性欲才是最要命的欲望，男女問題才是最本質的問題。當然了，這句話並不是我發明的，我只是覺悟到了而已。我猜主席在聽到這句話後一定會哈哈大笑。「狗日的，接著說你的第三句話。」他跳過去，讓我直接說第三句話。

第三句最複雜，老實說到現在我也把握不住；我沒弄明白，更沒有結論——「這個世界到底有沒有靈魂？」按理說這個問題死人是最有資格回答的，因為全世界的人都認為死其實就是靈魂離開了肉體。按照這個觀點，靈魂一定是有的，而且十分重要。可我活了一輩子都沒有見過靈魂；舉目望去，我看到的全是欲望。按照唯物主義的觀點，靈魂似乎是唯心的東西，談靈魂就是唯心主義，所以它應該不存在。可是這個觀點我並不贊同，雖然我沒有真正見過靈魂，可如果連靈魂都沒有，那可真是生不如死。我想活著的時候我沒有見到靈魂，死了之後應該可以見到了吧？可我都死了三年了，在死人成堆的世界裡還是沒有見到靈魂。有誰會在死了之後還帶著靈魂來呢？他們都是帶著欲望來的。這也是一個一直困擾我的問題，所以我想問一問主席：「這個世界到底有沒有靈魂？您有過嗎？如果有過，那它是什麼樣的？您死了之後它又去哪兒了？」

主席聽我說完，陷於了沉思；最後他掐掉手上的香煙，長長地嘆了一口氣，他說：「你這個人，麻煩！」我見他神色凝重，心裡就發了慌。我怕他生氣，趕緊轉移話題，可慌亂中竟突嚕出了一句極其愚蠢的話，我問：「主席，那您能告訴我您這一生搞了多少個女人嗎？哪個女人搞起來最舒服？」他瞥了我一眼，居然十分親切地說：「這個問題在我的一生中還真沒有人問過。」接著又說：「這是一個無聊的問題，但也算是一個問題，與好奇心和統計學有關。」他像是在思考又像是在回憶。

該死的死，該亡的亡

作為一個消失的人，我有權利回憶，也有責任說出並交代一些事情。作為那一年最大的疑案，小婷的死恐怕永遠也不會再有別的結論了，這將使得那個城市變得得詭異並令人質疑。我知道每年清明都有人去一座僻遠的山上掃墓，那裡有不少小小的墳墓，它們密密麻麻地挨在一起，多數連名字都沒有。它們的墓碑都很小，讓人一看便知道是孤墳。死亡有很多種，其中一種叫非正常死亡。這個世界有不少人都死得不清不楚的，就像有許多人活得不明不白。小婷是我在海嘯那年懷上的，她是海嘯的女兒，自然會歸於大海，也將以海嘯的樣子重生。所以小婷也沒有墓碑，她葬在了海裡。

她離開的那天早晨我一如往常地在廚房做咖啡，她站在昏暗的過道裡問：「媽媽，你在砍什麼？那麼用力，砍斷了嗎？」我沒有接她的話，她又輕聲地說：「就是蛇纏住青蛙的聲音，我小時候去動物園，看見過蛇纏青蛙，我對那種聲音很敏感也很熟悉，它一直跟著我。可是媽媽，你剛才到底在砍什麼？是在砍蛇嗎？你應該砍掉那隻手，黑手，它在砍很多人的腿。」……她反覆問我在砍什麼，我當時怎麼就沒有聽出她的話外音來呢？我以為她只是在幻聽，我說：「寶貝，沒事的，沒有蛇。」然後我出門，像往常一樣去上班。車開出去不久便遇上了遊行的長龍，好多路都中斷了，我繞來繞去，好不容易到了公司，才想起小婷一個人在家。打電話回去，小婷接了，迷迷糊糊像是還在睡覺。我叮囑她，說今天外面很亂，千萬不要出門，我會盡量早點回去給她做飯，她答應了。到了傍晚遊行的人愈來愈多，交通基本上都中斷了，再給小婷打電話，沒有人接；又打還是沒有人接。好不容易回到家，打開房門，小婷不在，打電話還是沒人接。但願她也只是去遊行了，街上那麼多人應該沒事的，我安慰自己。時間一分一秒地過去，到了十點、十二點、凌晨一點，小婷仍然沒有回來，電話開始還只是沒人接，之後便不在服務區了。再打，再打，仍然不在服務區！我開始發慌了，給駱打電話，也沒人接。凌晨兩點我去警署報案，警署空蕩蕩的，警察都到街上去了。終於聯繫上了駱，我也在警署做了筆錄；駱過警署來接我，我看見他憔悴得面無人色的樣子，知道他一定好幾天都沒怎麼睡覺了，反過來倒要安慰他。回家的路上我和駱都沒有說話，我的身體一直都在發抖，駱摟了摟我的肩膀，但沒有說什麼。他應該是想安慰我，可是他沒有力氣，也沒有信心。恐懼控制了我，我一晚上都沒有睡覺。第二天警署沒有任何反饋，第三天也沒有，我終於控制不住了，在電話裡對駱大吼：「你們這些警察是幹什麼吃的？都三天了，你們到底是幹什麼吃的？」完了又無助地哀求道：「駱，你不是高級警司嗎？幫幫我，啊？幫幫我！」……

我是有一個做高級警司的男朋友，可我女兒失蹤了，他也只是說：「你冷靜點，警署會盡力的。」警署會盡力的？三天了，我天天去警署，警署都空蕩蕩的，所有的警力都在處理遊行的事情，他們已經不能正常辦案了。而且就這三天，短短的三天，警察與市民的衝突愈演愈烈，街上到處都是「黑警死光光」的標語，警察執行公務或回家都有可能會遭到襲擊，警方已經在鎮壓遊行了。從監控錄像中，可以看到小婷當天參加了遊行，她和她的同學小莉他們衝到了最前面，還與警發察生了直接的衝突。小婷在衝突中跑掉了，隨後去了一家酒店，再之後就沒有任何消息了，也沒有任何影像資料。到了第四天，兩個漁民報了案，說在海上發現了一具浮屍；警察通知我，我到了現場，死者正是失蹤了四天的小婷……

我當然不能接受警署對小婷的死所做的結論——無可疑！無可疑她怎麼就死了？我更不能接受警方的說法——小婷是在精神失常的情況下自殺的。我承認小婷患有幻聽症，也承認她在幻聽中有暴力傾向；但幻聽不是精神病，小婷沒有任何精神失常的病症與紀錄。我更不能接受警方未經我同意就那麼倉促地將小婷的屍體火化了。我去警署申訴，也去找駱——不是作為我的男朋友而是作為一名高級警司的駱，我向他申訴，同樣沒有得到任何解釋。那場運動一開始，我和駱就很少見面，我見不到他，也不知道和他說什麼。運動使很多家庭出現了分裂，丈夫支持警察，妻子卻支持示威者。我和駱也出現了分歧，但並沒有發生爭吵。他是一名警察，處於漩渦之中，我理解他的職責與立場。香港警察一向有良好的職業素養與口碑，我也不是激進分子，我甚至反對遊行中出現的某些口號。可是我是一個母親，我的女兒死了，她死前參與過遊行，與警察發生過衝突，我不能接受警方對她的死所做出的結論。小婷的死成了一樁疑案，引起了社會的廣泛關注與不滿，也加深了警民之間的矛盾與衝突。直到有一天，那位何女士在電視中以小婷母親的身分出現，聲稱小婷是因精神失常自殺的，我才頓覺到這個世界荒謬到了什麼程度！駱為此來找我，他要我面對現實。我驚愕地看著他，問他面對什麼現實？「現在全世界都知道何女士是小婷的母親，小婷是因精神失常自殺的。」「你是一個警察，你知道她在做偽證，你應該去調查她、逮捕她，而不是坐在這裡勸我面對現實！」我憤然而起，逼視他，譴責他。他進而勸我離開一段時間，不然大家都會很麻煩。離開！我憑什麼離開？可駒爸爸也這樣勸我，他甚至認為要快，否則便會有危險。果然不久網上便瘋傳那位何女士跳樓了！……不，不對，是小婷的媽媽跳樓了！

我就這樣在駱和駒爸爸的勸說下消失了，但我並沒有離開而是以一個消失者的方式默默關注著這個城市，也以自己的心守護著必須守護的。有一天我接到醫院的電話，說姍在重症病房，快不行了。這個電話讓我萬分驚詫。姍的身體一直很好，在駒爸爸那裡見過面之後我們還一起行過山。她行山的速度很快，雖然我看得出她很累，甚至有些吃不消；她站在山頂跟我說：「莉莉你看，這裡的風景多美，要是哪天我死了，你就在這裡把我的骨灰撒向大海，我要自由自在地隨風飄散，消失在海天一色之中。」我開玩笑說：「我大過你，會死在你前面，拜託你到時到這片山上來，把我的骨灰撒向大海，我也要自由自在地隨風飄散。」我見她全身都濕透了，臉色也不大好看，問她要不要休息一下，她還說：「出汗才好啊，出汗就是排毒，我們的身體裡其實是有很多毒的，生活也是，得運動，得排毒。」姍的個性向來很開朗，那天竟像是在控訴什麼似的。她說到旅行，說她在泰國認識一位藝術家給了她很多啟示；她也曾依當地風俗，多次躺在寺廟的棺材裡體驗過死亡。「沒有人能知道那個地方究竟怎樣，但我對它充滿好奇。生與死都是體驗，死是一種重生。」我當時還說：「呸，呸，呸，這麼好的風景，別淨說死呀死的，你那麼年輕又那麼漂亮，就給我好好活著吧。」我岔開她的話，問到她的怪人豪先生，她說：

「應該很好吧，回老家寫他的書去了；這麼久沒聯繫說明他狀態很好。」「莉莉，相信我，豪是一位天才。」她說。她很少評論一個人，我告訴她駒爸爸已經決定出版豪先生的書了，應該很快就會在市面上出現的。「我倒要看看這位天才有多少讀者。」我調侃她。回家的路上，她又提到死亡，說最好的方式是死在旅途中，某個陌生的海邊或山上，沒有人知道，也沒有人哭哭啼啼地為你送行。「人本來就是一個人來到世上的，當然也要一個人走。不過香港是一塊福地，以這裡為終點倒也是一種福氣。」我說：「香港是全世界最長壽的地方，你就不厭其煩地活著吧，活到膩了的那天再說！……」我真是粗心，不知道那時她已是癌症晚期。不久運動便開始了，我知道姍以志工的身分參與了街頭救援，可我們沒有再見過面，直到小婷的死轟動了整個城市，她來看我，陪我住了兩天，我怎麼也沒想到她會住進醫院的重症病房。

我趕到醫院時，她正在昏迷之中，我在病房外焦慮地等候，祈禱她醒過來。她醒來了，醫生讓我進去。我吃驚地看著她，她無力地笑了笑，說：「我知道我的樣子很難看，但願不要嚇到你。」然後讓護士拿過來一個小包。「這裡的東西請幫我交給豪，兩張銀行卡，一張是我留給他的，夠他生活無憂專心寫作了。另一張是一位叫毅的朋友留給他的，他讓人來找過我，這是他贖罪的錢。這位朋友說過一句話：『該死的死，該亡的亡。』你告訴豪，他會明白的。」她很吃力地說完這些話，就又昏迷過去了……

我走出房門，給豪先生打電話；電話接通了，我講了姍的情況。「怎麼會這樣呢？怎麼可能呢？我馬上飛過去。」我滿心希望豪先生能早點到，他們夫妻能見最後一面。可姍似乎預感到了什麼，她對我說的話分明已經是在安排後事了。當晚，姍便離開了人世，豪先生沒能來見她一面；他像是失蹤了似的，直到姍火化也沒有出現。我依姍手機裡的通訊錄發了訃告，豪的女兒婕趕來參加了她的葬禮，我們一起在那座景色優美的山上將姍的骨灰撒向了大海。豪先生一直沒有出現，他的手機一直都不在服務區，連老家的姐姐也找不到他。婕心裡非常恐慌，她說她父親之前也失聯過，可最終總有人知道消息。他接到電話一定會趕來和姍見面的，怎麼會這麼多天都沒個人影呢？一個好端端的人怎麼可能這樣無端消失呢？我將姍的遺物交給了婕，送走姍之後，她便去了她父視的老家；我理解她，無論如何她總要找到自己的父親。

不知不覺，我們已被某種東西毀滅

過了十一月，天就變得愈來愈冷了，寒風中總有某種東西令人戰慄。泥土中滿是小動物被被凍僵的屍體。落葉無所歸依地飄落在地上，窗外滿是肅殺之聲。這一年的冬天尤其鬼魅，先是我那位長得像極了某位古代女詩人的老婆毫無徵兆地死了，她只是得了一場感冒，就死在了醫院裡。我把她的屍體運回家，放在我們用了二十多年的婚床上。我在那張床上陪了她三天；這三天我照舊像撫摸古碑石一樣撫摸她的臉。那張婚床太老了，老得讓我們天天睡在一起都沒有一點激情。但是這麼多年我總是在這張床上和她一起說夢話，一起背誦古詩詞。從某種意義上講，我老婆和那些古詩詞一樣也是老死的，雖然她才五十出頭；她不僅太像某位古代的女詩人，她的心及她抒發情感的方式也都很古老、很陳舊。在古代，一個女詩人活到五十多歲已經算是長壽，所以我老婆沒有任何遺憾，她死得很及時，她的死沒有一丁點拖泥帶水。雖說生不逢時，卻也算死得其所。遺憾的是她是死在醫院裡的，她要是死在那張婚床上就好了。她怎麼就死在醫院裡了呢？在醫院龐大的流水線上她是多麼無助啊，無助加速了她的死亡，可她也藉死逃離了醫院亂糟糟的呻吟聲。我們沒有孩子，所以她算是死得很輕鬆。

一件讓我覺得滑稽的事是有傳言說毅從雙規點逃跑了，他居然翻過雙規點密布著攝像頭的高牆成了一個傳奇的逃犯。有人說他先是躲在一間廢棄的農舍裡，然後翻過一座又一座高山逃到了香港。他在山裡躲來躲去的時候曾經偷吃過農民的雞，也捕食過蛇、蠍子與青蛙，最後讓自己完全變了容顏，因而得以成功逃脫。那傳言還說他在香港和豪見了面，他痛哭流涕，向豪懺悔，說他所做的一切全是出於無奈，他是被逼的。那傳言還繪聲繪色地轉述了他與豪的對話——「你還記得嗎？一位年輕人曾找你談過合作，你傲慢到都沒有讓他把話說完就斷然拒絕。你多無理又多不近人情啊，可是你不知道吧，這位年輕人是趙部長的兒子，趙部長卻是我的頂頭上司。於是他們來找我，讓我設個局把你的公司給弄沒了。這種情況下我能怎麼辦呢？我不配合行嗎？我當然只能配合了。於是我們用了一年多的時間來設局，先是讓你感覺到公司要出事情，主動把公司託管給我，然後不著痕跡地給你安了個罪名，讓你進了看守所。林可可，那女人手辣呀，對付你真是綽綽有餘，她是趙部長的得力助手，也是……，據說同時還是趙部長的準兒媳婦兒。之後的事情就不必多說了，你應該都知道。事情弄到不可收拾的地步，也怪你太不通情達理，是的，你太認死理了。」毅說，他通過回憶把豪帶到了回憶之中；他們相互補充也相互驗證對方的回憶，將豪三年多來的刻骨之痛縫合得像一件完整無缺的裹屍衣。最後豪說：「你既然來找我，我們就來一場觸及靈魂的談話吧，就像當年談論詩歌一樣，真誠、勇敢、滿懷赤子之心。我敢坦露我的傷痛，你呢？你敢直面你的不義、無恥和罪惡嗎？」「你呀，坐了三年牢還那麼天真！哪有什麼罪惡、不義和無恥？不過你打我一拳我還你一掌而已。唯一的法則乃是弱肉強食，大家比的不過是謀略、機緣與耐心。如果非要扯上道德與良心，最後也是你把我弄進去的，你讓我走上了無盡的逃亡之路，你的良心又何在？你就真那麼心安嗎？」毅說。豪哈哈大笑，他得意地斜視著鬼魅般的毅，又說：「我是坐了三年牢，可也踏踏實實地寫了一百多萬字的東西，你呢，恐怕下輩子都要東躲西藏了；只是可惜了我的公司，多好的公司啊，愣是被你們這幫蠢材給禍禍了。」「你也別得意，你還真以為把我弄成這樣是你的本事嗎？實話告訴你吧，不過是另有狠人利用了你的舉報而已。人家要對我開槍，你傻乎乎地給了人家子彈。至於結果，人生不過該死的死，該亡的亡，這是宿命。所以感恩吧，命運居然還安排我們見了最後一面，讓我將這張銀行卡給你，也讓我們有了一次談話。談話的內容你淨可以寫進新的小說，卡裡的錢你也可以當作是在贖罪。」

……

這可真像是在編小說，卻也令我心馳神往，恨不得也加入他們的談話。我滿心期待我們三兄弟有一場對話，它將充滿絞刑架式的詰責與拷問。可是另有傳言說毅逃到香港後並沒有與豪見面，他託心腹之人將那張銀行卡給了姍，也讓人給豪帶了一句話，說人生不過該死的死、該亡的亡。姍將那筆錢捐給了示威組織，不久她就死了，毅卻多了一項罪名，成了叛逃者和亂港分子，真是罪不可赦……

這些傳言何其毒也！但畢竟只是傳言，不管哪一種都未必真實。我沒看到任何官方文件說毅從雙規點逃走了，按照既定程序他應該已經移交給司法機關，檢察院應該正在審訊他。

另一件讓我翻江倒海的事情是我被捕了，準確地說是被抓了，就像做夢一樣；我是因為嫖娼被抓的，這是一項輕罪，我被拘留了十五天。我既複雜又緊張、既羞愧又沮喪的心情真是難以描述。從某種意義上講我一直渴望犯罪；或者換言之，我一直想要變壞。我想打破凡庸讓自己變得神奇、有趣一點。我早就對我不知所謂的教授生活嗤之以鼻了，我的那張教授臉被知識、道德、情操，也被思想和名譽裹得嚴嚴實實。我早就想造一造反，像豪一樣也弄出點什麼動靜來。我在乏味的校園裡已經待了三十來年了，這種按部就班的生活連出錯都不那麼容易。所以長期以來，我雖然有一顆狂野的心（像豪一樣？），卻一直行為有度，有時甚至還可以說是謹小慎微。一個三流大學冷門學科的普通教授，犯錯的成本是很高的，高到遠遠超出了我的承受能力。我曾想通過寫一部文學史來實現我的雄心，這部大部頭的著作將彰顯我的才華，我想讓世人知道像我這樣一個患有失憶症的人其實也是可以有見解、有思想和有抱負的。可是當因言獲罪的人愈來愈多的時候，我最終放棄了這個計畫。我想成為一個勇敢的人，可我從來都不是；我想成為一個思想獨立的學者則更是癡人說夢。一個連直面的勇氣都沒有的人又怎麼可能有自己的思想呢？所以事實上我只能靠拾人牙慧在講壇上混。這也算是學校的傳統，校園裡到處都是看似知識淵博實則在拾人牙慧的傢伙。我就這樣一直心不甘情不願地過著平庸的生活。可愈是這樣我就愈想犯罪，我犯罪的衝動一天比一天強烈。漫長的無性婚姻給了我機會，使我最終走向了嫖妓的邪路，這是多麼可憐和令人不恥啊！

好啦，現在來說說嫖妓吧。其實自古以來文人都是靠嫖妓來獲得歡愉的，他們甚至在風景迷人的地方三五成群地公開嫖，還邊嫖妓邊吟詩作賦，甚至成就了不少千古絕句。妓女中也有成了詩人、畫家和音樂家的。那是一個多麼抒情的時代啊，嫖妓乃風雅之事，嫖妓之人乃風雅之人。任何一個有才華的人無不對那樣的時代心馳神往。可今天嫖妓基本上是一件羞恥的事，是見不得人的也是犯法的；我不可能因為詩意去嫖妓，我只能因可憐的欲望而嫖。我和我老婆同床共枕那麼多年幾乎沒有過性生活，以至於到了五十多歲我仍然經常晨勃。我激情澎湃的情欲一直都是靠意淫來滿足的，我意淫過不知多少個女演員、女老師、女記者、女編輯、女學生……。長期的意淫與自慰使我變得無比空虛，所以我時不時就想找機會真做一次，最後終於通過一個平臺認識了美麗的莫尼卡。令人不可思議的是在連續三次高潮之後，我極其偶然地發現自稱還是處女的莫尼卡居然是我最好的兄弟豪的線上女友。豪和她在線上戀愛，也和她在想像中高潮。這真他媽的是一件令人興奮的事情，我的兄弟豪在虛幻中享受她的靈魂，我卻無比真實地在她身上有了三次高潮。第二天我情不自禁地把我與豪的關係告訴了莫尼卡，她愣了一下，便在電話中大笑起來，我在她的哈哈大笑中變得尤為尷尬和空虛。

之後我便經常和莫尼卡在線上聊天。我以各種方式問她和豪在一起的情況，他們是怎麼認識又是怎樣開始的，為什麼沒有繼續下去又為什麼不見面？他們在線上如何做愛？又如何達到高潮？總之，各種細節，細節愈多就愈刺激。莫尼卡每次都只說一小點，然後調皮地說：「你猜！」她那麼狡滑，我怎麼也抓不住她。最後我忍不住問：「和他相比，我怎麼樣？我們有什麼不同？」我問得何其愚蠢又何其淫蕩啊！她想都沒想，脫口便說：「沒得比，他是一個癡人，你呢，你只是一個嫖客。」她的回答令我十分尷尬。不過也是，我本來也只是嫖了她。好吧，嫖客！那就再嫖一次吧。於是我再一次約她，沒想到她居然拒絕了。

「為什麼不約了？你不是缺錢嗎？」我問。

「缺錢也不約，本姑娘不做了。」

「我們不是很好嗎？多舒服啊！我都三次高潮。」

「那是你好嗎？」

「你不也是嗎？你那麼興奮，叫得多淫蕩啊？」

「興奮？這你也信？」

「是啊，你把第一次都給了我，你的動作和聲音……，那可是裝不出來的。」

「好吧，」她哈哈大笑，「看來你也是一個癡人。」她笑得差一點就岔了氣。

無論怎麼約她都一口拒絕，我將價格提高到了一倍她還是拒絕。

「再多加兩倍。」

「不！」

「三倍。」

「不！」

她愈拒絕，我就愈覺得一定要和她再做一次，我一定要再一次得到她，非得到不可！

「五倍！」我咬了咬牙，使出渾身解數，狠狠地說。

「那好吧。你真是的，也是一個癡人。」她說。

終於成交了，我懷著萬分激動的心情到了酒店；我雄心勃發，正待萬馬奔馳之時卻被抓了個正著。警察衝進房間，將我按在床上，我渾身顫抖，哭了起來。

我曾多次出現過被捕的幻覺——警察衝進房間，將我的手反扭在背後，以迅雷不及掩耳之勢給我戴上手銬……，此情此景與我之前的幻覺多麼一致又多麼不同。在幻覺中我也渾身戰抖，可是我沒有哭，也沒有被按在床上。警察說：「穿上衣服，跟我們走！」穿上衣服這個命令令人多麼尷尬啊。

我在看守所關了十五天，這十五天與我之前的幻覺也十分不同。沒有人逼我吃肥肉，也沒有小混混雞姦我。我只是剛進去時挨了一頓小打，我被按在牆上，脫下褲子用鞋底子打屁股。打我的人本來還要打我的臉，一位看上去有地位的人制止了。「教授就不要打臉了，嫖個妓有啥呢？誰說教授就不能嫖妓了？」他說。群眾有時候可真是通情達理，他們理解我，認為我的那點事算不了什麼。他們只是覺得我有點傻，一個大學教授本可以打女學生的主意的，我卻去嫖了妓。他們可能會因此認為我是一個老實人。

嫖妓給我的生活帶來了很大的影響。好在我老婆前一陣子死了，不然我就要多受一層負罪之苦。我沒有悔過，也不覺得做錯了什麼。我只是太倒楣了，行事也不夠謹慎；有那麼一剎那我懷疑是不是莫尼卡對我設了局，因為警察把我帶走時好像沒把她怎麼的。但很快我就打消了這個念頭，我看不出她有害我的動機與理由。她只是想賺點錢，我呢，我只是想買點快樂。我再次約她是因為我們之前做過，她很漂亮、很有氣質，讓我很舒服。另外一個原因當然是豪，她和豪的虛擬關係讓我覺得特別刺激與興奮，我寧願花五倍的錢也要和她再做一次，這可真是一種難以形容的心理。

從看守所出來之後我覺得周圍的人都變了，我自己也是。有一段時間我幾乎不敢出門，非出門不可也是低著頭、順著牆根走。我開始戴墨鏡和帽子，甚至還想要不乾脆就戴口罩吧？我需要把自己裹得嚴嚴實實的。莫尼卡拉黑了我，我們再也不能聯繫了。學校停了我的課，我每天都有很多沒有用處的時間。過幾年我就要退休了，我已經到了要打發時間的年紀。

有一天我收到一條訊息，是經姍的微信發出來的，我想一定是她的朋友登錄了她的微信，進而在她的朋友圈發了她的訃告。訃告是真的，姍的確是死了，雖然她還那麼年輕。那麼豪呢？豪應該是陪在她身邊的吧，可他都沒有單獨通知我。也許是太過悲慟了吧，或者我應該給他打個電話？我正這麼想，卻接到了豪的女兒婕的電話，她萬分焦急地問我有沒有他爸爸的消息。我很吃驚，也覺得奇怪，姍死了，豪的女兒卻來問我知不知道她爸爸的消息！她說她找不到爸爸了，所有人都不知道她爸爸在哪裡，打電話手機又不在服務區……

我感到十分驚悚！婕的語氣似乎表明豪又失蹤了，不，應該是消失了。

晚上坐在房間裡發呆，我覺得好悶，身體的某個部位似乎在隱隱作痛。我打開豪留給我的U盤，找出他的詩和小說。讀完一篇叫〈一片海灘〉的小說後，我突然像是明白了什麼。這篇小說讓我看到了深不見底的絕望，豪的內心早已一派空虛，就像一團難以名狀的氣體，早就沒有一點重量了。這種狀態下他能不消失嗎？他並不是突然而是必然要消失的，他別無選擇，只能消失……

下面便是那篇叫〈一片海灘〉的小說。

一片海灘

那年冬天，他在南方的海濱租了一套公寓，他將在那裡度過他生命的最後一個月，一個月之後，他要麼死去，要麼通過死亡獲得新生。他常設想那套公寓孤懸於懸崖之上，懸崖之下就是深藍色的大海。他喜歡這種如臨深淵的感覺。公寓的陽臺面朝深海，只有深海才符合他寂寞的心境。他四十八歲，正值盛年，生命的欲望卻已然消失。一個男人在最強壯的年紀，剛登上一座山峰又跌入谷底……。海潮退去之後的海灘是如此空茫，海灘上怪石嶙峋，再往前去是一片狹窄的沙灘，沙灘上是一排穿著泳衣的男男女女。有人在挖沙坑；一個孩子拿著一把小鏟子在建自己的城堡；幾對情侶似乎已經入睡，女人的頭被一條條黑色的絲巾蒙住。令人昏眩的睡眠，海天相連處虛幻的船影……。那片沙灘據說是露水情歡的場所，人們在亂石上、沙灘上、更衣間和海水裡享受著臨時的快樂……。他獨自一人沿著海灘散步，無論早晨、中午還是晚上，他都孤零零地在海灘上散步。他已經走過了多麼漫長的生命歷程，經歷了多麼複雜、深刻而痛苦的變化。可說到底，所謂的漫長歷程也只是一瞬間，所謂的變化其實正是缺少變化；他，算得上是一個厭世者麼？不，他連厭世都談不上……

不散步的時候他就待在那套公寓裡。公寓的客廳很大，還有一間臥室和一間書房，從客廳走出去是公寓平弧形的陽臺，從陽臺看出去就是那片大海。他經常一動不動地站在陽臺上，眺望遠處的海和燈塔，有時候吸煙或喝點什麼，然後回客廳坐著。他散步、站在陽臺上、再回到客廳坐著……。時間已經過去一週了，他不願意想任何具體的事情；一些事情試圖抓住他，但他都躲掉了。他躲掉的方式僅僅是什麼都不想，什麼都不關心；也不思考，不回憶，不搭理。這讓他像是一個死了的人，死讓他躲掉了一切，包括空虛、絕望和痛苦。亡國破產與他何干？公寓裡是一片白，牆、窗簾、門、地板、床單全是白的，白得像一張人臉，一所醫院的病房和一段去了皮的歲月。客廳中央懸掛著一盞吊燈，吊燈的燈光是黃色的，這是他唯一感到熱烈和溫暖的東西。他經常在夜裡醒來，然後不再上床，而是坐在這盞黃色的燈光下，黃色的燈光讓他想起他故鄉的橘園。從海面上吹來的風是淡藍色的，有一股莫名的腥味，讓人想到鯊魚和血。而他的夢，他在這套公寓裡的喃喃自語是各種雜亂、細碎的顏色，其調性有時是黑色的，有時是紅色的，有時卻是一片髒了的雜色。瞧，海面上、天空上到處都是漂浮物，包括他的往日與未來，也包括這幾天他在這套公寓裡的生活。他彷彿剛經歷了一次海難，觸目所及都是海難過後寂寞、空虛的漂浮物……。到了第八天，他開始想說話，他覺得他一定要找一個人來說話，一個陌生人，和他說一些遙遠的、無關緊要的事情。當然，他已經不需要任何所謂外面的資訊，關於天氣、關於一隻雞或一頭牛死了；也不需要任何人給他提供資料、思想和觀點，或勾起他的回憶。於是，散步之餘，他會偶爾去附近的酒吧打發時光。他在酒吧認識了一個女人，一個全職或兼職的酒吧經理，三十來歲，嬌豔無比。她過來跟他說話：「先生，你在等什麼人吧？」他的確在等一個人，但等什麼人、那人什麼時候來、到底來不來他全不知道。她咯咯地笑了，她身上的風塵和假睫毛在她笑的時候掉在了大理石桌面上。她說：「我也一樣，也在等人。」他沒有說話，也不再看她。他覺得她在開玩笑，他認識她，和她說話就是在開玩笑。他的目光空洞、迷人，可與她無關。他的眼神是一種長期沉陷在空蕩蕩的日子中的眼神，這眼神讓人感覺到他眼前的生活毫無意義。那是一種沒有欲望的眼神，但似乎又在留意什麼，想抓住什麼。她問他是不是在等一個可以陪他的人。他說他曾經買過許多東西，但都堆在房間裡沒有用過。「所謂的陪也是這樣吧。」「可你畢竟還是買了那些東西。」她說。他面無表情地點了點頭，說他也不知道自己為什麼要買，又為什麼從不打開。「所以你需要一個人陪，你還有好奇心和占有欲。」她說。他承認（雖然稍稍有一點吃驚），但既不點頭也不說話。他知道這個女人正在向他兜售什麼，他既不厭惡也不搭理；他也知道他最終可能會莫名其妙地買她的東西，但買了也會照舊不用。他已經不缺東西了，他也沒有打開東西的欲望。「陪……」他的嘴唇很輕微地動了動，發出這個詞，就像困在沙漠中的人動了動嘴唇說「水……」一樣。他完全是一個夢人，一個臨死之人，也只有這樣的人才不會討價還價。「也許我可以幫你描述一下你在等的那個人。」她說。他依然沒有搭理她。他們之間似乎隔著十萬八千里，但分明又近在咫尺。他們挨得越來越近了，她似乎在對他耳語：「我懂什麼叫陪，再也沒有人像我這樣懂了。」接著她掏出手機，在他面前一頁一頁地翻。手機頁面上出現了一個又一個年輕的女人，千嬌百媚，儀態萬方。「好女人都在我這裡，別的地方根本找不著。」她說，她的嘴幾乎貼在了他的臉上。他依然面無表情。他的眼神依然是空蕩蕩的。這時，她的手開始輕輕地撫摸他的褲子，她說：「這真是一身出奇貴、出奇高雅的行頭呵！」接著她又撫摸他的外衣、襯衣和袖扣。「這麼貴的衣服怎麼可能穿在一個普通人身上呢？」「先生，我懂的，我懂得你的來歷，也懂得你要什麼。以前我也有過你這樣的客人，他們都從我這裡暢飲過歡樂。」她說。他的目光慢慢地從遠方回來，最後停在了她的臉上。她的臉精緻、漂亮，但同樣是海難過後的漂浮物。他從那張臉上彷彿看見了自己，而他最討厭的就是他自己。她猩紅的嘴唇越來越近了，幾乎貼在了他的嘴上。「瞧，這是一張多麼夢幻，多麼性感的嘴呵！」她說。她的手在他的嘴上輕輕滑過，指甲上塗了一層粉綠色的指甲油……。接著，她細長的手指又滑到了他的臉上和脖子上，就像鋼琴師的手指在琴鍵上滑動；她在他的身上發出了遙遠的女巫似的囈語，而且，眼看著就要伸到他最空虛的地方了。在那裡，她將聽見一聲長久壓抑的哭聲。她說：「陪……，還有誰像我這樣懂得陪呢？」緊接著，她的手指又輕輕地滑動手機頁面。他空蕩蕩的目光停在了一幅頁面上，她看見他的眼神很微妙地顫抖了一下，她又一次咯咯地笑了，她說：「你可真是個老行家，可是不行，她不行……」

接下來的兩天他照舊在海灘上散步。

有一次他坐在一塊礁石上，眼前的海是一片黑色，黑得像他內心的世界。他低聲哭了，他想起了一二七九年前他那個朝代的文明，想起了他的父皇德祐皇帝，也想起了他的左丞相陸秀夫。「國事如此，陛下當為國死……」陸秀夫說。他抱起他，以匹練束身，從容投海……，之後就是一個殘敗帝國的滅亡和漢文明的破碎……。可這一切與一個九歲的孩子何干？陸秀夫問過他想要一種什麼樣的生活嗎？他以一個亡國之君的殉難成全了陸秀夫的一世英名，自己卻連名字也沒留下。沒有人知道一個九歲的國君長什麼樣？他們以為他什麼都不懂，什麼都不知道。的確，一個九歲的男孩不懂亡國之恨。陸秀夫抱著他葬身大海時曾說：「陛下，如果有來世，千萬不要選擇做一個殘敗之國的國君了。」他還說：「做一個文人太愁苦，做一個國君太無辜，做一個農民太辛勞，做一個手藝人又需要靈性和祖傳的技藝。所以，選擇做一個商人吧，選擇一種簡單、快樂、富裕的生活吧。」他聽進去了，他點了點頭。於是，通過穿越他進入了一個商人的軀體，並跟這個商人一起在不久前澈底破產。

……眼看著就要走投無路了。他坐在這塊礁石上，眼前的海依然是一片黑色。他想起他身體裡的帝王之心，那是一顆多麼無辜、飄浮和悲涼的心呵！他也想起了拜占庭和埃及女王；女王駕到，整個城市捲入了風暴之中。於是，又是若干個世紀的苦難與漂泊。他還想起了克里特島，想起了威尼斯的風情與浪漫。這些都是他作為一個商人曾經遊歷過的輝煌古城；在這些古城裡，他聞到了腐爛的氣息、墜落的詩意、糜爛的宴席和肉體的芬芳。他也想起了他的故鄉。他的故鄉在千里之外的廣闊平原，之後亡國了，淪落到了美麗淒婉的杭州。他曾經是一位太子，一個國君，一個敗國的人質和道德的囚犯，也是一個哲人和可憐的詩人。他以一個商人的財富餵養著住在他身體裡的這個國君、哲人和詩人，也以一個商人的腐朽模樣苟活於人世。他的肉體腐爛過，眼睛也不知道瞎了多少年了，可不久前偏偏又恢復了光明。他一度似乎很想看看這個世界，這個讓他潰敗的世界；他一半是吟誦，一半是亡國。他在海流中不知漂浮了多少個世紀，最後住在這個無辜商人的軀體裡，現在卻以一個臨死之人的絕望與悲傷在這塊礁石上哭泣，他的凡塵之軀將再一次承受時間的切割之痛。夜已經很深了，黑夜中只有他的哭聲在迎向寒冷的風。他繼續在礁石上坐著，直到完全哭不出聲來，直到夜色越來越詭異地把他再一次拋向大海。他昏昏沉沉地在海流中漂泊，完全不知道自己的位置與方向。最後，他似乎又漂回到了那片海灘上，沿著海灘他又回到了那套公寓。他依然坐在那盞黃色的燈光之下，直到天空出現了曙光。天完全亮了，他上床，讓自己沉陷在睡眠之中……

晚上，他醒來，再一次來到那個酒吧。酒吧經理也再一次來到他的身邊。她說：「你可真是個老行家，怎麼會在眾多佳麗中一眼就認出她來呢？」他知道她的兜售就要成功了，他熟悉她這一行的技藝，同時決定成全她，在一種完全順從的狀態下以一顆衰老平和的心成全她。她感覺到他的目光不再那麼遙遠，以前冷漠空洞的眼神似乎也柔和起來。她說：「我跟她提到你，她說她熟悉你的生活，也知道幸福正在路上。一個喪魂落魄的人需要快樂與愛情。當然，那正在來臨的幸福不能由她一人獨享。所以，如果有誠意，你們就先加為好友吧，我呢，也該到了祝福你們的時候了。」她說完，又給他看了她若干照片和視頻，真是說不出的嬌媚與風情！「她是一名藝術家，也是一名演員，當然，她首先是一個美女。她的美，她的氣質、天賦與靈性都是世所罕見的。當然，如任何一件珍稀罕見的寶物一樣，她的價格不菲；你呢，還得先給我付一筆誠意金……」

當然，他瞭解，一個亡國破產之人怎麼可能不瞭解那點小錢呢？他付帳，於是，她來了，帶著一個巨大的旅行箱來到了他的公寓。酒吧經理說：「她不僅美得驚人，而且，對愛情、對生活都有自己很獨特的見解。」她祝他們開心。「好吧，留下吧。」他空蕩蕩的眼神中有某種東西在回答。她留下了，為他沏了一壺好茶。她在走進來的那一瞬間就已經當仁不讓地成了這套公寓的女主人。她的確很美，有某種廢墟或風暴的氣味，既模糊不清又來歷不明。他說，如有任何不如意的，他都可以請她立即離開，而且，合同隨即終止。他對她強調這一點僅僅是為了避免發生不愉快的事情。她嫣然一笑，她的嫣然一笑中包含著她的自信。她的自信同樣來歷不明。「那是當然。」她說。接著又問他是否有某種特別的癖好、傾向與要求，他搖了搖頭，說：「我只是如合同所說，十天之內可以任意支配你的時間。哪怕在深夜，在你熟睡之時，也有權支配你。當然，你隨時都可以再睡，也可以藉睡眠來迴避你不願意做的事情，正如任何時候我都有權叫醒你。」這是他一段時間以來說得最多也最完整的一句話，他似乎覺得他作為商人的面孔又復活了，他又回到了現實之中，這是他最不願意看到的。他的這一面沒有任何情感與生趣，可他又拿情感與生趣來做什麼呢？她聽他說完，只是淡淡地笑了笑，然後當著他的面整理起她的旅行箱來。她淡淡的一笑讓人覺得難以捉摸。她打開箱子，拿出了幾乎最完備的性具和若干套服裝，還拿出了一隻骰子。「你可以通過擲骰子來選擇並決定我一天的角色。服裝之中有女僕裝、護士裝，以及空姐、警察、稅務官、法官和檢察官的制服，當然也有學生裝、少婦裝和孕婦裝，甚至還有不同朝代的戲服。你每天可以擲一次骰子，我會根據你擲的骰子進行角色扮演。」她說。她說這話的時候是很認真、很敬業的。可是他哭了，他埋下頭，低聲哭了起來。這顯然是她未曾料到的，她只是在向他介紹她的服務內容而已，而服務內容也可以商量和調整。她想不到一個經歷如此豐富的老男人竟會這樣容易哭。他在那盞黃色的燈光下哭得縮成了一團。她走過來，抱住他，讓他躺在她的腿上。她的腿修長、迷人；她無比溫柔地抱著他的頭，輕輕地撫摸他的頭髮與臉頰。她的撫摸彷彿某種吟唱。他慢慢地平靜下來。他平靜下來後一個人走到了陽臺上，他再次站在那裡一動不動地眺望著那片大海。她呢，獨自一人輕輕地出門去了。傍晚，她回來，帶回了鮮花和水果。他依然一動不動地站在陽臺上；她在廚房和客廳默默地忙碌著，公寓裡很快就有了新的格調與氣息；瓶子裡已經插滿了玫瑰和香水百合，餐桌已經擺好。她輕輕地走到陽臺上，像一隻鳥兒一樣依偎在他的身旁。黃昏可真美，海面上落滿了五彩斑斕的霞光，一抹紅雲像一隻鳥一樣在空中張開了翅膀。「真美，像夢一樣！」她輕輕感嘆道，彷彿連自己也融入到了那片霞光之中。……接著，他們一起走到了餐桌上，她吃飯的樣子十分優雅。可他們都沒有說話。語言會帶來一切，也會毀滅一切。晚飯之後，他繼續坐在那盞黃色的燈光下，他一個人坐著，她在一旁安靜地看著一天的生活就這樣慢慢消逝。她問他是否需要洗澡，她願意幫他。他有些遲疑，但並未拒絕。她讓他舒服地躺在溫暖的浴缸裡，不斷地撩水為他洗浴。她洗了他的每一寸肌膚和每一個部位，也瞭解了他身體的特徵。他的皮膚衰老卻光潔，他神祕的毛叢中靜靜地躺著一隻孤單的小鳥。令她驚奇的是那隻小鳥完全是一個小男孩的模樣，那麼小，那麼純潔，那麼羞怯，它羞怯的樣子可真像一個滿臉通紅的小男孩。她不斷逗弄它，想看一看它振翅一飛的姿態；同時也感覺到了自己身體的灼熱。她無限嫵媚地看了他一眼，他的眼睛正輕輕地閉著，彷彿在冥想，又彷彿在沉醉。她低下頭，用她的嘴去愛它，去愛那隻不屬於他這個年紀和這個時代的小鳥。它畏縮不前，像一個犯了錯的小男孩一樣躲在她的手裡。這時，她聽見了一個蒼老的聲音，那不知來自何處的聲音婉拒了她。他從浴缸裡站起來，回到了那盞黃色的燈光下面。他一直在那裡坐著；她走到陽臺上，看見那片海和海面上倒映著的滿天繁星。之後，她打開床單，在床上躺下，她深深地睡著了……

顯然，他的身體裡至少住著兩個人——九歲的小男孩和四十八歲的老男人，亡國之君和破產商人。除此之外，他其實還有多個自我隱藏在不同的地方。那些地方和那些不同的自我他並不熟悉。他也不知道剛才那個蒼老的婉拒的聲音經由何處而來。她睡了，他卻在黃色燈光下失眠了……。深夜，他忍不住走進臥室，躺在了她的身邊。他默默地感受著她身體的起伏，她的乳房在她平躺的身體上發出了微微的光亮。他忍不住叫醒了她，她乜斜著一雙睡眼和他一起坐在了那盞黃色的燈光下面。他問她是否願意在這個失眠之夜和他說說自己的童年與愛情。她笑了，再一次乜斜著一雙睡眼令人悵惘地笑了。她說可以，但她想先知道他為什麼長了那麼一隻嬌嫩、羞怯的小鳥，看上去就像還沒發育似的。他想說：「它本來就沒有發育，一個九歲的小男孩的性器怎麼可能不純潔、不羞怯呢？」可他沒說，他怕他同時會說出崖山之戰，甚至會說出他就是那個九歲的亡國之君。那可真像是一個謊言似的，她一定會哈哈大笑，會笑他是一個連故事都不會編的人。所以他的解釋應該符合常理。「沒什麼，有些人、有些事、有些東西在一定的時候就會返老還童。」她果然大笑起來。「返老還童？你的性器會返老還童？」他說是的，但他自己也不理解這種現象，他承認這聽上去多少有一點兒荒誕，可它的確已經返老還童了，成了一個九歲男孩無比幼稚的性器，這讓他自卑和無地自容。說這話的時候他突然嚴肅和傷心起來。他又說他真沒想到他活到四十八歲，身體最重要的器官竟會發生如此重大的變化，一個九歲男孩的性器竟然長在了一個滿目滄桑的老男人身上。她又一次哈哈大笑，她問：「九歲？你確定它才九歲？」他說：「是的。」「好，九歲，我們就來說說九歲吧，我的童年正是在九歲那年結束的；從那年起，我就成了一個既美麗又古怪的小婦人，我再也不是一個兒童了。」「在舞蹈課上，他先是用手指伸進去，然後就用了他十分難看的生殖器！」……她哭了，她的哭聲讓他覺得滿天繁星都墜落下來了，夜也變得無比漆黑。他忍不住問：「他是誰？」她說是她在少年宮的舞蹈老師。他跟著也哭了，他又一次想到了陸秀夫，他的那位左丞相抱著他，以匹練束身從容投海，他當時也是九歲。這讓他覺得十分傷感。「從此，我看見的便只有性器，除了性器，我不知道一個男人身上還有什麼？」她說。「至於愛情，就只能是性器上的一支又一支舞蹈罷了。我是一位演員，也是一位舞者，性器上的舞者！」她說。她的哭聲已經停住，她的臉又變得像雨後的桃花一樣鮮豔，她一直喜歡桃花輝映的夏天。「從此，我就成了一個獵豔者。」她說。這句話讓他久久地看著她，也讓他回憶起了他自己的桃色生涯。「我是一個喜歡豔遇的人。」她繼續說。這句話與他寫過的一篇文章何其相似！

「我是一個喜歡豔遇的人。人活著，總得有一些意外之喜；豔遇讓我的生活多少有了一些戲劇性的變化，也讓我的人生有了一些舞臺效果，就像光突然照亮了一棵光禿禿的樹一樣……」

「我給豔遇下的定義是——偶然的、不期而至的、純屬肉體的快樂。這當然不是一個學術性的定義，也不能囊括所有人的獵豔經驗。可豔遇發乎自然，它的美是天然的，它的快樂是意料之外的，這一點應該不會產生太多的歧義。我因此認為不可能編一本豔遇指南之類的小冊子，以給那些渴望豔遇的人以必要的指導。豔遇需要天賦、經驗與機緣，但更重要的是要有一顆活潑的獵豔之心。你得讓自己隨時隨地都處於與陌生人戀愛的狀態，成為一個精神飽滿、嗅覺靈敏、行動果敢的獵豔者。不過我這樣說很容易讓人將獵豔理解為一個行當，似乎獵豔也需要入行，也有高下之分。我當然相信獵豔者的世界既有靈異之人也有愚笨之人，一些獵豔者還將其技能演化成了某種傳奇。可我只是一個普通的、喜歡豔遇的人。我也不同意將獵豔當作是一個行當，獵豔不是一個行當，而是一種熱愛。……」

「如果你是一個有獵豔天賦的人，那麼你的身體就會隨時向四周發出信號。要知道你所處的任何環境都會有像你這樣渴望豔遇的人。甚至可以說所有環境中的所有人都是潛在的豔遇分子。所有的人都有一顆潛伏的獵豔之心。因此，當你的獵豔之心活潑、強大，並帶著某種激情、風度、幽默感和詩意時，豔遇就有可能隨時發生。記住，任何豔遇都一定是簡單的、直接的，甚至於是無障礙的，複雜的東西產生不了豔遇，它只適合愛情、婚姻與法律。這也是我喜歡豔遇的原因之一。作為一個喜歡豔遇的人，我會對那些複雜的東西說：「見鬼去！」不錯，任何複雜的東西都會讓我們傷神，甚至於丟掉半條性命、一多半家財、一部分好名聲和幾乎是全部的平靜生活。那些為戀愛而哭的人，為婚姻而吵鬧的人是多麼地愚不可及！

很多人都持和我相同的觀點。當然，也有人既要愛情，又要婚姻，也要豔遇。他們有家，有情人，還有豔遇。這樣的人運氣比較好，對自己也有信心。但他們一定是一群危機四伏的人，不需要太久，他們就可能被列入不幸者的名單。因為他們不單純。人不能什麼都要，要多了就會遭雷劈。……

因此，如果非要編一本豔遇指南之類的小冊子，我能給出的第一條忠告就是：熱愛豔遇並成為一個單純的獵豔者。我並不反對多次消費，同一場豔遇也可以多次發生。但要弄明白界限，要守規矩；否則，它就可能向情人或婚姻方向轉化，並美其名曰「金玉良緣」。這會讓許多人都犯同樣的錯誤——將本來僅僅是一次性消費的豔遇變成一輩子的事情，將單純的肉體的快樂變成情感、財產與法律的糾紛，從而產生交易、陰謀和沒完沒了的吵鬧……。何必呢？肉體的快樂當然越新鮮越好，肉體從來不具備經久耐用的品質，更不能在同一個人身上反覆不斷地使用。當你違背這條規則時，你必將——要麼絕望，要麼進入婚姻的死胡同，你也會因此成為一個貪心者和不明智的人！」

……

當然，他沒有和她談這篇文章。他們的交往尚淺，不可能涉及寫作這樣深層次的話題。寫作是隱祕的、觸及靈魂的。可他們顯然已經對彼此產生了同情，他正以一個四十八歲的老男人的孤獨與憂傷面對著她，她講了她的故事，讓他對她產生了無比的憐惜，他突然產生了與她深情相吻的衝動。他看著她，她的身體在那一瞬間變得無比柔軟，她彷彿同時聽見了他的耳語：「讓我擲骰子吧。」她說：「好！」她根據他擲的骰子，換了一身學生裝，這讓他多少有些驚訝和無措……

天亮的時候他們都睡熟了。她以一個女學生羞澀的幸福依偎著他，讓他覺得熟睡真好，熟睡對於一個四十八歲的男人是一件多麼奢侈的事情。他一直睡在第二天下午，而她早醒了。她穿了一件白色的薄呢長裙去超市和農貿市場，她買了很多東西，一回來就在廚房忙。她煲豬肺湯，還買了他最喜歡的青口[1]。她的廚藝一向很好，這是她真正熱愛的生活。她一生的夢想就是這樣安安靜靜地給她男人煲湯。如果這時候他醒來，她一定會讓他感覺到幸福，她也會很幸福。她眼含熱淚，陶醉在不知誰人編織的夢幻之中……

天又黑了，可他分不清自己躺在什麼地方。他聽見了滿城的吶喊與哀嚎。城池是保不住了，他和他的大臣們都已經喪魂落魄。陸秀夫找來了一輛馬車，可他跑掉了。他跑回他的宮殿，在一片廢墟中拚命地尋找什麼。還有什麼可找的呢？大臣和宮女都逃走了，宮殿已成廢墟。可他真找著了，是一隻螢火蟲，先是一隻，之後是好幾隻。他將好幾隻螢火蟲捧在手裡，他的手一下子變得透亮。看，亮起來了，先是他的手，然後是他的身體。他的身上和四周的殘垣斷壁飛滿了亮閃閃的螢火蟲，他的宮殿變得無比透亮。他哭了，他在一片透亮的螢火蟲中迷路了。可這正是他想要的，他寧願迷路也不願

---

[1] 青口，即孔雀蛤。

意逃亡，更不願意和陸秀夫一起跳海。那是陸秀夫的事，是陸秀夫的忠貞與律令。大海多深呵，深不可測的海底多冷呵，他寧願在那片亮閃閃的螢火蟲中被某個宮女領走，從此隱身在百姓之中。……

他這樣想著，就覺得自己既勇敢又幸福。可事實上他現在只是在一個商人的公寓裡，勇敢與幸福都只是他在另一個朝代的夢囈。他躺在這間公寓裡，躺在另一個朝代的黑夜，以一個衰退了的商人的嗅覺聞到了從廚房飄進來的香味。那是他喜歡的豬肺湯的味道，湯裡有花生仁、干貝和西洋菜。她進來了，輕輕地走到他的床前，「你醒啦？」她問。

「醒了，好長一個夢。」他說。

「嗯，我也是。你夢見什麼了？」

「夢見了一個女學生。」他說。

「那不是夢，那是我們昨晚的愛情與生活。女學生就在你面前，她現在換了衣服，成了一個幸福的主婦。起來吧，她已經煲好了你喜歡的豬肺湯。」

他起床，走出臥室，但沒有坐在餐桌上，而是坐在客廳中央的黃色燈光下，他還在發呆，他的夢看上去還沒有結束。她陪他坐在黃色燈光下，讓他依偎在自己懷裡；她的坐姿優美無比。他依偎著她，緊貼著她的乳房，她含著豬肺湯一口一口地餵他，這讓他覺得愛情有時候真的是存在的；幸福就在眼前，他也可以這樣幸福地活下去。

「昨晚……好嗎？」他問。

「好。」她說。

「喜歡嗎？」

「喜歡。」

「可是你並沒有進去，你為什麼就那麼固執地不進去呢？」過了一會兒，她又說。他看上去並沒有聽見她的話，他的目光再一次沒有了中心。

「我喜歡你九歲的樣子……」她喃喃自語，然後又躺下了，她平躺在那盞黄色的燈光下，用她美妙的線條面對著他。她的聲音多麼色情！他明白了她的意思，她渴望他進入。可他走開了。「九歲！……」她的嘴唇微微張開，輕輕地發出了這個詞。他並沒有理睬，而是走到陽臺上，再一次站在那裡一動不動地眺望那片大海。之後他出去了，他在夜色中繼續沿著那片海灘散步，把她孤零零地留在了那盞黃色的燈光下……

「再說說豔遇吧，說說那些人生中最美妙的事情。」她說。他回來了，又坐在了那盞黄色燈光下，他可真是一個夢人！而她似乎一直在等他，他無情地把她撇下了，她也依然在等他。「好吧。」他笑了笑，迎向她殘餘的、所剩無幾的情色的目光。他沒有解釋他為什麼突然就撇下她走了，對於他如此無禮地撇下她，她似乎也無所謂。他付錢求歡，似乎也無須解釋。

「那一年我住在浙江的某個山村……」她的話讓他想起了他的第一次豔遇，他的神情突然間變得甜蜜，他甚至於要講自己的故事了。

「我已經記不清我去那裡幹什麼了，是旅行？流浪？還是逃避？……都記不清了。總之，那一年我住富春江畔的某個美麗的山村。」

「那次豔遇始於一個山村，始於一次夜間散步……」

「我總是白天做夢，夜裡散步；現實不過是我夢中的某個場景！一個人在夜裡散步是一件多麼奇妙的事情呵，塵埃落盡，空氣清新，渾濁的自我變得空靈而完整……」

「那個晚上月光如洗，我獨自一人走在山路上，邊走邊輕聲哼唱我熱烈的《卡門》序曲。那可真是心胸舒次，如夢如幻，我全身心都融入在了月色之中……」

「正當兒，一輛汽車在路邊停下，從車上下來了一個女人，一個修長、清瘦的少婦；她像是剛從遠地方回來，要回村子裡去。她下了車，一身雪白的長裙像一隻紙鳶，在我前面輕輕地飄著；月亮照著她的影子和她那顆十分寂寞的心。我在她身後繼續哼唱著《卡門》序曲，我的影子和她的影子挨得那麼近。我的身影也如紙鳶一般，兩隻紙鳶在月色之中優美並行……。這讓我突然就產生了一種詩意與激情，禁不住在她身後大聲唱了起來。我在她身後大聲唱起了《卡門》序曲。月光下的山間小路飄蕩著我的歌聲，山上的小鳥先是凝神靜聽，之後也跟著我唱了起來。眾鳥齊唱，迴蕩在山山嶺嶺。而她居然隨著我的歌聲跳起了舞來，是《卡門》中最經典的弗蘭明戈舞。我驚倒了，情不自禁地跟上她的節奏，和她跳了起來。我邊跳邊唱，整個山谷都飄蕩著我的歌聲和我們的舞影。我們本來是路人，卻在剎那間相愛了。我跟著她回家，踩著咯吱咯吱的樓板，到了她二樓的臥室。我打開窗戶，迎著月色和她瘋狂做愛。那時，漫山遍野都在無聲地響徹《卡門》序曲……」

「那一年，我十九歲，在另一個城市還有一個熱戀中的女人。我們喜歡在太陽曝曬下做愛，我們的身體一直灑滿陽光的粉塵。發生在富春江畔的豔遇並沒有影響我們的愛情。我們繼續戀愛。可在以後的歲月中，每當我和我的女友肌膚相親時，我的耳邊就總會響起那支月光下的《卡門》序曲和咯吱咯吱的樓板聲……」

她忍不住笑了起來——「《卡門》～」「咯吱咯吱的樓板的聲音～」「烈日曝曬下的愛情和月光下的豔遇～」「兩個紙鳶般的身影～」……她邊笑邊說——「真是笑死我了！我想到的卻是《聊齋志異》裡的女鬼……」他明白她為什麼笑成那樣了，她想到了《聊齋志異》裡的女鬼，這正是他心馳神往的。他也跟著她大笑起來。最後她停住了，她問：

「那個時候你的性器也只有九歲嗎？」

「不，它十九歲，已經是一位能征善戰的勇士了。」他說。

「好吧，勇士！」她再一次哈哈大笑。「那麼你現在要不要換一個角色，將山村少婦換成高空飛行的美麗空姐呢？」她滿目生情，熱烈地問他。

他愣住了，他愣在那裡變得十分茫然，他的目光再一次失去了中心。

「現在我明白了，你很早以前就已經是一個臨死之人，這是你的天賦，你總是讓自己沉陷在各種幻覺中，你的幻覺讓你的生活變得乏味和醜陋，你真是生不如死……」

「瞧瞧你的眼神，瞧瞧你那雙毫無生氣的手，你的生活是多麼地令人絕望呵！」

她說，她說這句話的時候是譏諷的，也是洋洋得意的。他又一次哭了，他覺得她的話已經讓他變得面目猙獰。

「好了，沒事的，我來就是陪你的，無論你有多絕望我都會陪你。」她說。她輕輕地撫摸他，安慰他。他在她的撫摸下睡著了，可他是心有餘悸的……

連續多日，兩個素昧平生的人在那套封閉的公寓裡相互安慰。他們白天睡覺，晚上求歡。他們在歡樂中展示無比複雜的內心活動。這些活動既滑稽又衝突——他正在死去，她阻止他去死，也阻止他絕望與瘋狂；她正在相愛，他阻止她去愛，也阻止她幸福……。但總的說來他們相安無事，多數情況下他們配合默契。她可真是訓練有素，能隨時調整自己的角色去適應他不同的狀態與心情。她說：「所謂豔遇就是那些完全不對回憶貢獻價值的肉體的歡樂。」他表示同意，說這真是一個深刻的觀點，但又強調人不應該承受太多的回憶。「生活已經夠難的了，不應該再被回憶折磨。」他說這句話的時候顯得既睿智又憂鬱。

「有時候我能記住快樂，卻怎麼也記不住他的臉。我多想記住一張人臉呵！」她說著說著就又哭了。他表示深切的理解與同情。這是豔遇者的共同處境，當然也是一種不幸。

「你覺得你愛過嗎？」他問。她撲哧一聲就笑了，她的笑容淚痕未乾。

「愛過呵，在某個瞬間我甚至會產生為他而死的欲望。」她說。

「那不是愛，那只是快感！」他說。

「好吧，那我就得承認我從未愛過。而且，你也一樣，**我們都是不愛的人**。」

「我曾經想過有一個固定的男友，我們彼此忠誠。可是不成，我只能和一個人建立短期的契約關係，就像和你一樣。」

「正是這一點讓我們走到了一起。」她又說。

他明白她的話，她是一個職業獵豔者，獵豔是她的行當。可他不行，他反對將獵豔當作一個行當，而這正是他比她更悲哀、更絕望的地方。

於是他提議**去尋找兩個不愛的人相愛的可能性**。她又一次咯咯地笑了，她說：「你可真是一個老天真！」

「好吧，我願意和你一起去嘗試……。其實我穿那身白色的薄呢長裙去超市買東西，又每天給你煲湯就是在嘗試。」

他說，他明白，但那是不夠的，還需要別的嘗試。

好吧，他們繼續嘗試各種新的角色，可是沒有用。任何一種角色扮演都缺乏真心。她每次都大汗淋漓。「我盡力了。」她說。他承認他們最終都很失敗。

「也許我們早就把愛給弄丟了，那是找不回來的；愛與努力無關，與大汗淋漓無關。」他說。真是無可救藥！他們連記憶的每個角落都找遍了，他們的記憶和他們的內心一樣都是空的。

她承認，可她又說：「何必多此一舉呢？你不覺得要是真找到了愛，我們的生活將會更絕望嗎？」

「那是肯定的，**愛就是為了更深地體驗絕望**，一個人沒有愛是不可能絕望的，他頂多只會空虛。」他說。

「好吧，那我寧願不愛，我害怕絕望。」她說，她說這句話的時候又咯咯地笑了。

「愛也許會賦予生活以意義。」他又說。

「我也不需要意義。」

她說，說完他就哭了。他覺得他們的對話已經將他們的悲哀澈底地暴露出來。可這就是他們的生活，他們不知道自己從何處來，又向何處去，他們只是在玩角色扮演。

……

他繼續和她待在那套公寓裡。他們一起睡覺；當他一個人坐在那盞黃色的燈光下時，她依然會陪他。他總是陷在不斷的空虛與絕望之中；她照舊穿著那身白色的薄呢長裙去超市，也照舊給他煲湯。客廳和餐廳的花瓶依然盛開著玫瑰和香水百合。穿上那身白色的薄呢長裙時她可真美！可他置若罔聞。他對她的美熟視無睹，而且是有戒備心的。他每天都和她在不同的角色中做愛，但他從未真正進入過她的身體。他九歲的性器依然是純潔的、羞怯的，這讓他顯得越來越滑稽。不過他也因此感覺到了某種平衡，他似乎覺得還有某個自我在他的身體裡對他保持忠誠。然而，最近兩天他似乎越來越空虛、越來越焦灼了。他好幾次都想攆走她，他覺得她已經成為他的一面鏡子，讓他看見了自己漆黑的內心。可他不敢攆她，他已經不敢再一個人回到那套公寓裡去了，他不敢再獨自面對自己。到了第九天，焦灼已讓他幾近於崩潰。焦灼同時帶給他恐懼，他似乎覺得有什麼事馬上就要發生了。死亡已經臨近。他再次獨自一人沿著那片海灘散步，他覺得他必須要找一個沒人的地方去大吼幾聲，就像十幾天前他必須找一個人說話一樣。他又一次坐在那塊礁石上，黃昏在海天之間燃燒，空氣中有一股難聞的糊味。他在這股糊味中令人窒息地聽見了一陣哭聲，是那個九歲的亡國之君在他身體裡哭。他邊哭邊說，他說他終於到了要與他告別的時候了。自從陸秀夫抱著他投海以來，他已不知投過多少次胎了；他投胎當過農民、當過武士、當過羸弱的詩人，也當過英雄和謀士……一個亡靈必須以一個活人的靈魂為食，一個人要是死了他就得重新投胎。任何一個活人都不足以餵養他，他只得不斷投胎、不斷漂泊，這可真是痛苦之極！……他哭得如此傷心，他無比驚訝地聽著他身體裡的這陣哭聲，同時感覺到身體的某個部位正在斷裂，他再也支撐不住了，他昏了過去……

醒來的時候他已經回到了那套公寓裡，她讓他依偎在她的懷裡，無比憐惜地看著他。她不知道他在海灘上發生了什麼，他的臉已變成死灰色。他看著她，他說今天他想要她。她點了點頭，她知道這可能是他最後一次愛的機會了。她讓他擲骰子，她根據他擲的骰子換了一套法官的制服。他看著她無比莊嚴的樣子，臉上露出了一絲無力的苦笑。他說：「也好，是到了該判決的時候了。你將代表生活對我判決。」「不，這也是你對生活的判決，任何判決都不會是單向的。」她說，她的制服誘惑中包含著對他的理解、憐憫與鼓勵。他點了點頭，然後用他那雙毫無生氣的手撫摸她；他的手透過制服感受著她身體的曲線，那美妙的曲線也無比默契地纏繞著他的身體。她開始呻吟了，她的呻吟從她身體的最深處傳來，在他的纏繞中綻開，同時召喚著他的愛欲。那強大的愛欲如乾河漲水，先是在遠處，緊接著就在眼前發出了陣陣轟鳴。她躺下，在那盞黃色的燈光下打開了她的身體，他這才發現她的身體如此完美。「快來，快來！」他彷彿聽見了她急切的聲音，可正待他急切著要進入時，她制止了他，她說：「讓我看著它，看著它羞怯的樣子怎樣振翅一飛，看著它無比純潔地進入。」他含著幸福的淚水坐了起來，他讓她坐起來看著它進入。「啊……不，不，不是的，不是的！」她一坐起來就驚恐地大叫，同時很快就跳開了，站在一旁無比驚訝地看著他。他看了看自己，也驚叫起來——他的性器變了，一個九歲小男孩的性器變成了一個四十八歲的老男人的性器。「不，不行，我不要，絕不要！」她迅速跑開了，邊跑邊穿衣服。他一下子就明白了，她這麼多天一直渴望他進入僅僅是因為他長了一條九歲的小男孩的性器！可它現在變了，那個九歲的亡國之君已經離開了他的身體，頹敗的破產商人回來了。他無可救藥地在她面前露出他俗不可耐的性器，它看上去歷經滄桑，卻毫無生氣與指望……

第二天，她說：「我該走了！」她已經收拾好她的行李，那個巨大的旅行箱十分醒目地放在客廳裡。他一直坐在那盞黃色的燈光下，她走過去，在他幾乎僵了的身邊坐下。

「對不起，」她低聲說，「我知道你花錢請我來原本是為了讓我阻止你去死。可結果不盡人意，錢阻止不了一個人去死。」

「我得承認這是我最艱難的一次豔遇。我接到訂單時就已經聞到死亡的氣息。我來這裡只是因為我們太相像了，我看見你的絕望就猶如看見我自己的絕望。死其實早就開始了，死就是生活，是生活不為人知的另一面，它每天都在發生，每一次告別、每一次結束都是一次微小的死亡，這些微小的死亡匯集起來就形成了最後的哭聲。其實，真正令人悲慟的並不是死而是活著，我們正在一點一點消逝的生活構成了死亡的本質……」

他面無表情地聽她說完這些話，知道一切都已無可挽回；可他心有不甘，他問：「這九天之中就沒有過美好的事情麼？」

「有過，當我穿著那身白色的薄呢長裙去超市的時候，當我為你煲湯並眼含熱淚地期待你和我一起分享的時候，我感受到了日常生活的美好與幸福。可你完全熟視無睹。你那顆自私、痲木的心錯過了機會；我也一樣，很快我就發現這一切都只是我不經意之中的另一種角色扮演而已。我扮演了一個幸福的家庭主婦，扮演了日常生活，也扮演了愛情！……」

「好了，現在結束了，我們的合同也到期了，再也沒有人可以阻止你去死，你如果還想死，那就去死吧。」

她說完，就拖著旅行箱走出了那套公寓。她的旅行箱裝滿了行頭，她將去另一個地方進行角色扮演……

三天後，他死在了那盞黃色燈光下，他甚至再也沒有去過那片海灘。

二〇一八年六月初稿於香港
二〇二二年三月定稿於臺北

後記

這是我寫得最糾結的一部小說，從二〇一七年開始，斷斷續續寫了五年。二〇一九、二〇二〇年幾乎不敢動筆。我曾一度以為寫不下去了，因為害怕，因為遲疑，也因為好多東西還看不明白；可它幾乎已經是一本我必須每天面對且無法趕走的書。害怕且猶豫要不要寫下去的根本原因在於我不斷在問：**人，人性怎麼就變成這樣了？**我曾在一篇短文中寫道：「**渣是這個時代最本質也最具普遍性與代表性的人類狀態**。整個人類都碎了，遍地成渣，撿都撿不起來！……」我並不是最早更不是唯一發出這種警示的人，類似的句子在艾略特的詩中俯拾皆是。但問題從未像今天這樣嚴重過，也沒人把渣當作一本書的書名，當作是最具普遍性與代表性的人類狀態。

寫這本書幾同於把自己的心剖開、切片然後觀察、自嘲、分析……，正如批評家唐明先生在評論我的另一篇小說時說的話：「**它充滿了絞刑架下的詰責與拷問**。」通過一顆小小的卻又無比複雜和滄桑的心，我試圖想完整地看一看人性到底有多黑暗、多骯髒，又有多變態、多分裂；我想要看清楚，看它到底碎到了怎樣的程度！渣，從來就不是一個形容詞，它不是一種比喻，不是我們在打比方、舉例子；它也不是一個名詞，雖然它是，首先是一種物理狀態，但顯然不止於此，它甚至不僅僅是一種精神與心理狀態。是的，**它是一個動詞！**放眼望去，滿世界都是它的動作與聲音。可怕的是，作為一個動詞，我們幾乎找不到任何讓它停下來的方法；因為它的主語已經喪失，高貴的主語令人痛心和絕望地不在了、缺失了。這個主語不只是你、我、他，也不只是我們、你們、他們。它不是某個個體、組織與國家，而是人，是人類！人不在了，人類正在空缺，這正是問題普遍存在和日益嚴重的原因。喪失主語的動詞是可怕的，這個世界已經沒有任何主體性力量可以管控它、制止它。所以，我怎能不一而再、再而三地克服內心的恐懼，毅然決然地堅持寫下去呢？直到寫這篇後記時，我的身體變得如此僵硬，思緒卻又如此澎湃。

《渣》最早的出發點是猥瑣。我曾藉其中的一句話表達過我的初衷：「**我所寫的那本書，它唯一的主題乃是猥瑣，我要寫盡一代知識分子的墮落。**」猥瑣當然是渣最基本的構成因索。猥瑣，在我看來，乃是我們這個民族最普遍、最深刻，也最致命的根性，它比阿Q精神要更廣泛也更深入地影響了我們的民族心理。阿Q精神不過是自欺與麻木，可有時候它甚至還勉強算得上是一種臨時的、局部的、管點小用的精神療法。可猥瑣卻徹底侵蝕了我們的人格與心靈。這個世界沒有哪個民族像我們這樣遍地猥瑣，它既是我們的近現代史，也是我們的當代史。如果不承認或者不敢面對這一點，我們的人格就將永遠也不會健全，我們的心靈也將永遠不會健康，我們將永遠走不出來，更不用說以善良、美好的步伐進入人類文明的殿堂。毫不誇張地說，只要猥瑣的人格還如此普遍地存在，則無論我們的經濟發展到什麼程度，我們都斷無和諧與幸福可言，也不可能真正得到文明世界的信任與尊重。

在近五年的寫作過程中，這個世界發生了太多的事情，渣在我心裡隨之也突破了猥瑣的主題邊界，突破了知識分子的範疇。它當然還是一部寫中國當代知識分子的書，也是一部幾乎是萬箭穿心的、寫盡猥褻心靈的書。但是它的主題及指向已經令人悲傷地擴大到了整個人類。遍地成渣是人類的現狀，是人類最大的現實與危機。改變組織、社會乃至於國家容易，改變人格、人性與人心尤為困難。連接人心的各種主題、工具、價值觀和方法論幾乎全都斷裂了；我們藉此獲得榮耀、自信、團結與信任的力量幾乎全都瓦解了，那些曾經那麼強大的宗教力量、道德力量、美的力量、家族的力量、社會乃至於國家的力量正在全面瓦解。國家行為、國與國之間的關係變得像小丑似的弱智、愚蠢、不美好、不可靠及不可信任。渣不僅遍及所有領域，也在否定、嘲笑乃至於消滅數千年業已形成的文明，它每天都在以各種方式嘲笑我們——看看吧，整個人類文明，包括令人驕傲的印度文明、古羅馬古希臘文明、華夏文明……，全都如此不堪。從某種意義上講，渣正在成為我們每天都身陷其中的咒語與厄運。如果沒有更大的勇氣與智慧，沒有更廣闊的視野與胸懷，沒有更多的愛、更徹底的改變，那麼我們的文明就真將不堪一擊。

從《赤腳狂奔》、《一小片浮雲》到《懸空的椅子》，從《一片海灘》、《時間的傻姑娘》到《渣》，我通過詩歌、小說、電影劇本，也通過繪畫、影像和裝置，用將近八年的時間完成了一個階段的創作。正如唐明在〈時態悖論中的一副手銬——關於唐寅九自選詩的芻議和思辨〉一文所說——

「它們形成了一個完整的創作體系，上述出版物所呈現的主題，可用癢、疼、渣、花園概言之；它們既是心靈的體驗也是一系列動作。其精神上的關聯甚至可以用一串連貫的動作來描述——

癢，然後撓，然後引發疼痛，然後撕開、碎裂乃至於遍地成渣，然後重構，以花園安身立命。癢是長篇小說《一小片浮雲》的核心主題，也是唐寅九創作的出發點及初始概念，所對應的詞包括疏離、無端、荒謬、難受、叛逆、反抗。在唐寅九的文本中，撓與撕開乃是掙扎與反抗，癢有多深入，抗爭與疼痛也就有多深入。有意思的是撓與撕開都是自己與自己發生的事情，帶有明顯的自省性、自虐性與唯一性。這是唐寅九式的內省與批判，他將刀尖從社會、政治、歷史的外在層面指向了複雜而內省的自身，且刀刀見血，直見性命。」

在〈人類正在進入一個新的文明週期〉一文中，我曾闡述過我對人類未來的基本判斷。我一直在觀察也一直在思考，但未能找到解決之道；《渣》當然也承擔不了指點迷津的重責。正如我在小說中所描述的那樣：

> 他在某個夜晚寫下了這本新書的書名——《渣》，這個詞是這麼些年他和許多人生活的本質，是刻在墓碑上的字，是風中的斷裂聲，是紛亂的影子與世界的尖叫，是靈魂深處的怪力亂象……。他將繼續沿用具有宿命性質的毛文體，以斑剝牆壁上滿是漿糊味的大字報的文風，揭露黑暗世界的陰森與猥褻。

至此我的寫作將暫停一段時間，我所關注的另一個重大主題——《花園》，將通過更多元、更具實驗性的視覺語言來呈現，它關乎我們是否能夠在巨大的不確定性中安身立命。我相信任何一種希望都將經由碎裂與消亡並在混亂與不確定性中產生。

唐寅九

二〇二二年三月二十五日寫於臺北

貓空－中國當代文學典藏叢書5　PG2782

釀 渣

作　　者	唐寅九
責任編輯	孟人玉
圖文排版	蔡忠翰
封面設計	劉肇昇
出版策劃	釀出版
製作發行	秀威資訊科技股份有限公司 114 台北市內湖區瑞光路76巷65號1樓 電話：+886-2-2796-3638　傳真：+886-2-2796-1377 服務信箱：service@showwe.com.tw http://www.showwe.com.tw
郵政劃撥	19563868　戶名：秀威資訊科技股份有限公司
展售門市	國家書店【松江門市】 104 台北市中山區松江路209號1樓 電話：+886-2-2518-0207　傳真：+886-2-2518-0778
網路訂購	秀威網路書店：https://store.showwe.tw 國家網路書店：https://www.govbooks.com.tw
法律顧問	毛國樑　律師
總 經 銷	聯合發行股份有限公司 231新北市新店區寶橋路235巷6弄6號4F 電話：+886-2-2917-8022　傳真：+886-2-2915-6275
出版日期	2022年8月　BOD一版
定　　價	520元

讀者回函卡

Printed in Taiwan

國家圖書館出版品預行編目

渣/唐寅九著. -- 一版. -- 臺北市：釀出版,
2022.08
面；　公分. -- (貓空-中國當代文學典藏叢書；5)
BOD版
ISBN 978-986-445-675-8(平裝)

863.57　　111008373